Ex-Polizistin Lilo Gondorf vermietet in Groß Zicker Ferienbungalows – und das mit großem Erfolg. Seit Jahren bekommt ihre Pension von der Kurverwaltung Rügen die Höchstwertung: fünf Seesterne. Doch auch das Ermitteln hat Lilo nicht verlernt. Als es auf dem Alterssitz von Hansjoachim Segert, Bundeslandwirtschaftsminister a.D., zu einer Razzia kommt, entdecken die Behörden dort nicht nur unzählige Katzen, sondern auch eine Frauenleiche. Selbstmord, ergibt die Obduktion. Lilo Gondorf wittert jedoch mehr. Auf eigene Faust heuert sie im örtlichen Tierheim an – und stößt auf eine mafiöse Verbindung, die Hundewelpen aus Polen nach Deutschland schmuggelt …

Nadja Quint wurde 1959 in Ostwestfalen geboren und ist im Hauptberuf Fachärztin für psychosomatische Medizin – ihre Kinder schämen sich noch heute dafür, wenn sie den Beruf der Mutter irgendwo angeben müssen. Dabei hilft ihr das Wissen um die Psyche des Menschen ganz ungemein, wenn sie sich ihrer liebsten Nebentätigkeit widmet: Kriminalromane schreiben. Nach mehreren historischen Krimis hat sie nun mit der Krimireihe um Lilo Gondorf, die ermittelnde Pensionswirtin aus Rügen, einen Grund gefunden, ganz oft auf die beliebte Ferieninsel zu reisen – natürlich ausschließlich zu Recherchezwecken.

NADJA QUINT

HOHES TIER

Ein Fall für Lilo Gondorf

btb

Unmenschen gibt es, aber keine Untiere.

Karl Julius Weber (1767–1832)

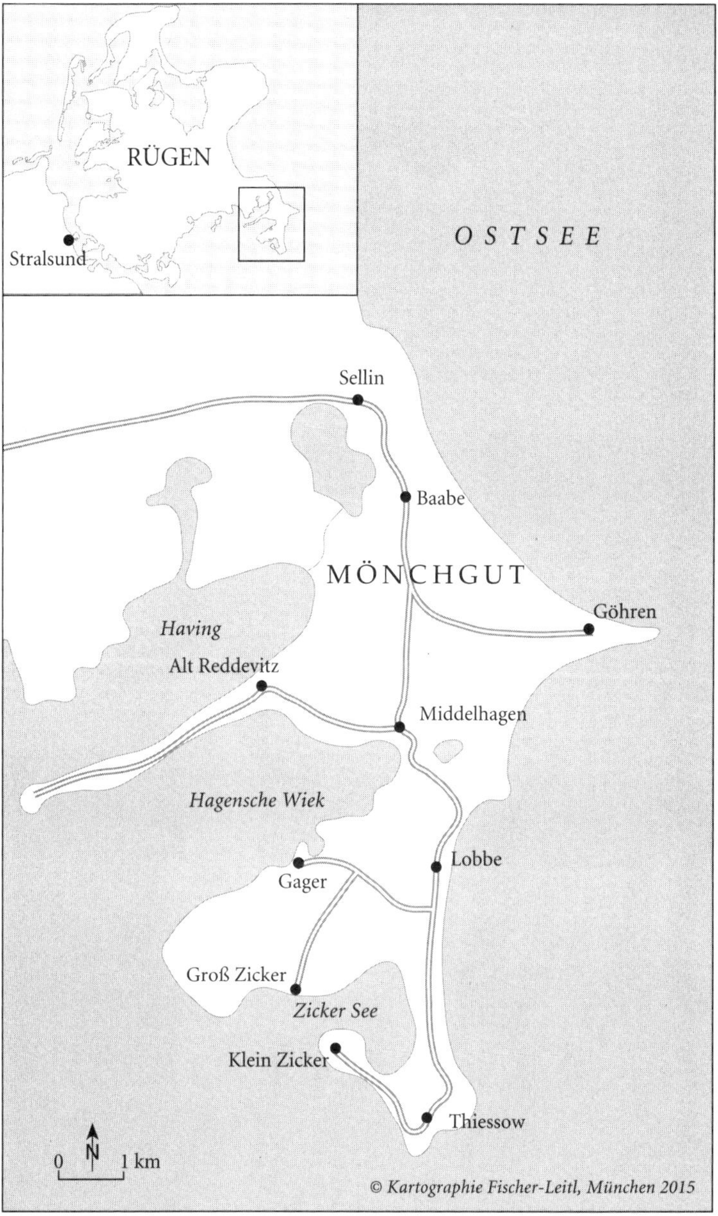
RÜGEN
Stralsund
OSTSEE
Sellin
Baabe
MÖNCHGUT
Göhren
Having
Alt Reddevitz
Middelhagen
Hagensche Wiek
Lobbe
Gager
Groß Zicker
Zicker See
Klein Zicker
Thiessow
N
0
1 km
© Kartographie Fischer-Leitl, München 2015

Das Katzenhaus

An einem Dienstagmorgen im April stand Amtsärztin Annette Bäumler vor ihrem Haus und spürte ein Grummeln im Bauch. Nein, etwas Falsches gegessen hatte sie nicht – das Gefühl war eher seelischer Natur. Und mit Fragen der Gemütslage kannte sie sich aus: Seit drei Jahren leitete sie den Sozialpsychiatrischen Dienst der Insel Rügen. Sie wusste, wie sie mit schwer depressiven Patienten umgehen musste, mit Drogenabhängigen oder tobenden Wahnkranken. Doch all die Berufserfahrung nutzte ihr heute wenig. Ein besonderer Einsatz stand bevor, noch dazu bei einem Prominenten. Das Ordnungsamt würde dabei sein, außerdem Veterinäramt, Tierschutz und Polizei. Ganz großer Auflauf. Annette hätte sich gern vor dem Termin gedrückt. Doch sie war nun mal zuständig.

Damit das Unbehagen nicht überhandnahm, lenkte Annette ihre Aufmerksamkeit auf den Vorgarten. Dort wuchsen Tulpen – ihre Lieblingsblumen. Sie dachte an den letzten Herbst und ihren Besuch im Gartenmarkt der Inselhauptstadt Bergen. Welche neuen Sorten gab es? Welche vertrugen am besten das Rüganer Klima? Welche öffneten trotz Halbschatten schon früh ihre Kelche? Nach gründlicher Beratung hatte Annette fünf Dutzend Zwiebeln erworben und in die Erde gesetzt. Nun erntete sie den Lohn ihrer Mühe. Im warmen Luftstrom der ersten Frühlingstage entfalteten die Tulpen ihre Pracht. Zartweiß, sonnengelb, kardinalrot, elegant rosé mit gewellten Blütenblättern und in hellem Lachston durchsetzt von violetten Schattierungen. Alle wunderschön. Annette war zufrieden – jedenfalls mit den Tulpen. Die Angst vor dem Einsatz jedoch ließ sie nicht los, und sie überlegte, wie die Sache für sie angefangen hatte. Ganz harmlos eigentlich. Mit einem Telefonat.

Wolfgang Remschmidt hatte in ihrem Büro angerufen und von Problemen in Gager berichtet, einem Dorf im Südosten der Insel: »Wir haben versucht, das Ganze ordnungsbehördlich zu klären, aber ohne dein Urteil kommen wir nicht weiter. Es geht um übermäßige Katzenhaltung, wohl ein ausgeprägtes *animal-hoarding*-Syndrom.«

Annette kannte Wolfgang gut. Als stellvertretender Leiter des Haupt- und Ordnungsamtes wusste er Situationen richtig einzuschätzen. Wenn er den Sozialpsychiatrischen Dienst einschaltete, dann nicht ohne Grund.

»Vielleicht kennst du ja Heiko Raabe«, fuhr Wolfgang fort, »dem gehört eine Pension am Waldrand.«

»Nie gehört. Und der hortet Katzen?«

»Nein, aber er hat uns verständigt. Es geht um seinen Nachbarn«, Wolfgang wurde süffisant, »ein gewisser Hansjoachim Segert. Ich denke mal, da klingelt's bei dir.«

Und ob! Der Name sagte ihr etwas, auch wenn sie den Mann nicht persönlich kannte. »Etwa der ehemalige Landwirtschaftminister? Der jetzt vegetarische Kochbücher schreibt?«

»Genau der!« Wolfgang grinste durchs Telefon. »Ernährt sich selbst rein pflanzlich und hält sich eingefleischte Mäusemörder. Wir haben schon jede Menge Witze darüber gerissen, aber die Sache ist ernst. Am besten kommst du mal vorbei zur kleinen Dienstbesprechung. Vielleicht schon heute Nachmittag?«

»Lieber morgen früh«, entgegnete Annette. Sie wollte Wolfgang nicht auf die Nase binden, wie wenig Erfahrung sie mit krankhaften Tiersammlern hatte – noch dazu, wenn es sich dabei um ehemalige Bundespolitiker handelte. Eine schwere Form von *animal hoarding* war Annette noch nicht begegnet. Sie erinnerte sich lediglich an eine schizophrene Patientin, die mit einer Ziege gelebt hatte. Aber bei einem einzigen Tier konnte man wohl kaum von Horten sprechen, eher von nicht artgerechter Haltung – die Wohnung der Frau lag in der fünften Etage eines Hochhauses. Doch die Ziegenhalterin war keine Prominente gewesen, für die Boulevardpresse also eher uninteressant.

Bei Hansjoachim Segert lag der Fall natürlich anders. Als der Politiker vor gut zehn Jahren plötzlich auf die Insel gezogen war, um sich ganz seiner Sammlung fleischfreier Kochrezepte zu widmen, hatte das für Schlagzeilen gesorgt. Und sonst? Wusste man mehr über diesen Mann? Das Internet gab Aufschluss. Hansjoachim Segert war 1961 in der Nähe von Mainz geboren und hatte in Köln Wirtschaft sowie Politologie studiert, es folgte die übliche Ochsentour: Stadtrat, Landtag, Bundestag, dazu Aufstieg innerhalb der Partei, schließlich von 2002 bis 2005 Bundesminister für Verbraucherschutz, Ernährung und Landwirtschaft. Danach Beendigung der politischen Laufbahn.

Annette rechnete nach: 2005 war Segert gerade mal dreiundvierzig Jahre alt und hatte eine Bilderbuchkarriere hingelegt. Warum machte er bei so viel Erfolg nicht weiter mit der Politik? Oder wechselte in einen lukrativen Wirtschaftsjob wie seine Kollegen? Warum zog er sich so früh ins Privatleben zurück? Hatte er bemerkt, dass er sich psychisch veränderte? Und wollte es nicht zugeben? Oder hatten andere Politiker ihn zum Rückzug gedrängt, um seiner Partei eine Blamage zu ersparen?

Am nächsten Tag ging Annette zur Lagebesprechung ins Ordnungsamt. Wolfgang bot ihr einen Platz am Schreibtisch an, servierte Kaffee und erläuterte den Fall: Heiko Raabe fürchtete um seine Frühstückspension, weil Hansjoachim Segert auf dem Nachbargrundstück immer mehr Katzen hielt. Inzwischen waren die Verhältnisse absolut unerträglich. Die Katzen miauten Tag und Nacht, ihre Exkremente stanken zum Himmel, und die Pensionsgäste beschwerten sich. Nicht nur wegen der Ruhestörung, sondern vor allem wegen der Tierquälerei. Es sehe ganz so aus, als litte Segert unter einer schweren Tiersammelsucht und müsste dringend psychiatrisch behandelt werden.

»Ist er denn früher schon mal auffällig gewesen?«, fragte Annette.

»Wohl nicht. Als er damals ins Dorf zog, war noch alles in Ordnung. Er hatte nie viel Kontakt zu den Nachbarn, hat aber immer freundlich gegrüßt und seinen Garten gepflegt. Zwischen ihm und Heiko Raabe gab es bis dahin keine Probleme. Im letzten September liefen dann erst drei Katzen auf Segerts Grundstück rum, und in der Woche drauf schon sieben.«

»Und woher kamen die?«

»Das weiß Raabe nicht, und Segert weigert sich, mit ihm zu reden. Vielleicht hat er ein paar Streuner eingefangen. Oder sie sind ihm zugelaufen. Er musste ja nur Futter hinstellen, und schon waren sie da. Jedenfalls: Er unternimmt nichts gegen die Vermehrung. Im Gegenteil. Er sorgt dafür, dass ihm keine einzige entwischt. Im Winter hat er sie offenbar mit ins Haus genommen und erst im Februar wieder ins Freie gelassen. Da waren es nicht mehr bloß drei Tiere, sondern Dutzende. Raabe hat versucht, mit ihm ins Gespräch zu kommen, aber ohne Erfolg. Segert verbarrikadiert sich. Vor ein paar Wochen hat er seinen Jägerzaun abreißen und ersetzen lassen: durch massive Stahlstreben, zwei Meter hoch. Die Pforte besteht aus einer äußeren und einer inneren Metalltür, beide mit scharfen Spitzen an der Oberkante. Der Stahl ist so glatt, da kommt keine Katze hoch. Und falls doch, schlitzt sie sich oben den Bauch auf.«

In seinem Computer rief Wolfgang eine Reihe von Fotos auf.

»Das sind Aufnahmen von Segerts Garten, allerdings nur von dem Teil, den Heiko Raabe von seinem Dachfenster aus sehen kann.«

»Also hat er die Bilder gemacht?«

»Ja klar. Die Pension ist ja das einzige Haus in direkter Nachbarschaft. Wie es auf der anderen Seite von Segerts Haus aussieht, wissen wir nicht, aber insgesamt ist das Grundstück eher klein, knapp vierhundert Quadratmeter.«

Katzen über Katzen! Annette versuchte sich einen Überblick zu verschaffen.

Wolfgang grinste. »Wir haben die Bilder so gut wie möglich analysiert. Demnach sind es einundsechzig allein aufgrund dieser Fotos. Vermutlich gibt es aber noch viel mehr Katzen: im Haus, hinterm Haus, in den Büschen oder sonstigen Verstecken.«

Annette schüttelte den Kopf. »Und wie ernähren die sich? Doch wohl kaum von den Mäusen und Vögeln im Garten?«

»Natürlich nicht. Segert füttert die alle schön durch.

Einmal pro Woche kommt ein Riesenpaket vom Supermarkt in Sellin. Wir haben nachgefragt: Segert lässt sich jede Menge Dosen mit Futter für die Katzen schicken und für sich selbst Bananen, Traubensaft und Weizenschrot.«

»Lecker!«

Wolfgang ließ sich im Schreibtischstuhl zurückfallen. »Tja, Frau Doktor. Wir haben uns auch gewundert. Aber unser werter Exminister ernährt sich nur noch von Bananen, Traubensaft und Weizenschrot. Mehr braucht man nicht, sagt er, da sind angeblich alle Nährstoffe drin. Übrigens ist der Lieferant der einzige Mensch, dem Segert überhaupt noch die Tür aufmacht. Alle anderen wimmelt er ab. Uns natürlich auch.«

»Und woher wisst ihr das alles? Habt ihr im Supermarkt angerufen?«

»Ja. Die haben von Segert eine Einzugsermächtigung. Finanziell geht es ihm offenbar gut. Als Minister außer Dienst bekommt er immer noch Bezüge. Und sein Verleger sagt, die Kochbücher verkaufen sich weiterhin, auch wenn Segert zurzeit keine neuen mehr rausbringt. Ach ja, noch was Interessantes: Er kümmert sich zuverlässig um den Abfall. Die gelben Säcke mit den leeren Dosen stehen immer ordentlich vorm Haus, wenn die Müllabfuhr kommt. Schon erstaunlich bei dem Chaos, was da sonst so herrscht. Jetzt guck dir das mal an.«

Wolfgang vergrößerte eins der Fotos auf dem Bildschirm.

»Selbst ich als Laie sehe, dass die Katzen nicht gesund sind. Es ist viel zu eng für so viele Tiere, die sind im Dauerstress und fressen nicht genug. Außerdem kommt es bei den Katern zu Revierkämpfen. Dabei verletzen sie sich gegenseitig, sagt Nora Onning.«

»Wer ist das?«

»Die Leiterin vom Tierheim in Göhren. Sehr engagierte Frau. Erst Mitte zwanzig, aber absolut kompetent. Und dann haben wir die Fotos natürlich Regine Groote gezeigt, unserer Amtsveterinärin. Die meint, vermutlich haben die Katzen allesamt Parasiten.«

»Also Flöhe?«

»Ja, und wohl auch Viren und Bazillen, aber nichts Hochgefährliches für Menschen. Es würde übrigens keinen Sinn machen, die Tiere zu beschlagnahmen und Segert einfach weiterwurschteln zu lassen.«

»Weil er dann sofort neue Tiere sammeln würde?«

»Genau. Darum sollst du ihn bitte begutachten: Diagnose, nötige Behandlung, weitere soziale Maßnahmen.«

»Aber kooperativ ist er nicht, oder?«

»Kaum. Über kurz oder lang braucht er einen juristischen Betreuer. Und Heiko Raabe macht Druck. Inzwischen weiß das ganze Mönchgut von Segerts Katzen.«

»Ging das denn schon durch die Medien?«, fragte Annette.

»Nein, da hält Raabe sich bis jetzt zurück. Aber lange wartet er nicht mehr, bis er an die Presse geht. Die Situation ist inzwischen unerträglich, meint er.«

»Das heißt?«

»Die Pensionszimmer auf der Seite zu Segerts Haus sind kaum noch bewohnbar. Manchmal kann man nicht mehr die Fenster aufmachen vor lauter Gestank. Und die Katzen schreien gotterbärmlich. Fast wie kleine Kinder.« Wolfgang zeigte wieder auf den Bildschirm. »Vom Rasen ist kaum noch was übrig, kein Wunder bei den ganzen Ausscheidungen. Die Katzen wissen nicht, wohin mit sich auf der kleinen Fläche. Wir sollen froh sein, dass die Fotos den Geruch nicht mitliefern, sagt Raabe.«

Annette verzog das Gesicht. »Und was ist das hier?« Sie deutete auf ein Foto. Es sah aus, als hätte jemand Äste in ein Beet gesteckt.

»Holzkreuze.« Wolfgang zoomte heran. »Das ist der Katzenfriedhof. Übrigens der einzige Bereich, wo Segert noch eine Art Gartenpflege betreibt. Wenn ihm ein Tier wegstirbt, wickelt er es in Zeitungspapier und buddelt es ein, anschließend harkt er die Erde und stellt so ein Kreuz auf.«

»Immerhin ein Bestattungsritual. Segert ist also nicht völlig abgestumpft.«

»Aber trotzdem verrückt.

Also kommst du mit zum Einsatz und begutachtest Segert? Und begleitest ihn notfalls direkt in die Psychiatrie?«

»Na sicher«, seufzte sie. Eine Wahl hatte sie ohnehin nicht.

Und jetzt war es so weit: Während Annette die Tulpen im Vorgarten bestaunte, hörte sie den Wagen vom Ordnungsamt heranfahren. Sie stieg ein.

»Tachschön, werte Frau Doktor.« Wolfgang drückte ihr eine Akte in die Hand. »Der aktuelle Schriftwechsel. Wir haben Segert noch mal angeschrieben – bisher ohne Reaktion.«

Annette starrte auf die Akte.

»Der Brief ist ganz hinten«, erklärte Wolfgang. »Als Einschreiben geschickt. Hat er also garantiert bekommen.«

»Aber vermutlich nicht gelesen.« Annette schlug die Akte auf.

Wolfgang seufzte. »Das kann nicht mehr unser Problem sein. Wir gehen da jetzt rein.«

Sie nickte. Nein, am korrekten Vorgehen der Behörden zweifelte sie nicht. Juristisch war alles wasserdicht, dennoch war ihr nicht wohl bei der Aktion, und Wolfgang wusste das.

»Wir sind ja nicht allein«, tröstete er. »Sogar die Polizei ist dabei. Lauter fähige Leute. Genau wie wir.«

Annette musste lachen. Sie mochte Wolfgang, nicht nur wegen seines Humors. Und er hegte wohl auch ein paar Sympathien für sie. Aber beide waren glücklich verheiratet, es blieb bei einer kollegialen Freundschaft.

Sie suchte nach einer bequemen Position auf dem Beifahrersitz.

»Nur noch ein bisschen autogenes Training. Ich hoffe, das stört dich nicht.«

Er grinste. »Und unsere schöne Insel? Die willst du dir nicht angucken?«

»Mache ich auf dem Rückweg.«

Sie schloss die Augen und redete sich ein: *Ich bin ganz ruhig, mein Atem fließt ruhig und regelmäßig.* Doch die Unruhe war zu groß. Also schaute sie in die Landschaft. Der Frühling war in den letzten Wochen weit vorangeschritten. Gern hätte sie die Fahrt zur Halbinsel Mönchgut für eine Wanderung genutzt. Die Kulturlandschaft um die Zickerschen Berge galt für viele Menschen als eine der reizvollsten Gegenden auf Rügen – lange bevor die UNESCO sie zum Biosphärenreservat erklärt hatte.

Nach zwanzig Minuten fuhr Wolfgang von der Bundesstraße ab und weiter Richtung Gager. *Zum Höft* hieß die Straße, die sich in Schleifen und Bögen durch das Dorf zog. Am Waldrand zweigte nach Südosten ein asphaltierter Stichweg ab.

»Die Pension.« Wolfgang zeigte auf ein hellgrün gestrichenes Gebäude. »Heiko Raabe hat in den letzten Jahren jede Menge Geld investiert. Allein diese breite Glasveranda. Richtig schick. Und jetzt ist er natürlich drauf angewiesen, dass der Laden brummt.«

Annette nickte. Ihre Augen wanderten am Haupthaus vorbei zu einer Doppelgarage. In der Einfahrt stand ein Kastenwagen. »Aha? Dieselbe Farbe wie das Haus?«

»Sonderlackierung. Die Farbe ist das Markenzeichen der Pension. Raabe läuft auch selbst Reklame. Er trägt ständig T-Shirts und Jacken in diesem Ton. Eine Werbefirma hat ihn da beraten. Angeblich wirkt dieses Grün ganz besonders einladend«, wurde Wolfgang ironisch, »im Gegensatz zu diesem Ungetüm da.«

Beim Anblick des mit Zacken besetzten Stahlzauns erstarrte Annette. »Und das genehmigt die Bauaufsicht?«

»Leider ja. Raabe hat sich genau erkundigt. Aber bis zu einer Höhe von zwei Metern ist das erlaubt.«

»Aber hier ist doch ein Feriengebiet. So was Grauenvolles direkt neben einer Pension.«

Als sie vor Segerts Anwesen ankamen, wartete dort bereits eine ganze Armada von Fahrzeugen: eine Streife der Polizeiwache Sellin, ein Transporter mit der Aufschrift *Tierheim Göhren e.V.*, ein Kastenwagen vom Schlüsseldienst Korittke und ein heller Minivan, den Wolfgang als Dienstfahrzeug des Veterinäramts erkannte. Er wies auf die Gruppe von Menschen, die vor der Tür im Metallzaun standen. »Zähl mal durch. Müssten acht sein.«

Annette räusperte sich. »Stimmt.«

»Na also. Zu zehnt sollten wir das doch schaffen.«

Sie nickte und griff ihre Tasche mit den Medikamenten: von der leichten Beruhigungstablette bis zur starken Spritze hatte sie alles dabei – und konnte jederzeit medizinische Verstärkung anfordern. Selbstverständlich hatte sie auch den notärztlichen Dienst informiert. Falls es hart auf hart käme, wären Notarzt und Rettungswagen in zehn Minuten vor Ort. Das hatten die Kollegen versprochen. In Annettes Bauch grummelte es trotzdem noch.

Sie öffnete die Autotür – erst nur einen Spalt – und atmete tief ein. Stank es wirklich so furchtbar? Nein, nichts Besonderes zu riechen. Jedenfalls nicht hier an der Straße. Aber wie mochte es in Segerts Garten sein? Oder gar in seinem Haus? Es kommt, wie es kommt!, beschloss sie und ging an Wolfgangs Seite zu den anderen.

Immerhin waren ihr die meisten Gesichter vertraut. Mit Julia Räker und Daniel Beer von der Polizeiwache Sellin sowie Schlossermeister Eckhard Korittke hatte sie schon einige Einsätze bestritten. Amtstierärztin Regine Groote und ihre Mitarbeiterin Jana Möller kannte Annette von Betriebsfesten. Nur mit den Frauen vom Tierschutz hatte sie bisher noch nicht zu tun gehabt – die drei trugen Namensschilder: Tierheimleiterin Nora Onning mit ihren Praktikantinnen Meltem und Patrizia.

»Und?«, fragte Wolfgang. »Lust auf Heldentaten?«

Die anderen lachten leise, ihre Anspannung war deutlich zu spüren. Niemand wusste, was sie im Haus erwartete.

Nora Onning wandte sich an Annette. »Sie sind doch Psychiaterin? Darf ich Sie mal was fragen?«

»Ja sicher«, lächelte Annette und dachte: Wenn es sein muss.

»Dieser Herr Segert hat die Briefe von den Ämtern bekommen. Und nicht reagiert. Also hat er doch wohl Angst davor, dass wir ihm die Tiere wegnehmen?«

»Vermutlich«, erklärte Annette freundlich. »Aber genau kann ich das nicht sagen. Ich kenne ihn ja überhaupt nicht. Und das Krankheitsbild kann ganz unterschiedlich ausfallen.«

Nora Onning nickte. »Und was ist, wenn er sich umgebracht hat?«

Da war sie! Die böse Ahnung, die wohl allen durch den Kopf spukte.

Annette blieb sachlich. »Das kann man natürlich nicht ausschließen.«

Nora Onning nickte erneut, obwohl ihr die Antwort offenbar nicht behagte. Aber schließlich hatte niemand die junge Frau gezwungen, beim Einsatz mitzumachen. Hätte sie nicht gewollt, hätte das Ordnungsamt bei einer anderen Tierschutzorganisation nachgefragt.

Annette sah hinüber zu Polizeioberkommissar Daniel Beer. »Alle bereit?«, fragte er klar und knapp. Er war ein Mann der Tat.

Die fünf Frauen vom Veterinäramt und vom Tierheim gingen zum Transporter, um sich ihre Schutzkleidung anzulegen. Annette wartete mit Wolfgang, den Polizisten und dem Schlosser am Zaun. Sie sah hinüber zur Pension: Unten die Glasveranda, darüber ein Geschoss mit Balkonen – vermutlich für Gäste –, dann das Giebelgeschoss. Am Dachfenster bewegte sich etwas. Erst auf den zweiten Blick erkannte sie einen jungen Mann. Sein T-Shirt war vom selben Grün wie die Hausfassade.

»Das ist doch bestimmt Heiko Raabe?«

Wolfgang schaute hoch und grinste. »Genau. Gut getarnt. Er verschmilzt mit seinem Haus. Zumindest farblich.«

Annette blieb ernst. »Und es ist kein Problem, wenn er zuguckt?«

»Keine Sorge«, entgegnete Julia Räker. »So einen Einsatz können wir sowieso schlecht geheim halten. Wir waren eben sogar bei Herrn Raabe auf dem Dachboden.«

»Ach so?«

»Ja, von dort gibt es den besten Blick auf Segerts Haus.

Die Jalousien sind überall runtergelassen, auch im Erdgeschoss.«

Annette nickte. Sie hätte gern noch mehr gefragt, doch in dem Moment kehrten die fünf Frauen vom Transporter zurück: weiße Kunststoffanzüge, unterarmlange Handschuhe, Atemschutz mit Visier – bereit für den Kontakt mit Tieren mit unklarer Infektionslage. Aus dem Transporter hatten sie langstielige Kescher und ein paar Boxen mitgebracht.

Daniel Beer nickte. »Sieht professionell aus. Wie viele Käfige habt ihr denn mit?«

»Zweiundsiebzig«, sagte Nora Onning. »Damit ist unser Wagen voll. Es sind auch größere Boxen dabei, wo mehrere Tiere reinpassen.«

Das Tor zu Segerts Grundstück war so abweisend wie der ganze Zaun: eine glatte Stahlplatte mit eingelassenem Griff, in einer Seitenstrebe waren ein Klingelknopf und das Auge der Überwachungskamera installiert.

»In der Gruppe bleiben! Meine Kollegin und ich gehen vor!«, befahl Beer.

Gern, dachte Annette und reihte sich hinten ein. Ihre

Aufgabe war es, Segert zu begutachten. Solange sie ihn nicht leibhaftig vor sich hatte, brauchte sie nichts zu tun. Und dann würde man sehen.

Julia Räker klingelte. Nichts tat sich. Ein zweites Mal. Wieder nichts.

»Es gibt zwar eine Sprechanlage«, meinte Wolfgang. »Aber die funktioniert erst dann, wenn er sich meldet. Wenn wir hier jetzt einfach so reinsprechen, bringt das überhaupt nichts. Das haben wir beim ersten Besuch schon ausprobiert.«

»Na gut. Dann ein letzter Versuch.« Die Polizeiober-kommissarin drückte ein drittes Mal den Knopf. Eine halbe Minute verging – ohne Reaktion. Sie drehte sich zu den anderen: »Wir öffnen!«

Eckhard Korittke war ein Großmeister seines Fachs, kein Mann der groben Kraft, sondern der wohldosierten Technik. Mit einem Ziehgerät entfernte er den Schließzylinder, die erste Stahltür sprang auf. Hinter einem Vorhof von etwa zwei Quadratmetern folgte die nächste Tür. Wieder setzte er das Gerät an: Knack und offen!

Zehn Augenpaare starrten in Segerts Garten. Einen Moment lang verharrten sie schweigend, dann sprach Wolfgang aus, was alle dachten: »Ach du heilige Scheiße!« Diese Bemerkung mochte eines stellvertretenden Amtsleiters nicht würdig sein – passend war sie allemal. Vom ehemaligen Rasen war nicht mehr viel erkennbar, der Garten hatte sich in ein gigantisches Katzenklo verwandelt.

Annettes Magen drückte gegen das Zwerchfell. Sie zog ein paar Atemmasken aus ihrer Tasche und gab auf jede ein paar Tropfen Menthol. »Wer möchte?«

Wolfgang und die Polizisten griffen dankbar zu, nur

Korittke verzichtete. »Nett von Ihnen, aber ich bin da nicht so empfindlich.« Er hatte Tausende von unbekannten Türen geöffnet und war üble Gerüche gewohnt.

»Falls die Katzen die ganze Nacht im Haus waren, stinkt es da noch viel schlimmer als hier draußen«, meinte Regine Groote, und erst jetzt begriff Annette, was die anderen offenbar längst bemerkt hatten: Auf dem Grundstück war keine einzige Katze zu sehen.

»Bei so vielen Tieren gibt es hier draußen kein natürliches Futter mehr. Da muss Segert nur ein paar Dosen aufmachen, und sie kommen rein.« Die Veterinärin horchte. »Seid mal ganz ruhig, bitte.«

Jetzt hörten es alle. Aus dem Haus drangen Kratzgeräusche und lautes Miauen.

»Die sitzen direkt hinter der Tür«, sagte Korittke. »Das heißt, wenn ich das Schloss aufmache, stürmen die uns alle entgegen?«

»Ja. Und wir fangen sie dann ein.«

Wolfgang stöhnte auf. »Warum sperrt er sie ins Haus, wo es viel enger ist als im Garten? Erklär mir das, Annette.«

Was weiß ich?!, hätte sie gern geantwortet. *Ich kenne diesen Kerl nicht*. Doch sie bemühte sich um eine Erklärung: »Vermutlich will er demonstrieren, dass er alles unter Kontrolle hat.«

»Wir müssen rein«, entschied die Polizistin.

Sie erreichten die Haustür. Die Katzen dahinter miauten herzzerreißend.

Eckhard Korittke klopfte die Tür ab. »Edelstahl, ordentliche Qualität. Und gucken Sie mal hier.« Er wies unten an der Tür auf zwei Rechtecke. »Das sind dann wohl Katzenklappen.«

»Gut.« Nora Onning beugte sich vor. »Machen Sie die doch bitte auf. Dann kommen nicht so viele Tiere auf einmal raus, und wir können sie leichter einfangen.«

Doch der Schlosser schüttelte den Kopf. »Die Riegel sitzen innen. Da kommen wir von außen nicht dran.«

Er beriet sich kurz mit den Polizisten, dann verkündete Julia Räker: »Mein Kollege und ich bleiben neben der Tür. Alle anderen bitte rüber an die Mauer. Und wir gehen erst rein, wenn die Tiere draußen sind.«

Annette, Wolfgang und die fünf Tierfängerinnen stellten sich an die Hauswand. Korittke setzte sein Werkzeug an, es knackte. Mit einem Ruck zog er die Haustür auf und ging dahinter in Deckung. Die Polizisten blieben mit erhobenen Waffen neben der Tür stehen.

Ihnen schlug bestialischer Gestank entgegen, Mundschutz und Menthol halfen da kaum. Doch das Schauspiel, das sich ihnen bot, war durchaus imposant: Sobald die Tür einen Spaltbreit offen war, verstummten die Schreie der Katzen. Und ein Schwall von Leibern brach sich Bahn, ein Strom von weißen, schwarzen, grauen, braunen Tieren. Lautlos stürmten sie in den Garten. Viele waren offenbar so erleichtert über die Befreiung, dass sie gleich ihre Notdurft verrichteten: im Gebüsch, in den verbliebenen Grasbüscheln oder einfach auf der kahlen Erde.

»Mann, Mann, Mann.« Korittke schüttelte den Kopf. »Ich verstehe zwar nichts von den Viechern. Aber dass es hier viel zu eng für die ist, merke ja sogar ich.«

Julia Räker warf einen Blick ins Haus. »Keine mehr zu sehen.« Sie steckte ihre Waffe ein und wandte sich an Beer. »Machst du Außenwache? Falls Segert aus der Terrassentür kommt oder aus einem Fenster? Dann gehen wir jetzt rein.«

Aber ohne mich!, hätte Annette gern gerufen. Direkt vor der Haustür stank es höllisch: Ekliger als alles, was sie im Medizinstudium gerochen hatte. Übler als die Wasserleiche in der Rechtsmedizin und widerwärtiger als die Obduktion eines Toten, der zwei Wochen bei Bullenhitze in seiner Wohnung gelegen hatte.

Die Polizistin gab weitere Anweisungen: »Alles schön langsam. Angst muss keiner haben.«

Sie zogen Gummihandschuhe über und traten in den Flur. Gegenüber der Tür standen zwei hohe Holzregale, die Fächer leer bis auf ein paar zerfledderte Sofakissen.

»Herr Segert?«, rief Julia Räker. »Hallo? Herr Segert?«

Keine Antwort.

Auf ihr Kopfnicken hin zog Wolfgang einen Rollladen hoch. Frühlingssonne fiel in den Flur. Die kühle Luft vertrieb den allerschlimmsten Mief.

Der Korridor setzte sich nach links mit weiteren Regalen fort. Überall hatten die Katzen ihre Spuren hinterlassen. Jede Wand war bis zum Mauerwerk abgekratzt, der Boden bedeckt mit verpappten Tapetenresten und Holzspänen.

»Immerhin.« Nora Onning wies auf einige Wannen mit frischer Streu. »So wie das stinkt, dachte ich, alles ist komplett zugekackt.«

Die Gruppe ging weiter den Flur entlang. Links war eine Treppe, rechts lag ein Zimmer mit weit geöffneter Tür.

»Herr Segert?«

Wieder nichts.

Julia Räker tastete nach dem Lichtschalter. Eine Leuchtstoffröhre flackerte auf.

»Die Küche …?«, sie stockte. »Na ja, wohl eher: die ehemalige Küche.«

Wolfgang nickte. »Ist bestimmt besser, wenn hier keiner mehr kocht.«

Alle starrten fassungslos in den Raum: in der Mitte ein einsamer Holzstuhl mit ramponiertem Sitz. Ansonsten Näpfe, Näpfe, Näpfe. Auf sämtlichen Schränken, auf dem Elektroherd und auf dem Boden.

Regine Groote sprach aus, was alle dachten: »Seltsam für jemanden, der Kochbücher schreibt.«

»Er schreibt ja keine mehr«, wandte ihre Kollegin ein.

»Und das ist auch gut so.« Wolfgang bahnte sich den Weg zum Fenster, zog die Jalousien hoch und öffnete die Fensterflügel. »Möchte jemand in die Schränke gucken? Oder in den Kühlschrank? Unser werter Exminister ernährt sich angeblich ja nur noch von Weizenschrot, Bananen und Traubensaft. Wir könnten das jetzt alle zusammen hochoffiziell überprüfen.«

Niemand wollte.

Sie gingen weiter und stießen auf eine Tür mit Glaseinsatz. Der Raum dahinter lag im Dunkel.

»Wird wohl das Wohnzimmer sein.« Julia Räker drückte die Klinke und schob die Tür eine Handbreit auf. »Hallo? Herr Segert?«

Keine Antwort.

Der ist tot!, durchfuhr es Annette. Er hat sich umgebracht aus Angst und Verzweiflung. Die anderen schwiegen. Vermutlich hatten sie alle den gleichen Gedanken.

»Also dann!« Julia Räker stieß die Tür auf. Aus dem Flur fiel Licht in den vorderen Teil des Raums, der Rest lag im Halbdunkel.

»Herr Segert?«

Stille.

Doch dann ein Räuspern. Gefolgt von einem Knacken und Knirschen.

»Ja doch«, sagte eine raue, undeutliche Stimme. »Sie haben mich gefunden.«

Wieder das Knacken, dann lautes Kauen. »Sie stören mich bei meiner Zwischenmahlzeit. Das ist unhöflich. Sehr, sehr unhöflich. Ich habe aber natürlich längst mit Ihnen gerechnet. Die Kugel trifft. Und wie sie trifft! Darf ich fragen, wie viele Sie sind?« Das musste Segert sein. Offenbar aß er Nüsse.

»Guten Tag«, erwiderte Julia Räker sachlich. »Sind Sie Herr Hansjoachim Segert, geboren 1961 in Mainz?«

Er brauste auf: »Ich habe zuerst gefragt! Ich will eine Antwort!«

Nein. An Segerts Geisteszustand gab es keine Zweifel mehr. Die Polizistin blieb unbeirrt. »Wir sind insgesamt zehn. Ein Kollege von mir und ein Herr vom Schlüsseldienst warten draußen. Hier drinnen sind wir zu acht.«

Segert schien beschwichtigt. »Küss die Hand, Frau Wachtmeister. Tut mir leid, dass ich Sie nicht mit korrektem Dienstgrad anspreche. Aber es ist hier so dunkel. Da kann ich die Sternchen auf Ihrer Schulter nicht zählen. Und ein paar Astronauten haben Sie auch mitgebracht.« Er zeigte mit einem hämischen Kichern auf die Frauen in den Schutzanzügen.

»Nein, Herr Segert. Diese Damen werden sich um Ihre Katzen kümmern. Und dann sind hier noch Herr Remschmidt vom Ordnungsamt und Frau Dr. Bäumler, unsere Fachärztin vom Gesundheitsamt …«

»Hören Sie auf! Ich will mich nicht mit Ihnen anfreunden. Statt rumzuquatschen, lassen Sie doch bitte das heitere Licht des Frühlings herein. Und lüften Sie gut durch. Im Flur und in der Küche haben Sie das ja auch schon getan. Ohne meine Erlaubnis. Sie bezeichnen sich als Katzenfreunde, aber den Geruch ertragen Sie nicht.«

Kommentarlos öffnete Wolfgang die Jalousien, das Fenster und die Terrassentür. Sie atmeten auf – außer Segert. Er war gegen den Gestank offenbar längst immun.

Annette sah sich um. Die einstige Wohnkultur ließ sich allenfalls noch erahnen. Parkett und Wände waren zerkratzt. Aus dem Sitzpolster eines Sessels quoll die Füllung. Im zweiten Sessel saß Segert. Annette wunderte sich. Der Exminister bot eine gepflegte Erscheinung: frisch gewaschenes graumeliertes Haar, sauberer Sportanzug, Polo-Hemd. Offenbar kam er regelmäßig mit Wasser und Seife in Berührung. Annette schöpfte Hoffnung. Vielleicht würde er sogar freiwillig mit in die Klinik kommen.

Auf seinem Schoß döste eine schwarze Katze. Zwischen ihren Vorder- und Hinterläufen lag eine kleine Schüssel mit Trockenfutter. Leckerlis für seinen Liebling. Annette dachte an den Spruch vom Tier als Kindersatz.

»Warum haben Sie nicht auf unsere Schreiben geantwortet?«, fragte Wolfgang. »Wir haben Ihnen Hilfe angeboten, Herr Segert.«

Er schnaubte wieder. »Wenn ich schon kapitulieren muss, dann mit Rückgrat. Sie nehmen mir die Katzen sowieso weg. Soll ich da vorher einen höflichen Schriftwechsel mit Ihnen pflegen?«

»Zumindest hätten wir dann nicht mit Polizei und Schlüsseldienst anrücken müssen.«

»Ach was! Tun Sie doch nicht so. Ich liebe meine Katzen, aber Sie sehen das nicht ein.«

»Herr Segert, wir glauben Ihnen ja, dass Sie die Tiere lieben.« Regine Groote nahm ihre Kapuze ab. »Zum Beispiel den kleinen Schwarzen auf Ihrem Schoß. Wie heißt der denn?«

Offenbar traf sie den richtigen Ton.

»Das ist mein Mafed«, sagte Segert sanft.

»Mafed. Wie der ägyptische Katzengott.«

»Respekt, Sie kennen sich aus.« Er kraulte dem Kater den Hals. »Mafed ist ja mein kleiner Gott. Alle Katzen sind Götter für mich. Aber bitte, tun Sie Ihre Pflicht. Nur glauben Sie nicht, dass ich Beifall klatsche.«

»Ihre Tiere werden es gut haben«, versprach Regine Groote. »Wir versorgen sie medizinisch und vermitteln sie an liebevolle Pflegestellen.«

»Was ich ja wohl erwarten kann. Eine gute Pflege ist das Mindeste. Das Allermindeste!« So rasch wie Segert aufgebraust war, ließ er sich im Sessel zurückfallen und griff in die Schale mit Trockenfutter. »Mafed, mein Schatz? Was sagst du dazu?«

Der Kater reagierte nicht, die Besucher allerdings erstarrten: Das Futterstück landete nicht in Mafeds Maul, sondern in Segerts Mund. Es knackte, er kaute laut und amüsierte sich. »Viel Vitamin B und gut für die Zähne. So bleiben sie schön blank.«

Annette fand als Erste die Sprache wieder. »Essen Sie oft Katzenfutter, Herr Segert?«

»Ja. Sehr schmackhaft. Fast wie Kartoffelchips, aber längst nicht so salzig. Besonders diese Sorte: echtes Kalb. Nun gut. Eigentlich bin ich ja Vegetarier, aber Sie gönnen mir sicher eine Ausnahme.«

»Selbstverständlich«, entgegnete Annette trocken.

»Danke. Die Ringe mit Hühnchengeschmack sind übrigens auch ganz lecker. Nur Fisch mag ich nicht so gern.« Er hielt ihr die Schale hin. »Kosten Sie mal.«

Annette lehnte dankend ab und sparte sich jede Diskussion. Sie wollte Segert nicht provozieren. *Der Patient isst Katzentrockenfutter bewusst und aus voller Überzeugung*, so würde sie das später in ihren Bericht schreiben.

Regine Groote, die eben noch so geduldig mit Segert gesprochen hatte, verdrehte die Augen. Offenbar ging ihr seine Verrücktheit nun doch zu weit. Sie setzte Mundschutz und Kapuze wieder auf. »Ab in den Garten, liebe Kolleginnen. Es ist viel zu tun.«

Nora Onning zögerte. »Da ist doch noch etwas.« Sie kniete sich unter den Tisch und zog eine Box hervor, aus der leises Miauen kam.

»Alle Achtung«, spottete Segert. »Sie sind ja eine richtige Spürnase. Da drin sind ein Muttertier und vier Kleine. Anderthalb Wochen alt. Übrigens der erste Wurf dieses Frühjahr, und den zweiten gibt es auch schon.«

»Wo?!«

Segert kaute den nächsten Ring mit Kalbsaroma und zeigte auf den anderen Sessel. »Dahinter. Ein halbes Dutzend. Ein paar Tage alt und ganz gesund.«

Die Tierheimleiterin stürzte zum Sessel und holte die Box hervor. Auf den Inhalt warf sie einen knappen Blick.

»Ich untersuche sie draußen.« Nora Onnings Unterlippe zitterte. »Und übrigens: Solche Plastikkäfige sind nur für kurze Transporte. Darin kann man die Tiere nicht dauerhaft halten. Das ist viel zu eng.«

»Wieso? Die Kätzin bekommt gutes Futter, und sie säugt ihre Jungen. Mir ist mal ein Muttertier abgehauen, und die

Kleinen sind alle verreckt. Dann doch lieber in einer sicheren Box.«

Nora Onning antwortete nicht. Mit unbewegter Miene brachte sie die Boxen hinaus.

»Und?« Segert wandte sich Annette zu. »Was planen Sie jetzt mit mir?«

»Wir bringen Sie in die Klinik. Meine Kollegen in Stralsund wissen schon Bescheid.«

Segert schwieg ein paar Sekunden, dann fragte er: »Und meinen Mafed? Muss ich den auch abgeben?«

»Ja.«

»Kann ich keine Katze behalten? Nicht eine einzige?«

»Leider nein«.

Er schüttelte sich kurz, packte den Kater im Nacken und hielt ihn Annette hin.

»Nehmen Sie ihn mit! Schnell!«

Annette zögerte. Wolfgang kam ihr zu Hilfe und trug Mafed nach draußen. Regine Groote beförderte ihn sanft in eine Box.

Wieder änderte sich Segerts Stimmung. Er schluchzte auf, ohne eine Träne zu vergießen. »Bloß nicht ins Versuchslabor. Meine Katzen sollen zu lieben Menschen.«

Annette beruhigte: »Dafür sorgen die Damen vom Tierschutz ganz bestimmt. Und jetzt packen Sie bitte Ihre Sachen. Wo ist denn Ihr Kleiderschrank?«

Er fuhr sich mit einem Taschentuch durchs Gesicht. »Oben im Schlafzimmer.«

»Wir begleiten Sie.«

Er stellte die Schale mit dem Trockenfutter beiseite und ging die Stiege hoch. Wolfgang, Annette und Oberkommissarin Räker folgten. Auch auf dem oberen Treppenabsatz herrschte Chaos, zwischen Näpfen und Wannen ließ sich kaum ein Fuß vor den anderen setzen.

»Hier kommt mir keine Katze rein.« Segert zeigte auf eine Tür. »Die ist aus Stahl. Habe ich mir extra einbauen lassen. Hier ist nämlich die Grenze. Ich liebe meine Tiere, aber ich lasse sie nicht bei mir schlafen, dahinter liegt der gesperrte Bereich. Und der ist aufgeräumt.«

Sieh an!, dachte Annette. Auch Wolfgang und die Polizistin staunten. Segert konnte also Grenzen ziehen. Vielleicht war er doch nicht so krank wie befürchtet.

Er stieß die Tür zu einem hellgrau gekachelten und blitzblank geputzten Badezimmer auf. Rollläden gab es hier nicht, durch eine Milchglasscheibe fiel Morgensonne. »Schön, nicht wahr? Stammt noch von der Vorbesitzerin.«

Dann standen sie in einem kleinen Schlafraum: hellgelb gestrichene Raufasertapete, ein Kleiderschrank in weißem Mattlack, dazu passend ein Standregal, vollgestellt mit Spielzeugautos, ein Einzelbett mit Matratze, doch ohne Kissen oder Decke, und ein kleiner Schreibtisch samt Stuhl.

»Sie dürfen gern staunen«, erklärte Segert halb belustigt, halb arrogant. »Das Zimmer habe ich selbst möbliert. Es wurde schon lange nicht mehr benutzt. Wie Sie wissen, lebe ich sehr zurückgezogen.«

»Woher stammen denn die Spielzeugautos?« Annette wies auf das Regal.

Er lächelte. »Aus meiner Kindheit. Ich konnte mich nicht davon trennen.«

»Also eine schöne Erinnerung.«

»Ja, Frau Doktor«, freute er sich. »Und ich zeige Ihnen noch mehr. Bitte mitkommen. Voilà!«

Wieder stieß er eine Tür auf – wieder staunten sie: Unter der Schräge stand ein Doppelbett, ausgestattet mit Decken und Kissen, sauber bezogen. Hatte er hier ursprünglich ein Leben zu zweit geplant? War ihm eine Frau weggelaufen? Hatte er sich deswegen zum Eigenbrötler entwickelt und Katzen gehortet? Oder stammte das breite Bett ebenfalls noch von den Vorbesitzern, die ihm das Haus samt Inventar verkauft hatten? Annette wagte nicht zu fragen.

»Und wenn Sie bitte meine kleine Sammlung im rechten Regal beachten. Alles vegetarisch.«

In seiner Stimme lag Stolz. Annette, Wolfgang und die Polizistin beugten sich hinunter zu den Büchern. *Hajo Segert: Große Menüs, Hajo Segert: Schnell und gut für jeden Tag, Hajo Segert: Ein Fest für Gäste* und noch weitere Bände.

»Sehr beachtlich«, lobte Annette. »Wollen Sie denn noch mehr Kochbücher schreiben?«

Er kicherte. »Wenn ich Zeit dazu finde in der Klinik.«

Nun schmunzelten alle – das Eis schien gebrochen.

Segert genoss die Anerkennung. Er zog zwei Rollkoffer unterm Bett hervor und öffnete die Schranktüren. Hemden, Hosen und Anzüge auf der Stange – Leibwäsche und Schlafanzüge in den Fächern. Alles sauber und sorgfältig gestapelt. »Ich beeile mich auch.« Er packte systematisch: die Schuhe nach unten, dann Schicht auf Schicht, die Socken in die Lücken.

Annette lächelte. Lief ja alles wie geschmiert! Und was machten die Kollegen im Garten? Sie warf einen Blick aus dem Fenster. Zwei Katzenfängerinnen waren dabei, ein Jungtier unter einem Busch hervorzuziehen. Es wand sich im Klammergriff der Frauen und landete wohlbehalten in einer Box.

Im Schlafzimmer holte Segert einen schwarzen Anzug aus dem Schrank. »Den nehme ich auch mit.«

»In die Klinik?«, fragte Annette. »So was Feines brauchen Sie da wahrscheinlich nicht. Aber wenn Sie sich darin wohlfühlen, nehmen Sie ihn mit. Vielleicht gibt es ja mal einen festlichen Anlass.«

»Na, das hoffe ich doch«, kichernd packte Segert den Anzug ein, holte sein Waschzeug und erklärte sich für reisefertig.

Sie stiegen die Treppe hinunter.

»Darf ich mir noch etwas wünschen, Frau Doktor?«

»Bitte schön.«

»Ich würde so gern die Kalbfleischringe mitnehmen.«

Annette holte die Schale mit dem Trockenfutter aus dem Wohnzimmer. Segert zog eine kleine Tüte hervor und füllte den Inhalt ab.

Vor der Haustür stand immer noch der Schlossermeister in Bereitschaft. Wolfgang verabschiedete ihn dankend und nickte Annette zu. Sie bestellte den Krankenwagen.

»Herrlich, die frische Luft.« Segert ließ seinen Blick durch den Garten schweifen.

Von frischer Luft konnte keine Rede sein, fand Annette. Nach wie vor stank es nach den Exkrementen der Tiere, doch das war ihr jetzt egal. Segert kam freiwillig mit, ohne Gegenwehr. Zwar hielt sie ihn nicht für geschäftsfähig, er würde einen juristischen Betreuer brauchen, doch darum sollten sich die Kollegen in der Klinik kümmern. Für Annette war es geschafft.

Sie sah hinüber zum Zaun. Polizeioberkommissar Beer bewachte die Pforte, während die Frauen vom Tierschutz und vom Veterinäramt nach und nach die Boxen mit den gefangenen Katzen zum Wagen trugen. Als Beer seine Kollegin Julia zusammen mit den anderen vorm Haus sah, kam er herüber. Annette, immer noch erleichtert über den gelungenen Einsatz, lächelte ihm entgegen. Der will uns bestimmt fragen, wie das Kofferpacken war, dachte sie – doch es kam anders.

Beer baute sich direkt vor dem Exminister auf: »Herr Segert, ich nehme Sie jetzt in Handfesseln. Reine Vorsicht.«

Annette stutzte. Was war los? War das abgesprochen? Was hieß *reine Vorsicht*? Mit Wolfgang tauschte sie ratlose Blicke, und selbst die Polizistin schien nicht zu wissen, was vor sich ging.

Segert jedoch zeigte keine Spur von Verwunderung. Kichernd hielt er beide Unterarme hin. »Bekomme ich auch was für die Füße?«

»Wohin sollten Sie denn laufen?« Beer schloss die Ringe. »Sie hätten sowieso keine Chance.«

»Handschellen!«, amüsierte sich Segert. »Das trifft, das trifft!«

Beer winkte seine Kollegin heran. Die beiden besprachen sich leise.

»Wie geht es hier weiter?«, fragte Annette.

Beer hob die Hand. *Moment noch!*, sollte das wohl heißen. Neben ihm schnitt Segert schweigend Grimassen.

Kurz darauf begleitete Julia Räker die Katzenfängerinnen durch die Gartenpforte. Auch die fünf Frauen verstanden offenbar nicht, was vor sich ging. Warum mussten sie das Grundstück verlassen? Kommentarlos kehrte Julia zum Hauseingang zurück, nickte Annette zu und legte den Finger an die Lippe. Dann gab sie ihrem Kollegen ein Zeichen.

»Nun zu Ihnen, Herr Segert.« Beer hob die Stimme. »Zwei weitere Streifenwagen und die Kripo sind schon unterwegs. Vor einer Viertelstunde habe ich nämlich etwas entdeckt. Bei Ihnen im Garten.«

Segert kicherte. »Bestimmt der Katzenfriedhof. Aber ich bin unschuldig. Die sind alle bei der Geburt gestorben. Oder an Altersschwäche.«

»Dann sehen wir uns das doch mal zusammen an.«

Sie führten Segert in den hinteren Teil des Gartens. Vorm kahlen Beet mit den Holzkreuzen hielten sie an. Annette wandte den Kopf und blickte hoch. Heiko Raabe am Dachfenster beobachtete noch immer die Szene.

In einer Reihe standen sie vor den Holzkreuzen: Segert in der Mitte, zu beiden Seiten die Polizisten, ganz außen Wolfgang und Annette.

»Hier haben Sie also Ihre Katzen begraben?«, fragte Beer. »Jede einzeln?«

»Nein«, wurde Segert unerwartet ernst. »Manchmal auch im Familiengrab. Wenn es mehrere aus einem Wurf nicht geschafft haben. Nicht alle überleben. So ist nun mal die Natur.«

»Stimmt. Nicht alle überleben. Dann gucken wir mal ein paar Meter weiter.«

Segert wehrte sich nicht. Sie gingen nach links, vorbei an einem Komposthaufen. Wieder schaute Annette nach oben. Von hier aus konnte man Heiko Raabe am Fenster nicht mehr sehen.

Sie drehte sich um und erschrak. Neben dem Kompost lag auf dem Boden ausgebreitet eine grüne Plastikplane, etwa zwei mal drei Meter groß, an den Seiten mit Steinen beschwert. Darunter lag etwas. Nein. Jemand.

Segert kicherte noch immer. »Die Kugel trifft. Die Kugel trifft.«

Er verstummte. Seine Miene erstarrte. Als die Polizisten die Steine beiseitegeräumt hatten und die Plane anhoben, musste Annette würgen.

Das Doppeldorf

Auch in Groß Zicker grüßte der Lenz. Für Lilo Gondorf jedoch bedeuteten wachsende Pflanzen auch wachsende Mühe – und erinnerten sie an ihre drei großen Probleme: Sie hatte keinen grünen Daumen, keine Freude an der Gartenarbeit und kein Geld für Personal. Momentan kämpfte sie mit *Vinca*, zu deutsch Immergrün, aus der Familie der Hundsgiftgewächse. Ob das Gewächs tatsächlich ungesund für Hunde war, konnte Lilo nicht sagen, aber ganz sicher schadete es ihrer Laune: Den gesamten Vorgarten hatte sie letztes Jahr damit bepflanzt in der Hoffnung, dass der Bodendecker tat, was sein Name verhieß: den Boden immer zu bedecken. Doch im feuchtkalten Winter waren etliche Triebe abgefault, und zwischen den Pflanzen hatten sich kahle Stellen gebildet. Dort schlug nun Unkraut seine Wurzeln. Kurzum: Die Fläche zwischen Haus und Jägerzaun befand sich in einem unhaltbaren Zustand. Das war zwar nicht Lilos Ansicht – sie gönnte jedem Kraut ein Recht auf Wachstum –, wohl aber die Meinung des Kurdirektors. Und der musste es wissen. Neulich erst hatte er Lilos Anlage wieder mit fünf Seesternen ausgezeichnet. Höchstwertung! Und so sollte es bleiben. Lilo durfte keinen Stern verlieren, denn dann würden auch die Gäste ausbleiben – und das konnte sie sich noch weniger leisten als einen Gärtner. Die fünf Seesterne vergab die Kurverwaltung natürlich nicht nur für den Vorgarten, sondern für das gesamte Anwesen. Hinter Lilos Wohnhaus standen auf einem weitläufigen Grundstück zwei Holzbungalows mit Südterrassen und Boddenblick. Und ein solches Urlaubsdomizil brauchte nun mal auch einen gepflegten Garten.

Seit siebzehn Jahren lebte Lilo hier. Ursprünglich stammte sie aus Bielefeld. Nach dem Tod ihres Mannes hatte sie nach einem Neuanfang gesucht und war mit ihrer Tochter auf die Insel gezogen. Doch während Verena schon längst in Stralsund arbeitete, gehörte Lilo im Doppeldorf Groß Zicker/Gager mittlerweile längst zum festen Inventar – und wollte nie mehr weg. Die Landschaft ließ sie nicht mehr los. Der Bodden mit seinen sanftgrünen Verschlingungen von Land und Meer, da ging ihr das Herz auf – ganz egal wie nervtötend der Alltag auch war.

An diesem Morgen griff sie zur langstieligen Harke, setzte ihre Schritte ins Beet und schlug die Metallkralle in den Boden. Kurz darauf fluchte sie, denn die Aufgabe gestaltete sich schwieriger als erwartet. Wenn Lilo wirklich nur das Unkraut und nicht die lebenden Triebe des Immergrüns entwurzeln wollte, musste sie behutsam vorgehen. Wieder und wieder bückte sie sich, um den unerwünschten Teil der Botanik per Hand aus dem Erdreich zu ziehen. Dabei tröstete sie der Gedanke, dass Bewegung gesund ist – besonders in ihrem Alter. Schon volle sechzig. Andere Leute mit so vielen Kerzen auf der Torte verbrachten ihr Leben am Kachelofen, doch dafür reichte Lilos Rentenanspruch noch nicht aus.

Abgesehen vom Garten wartete in dieser Woche keine schwere Arbeit auf sie. Am letzten Samstag hatte sie ihre Ostergäste verabschiedet und die Bungalows gereinigt. Das Boddenhüsken, mit zwei Schlafzimmern der größere von beiden, sollte erst Ende des Monats neue Mieter empfangen. Für das kleinere Möwennest hatte sich zum kommenden Wochenende ein Ehepaar aus Regensburg angekündigt. Freundliche ruhige Leute, die schon ein paar Mal ihren Urlaub hier verbracht hatten.

Gerade richtete Lilo sich auf, um in schönstem Sonnenschein eine Pause einzulegen, da sah sie ihren Nachbarn Oskar. Er kehrte vom Einkauf in Gager zurück, an seinem Fahrradlenker baumelte ein gut gefülltes Netz.

»Und?«, rief sie hinüber. »Was gefangen?«

Er winkte. »Aal und Makrele von der Räucherbude. Ich lege das bloß in den Kühlschrank, dann komme ich rüber und helfe.«

Oskar verschwand mit dem Rad in der Garage. »Brauchst du nicht!«, rief sie zurück und wusste: Er würde es trotzdem tun.

Ach ja, Oskar. Auch kein leichtes Thema für Lilo. Im vorletzten Sommer hatten die ehemalige Kriminalkommissarin und der Arzt im Ruhestand einen Entführungsfall aufgeklärt – und dafür jede Menge Kommentare über sich ergehen lassen müssen. *Da seht ihr mal, wie gut ihr zusammenpasst*, hieß es im Ort. *Was bei einem Verbrechen geht, funktioniert privat erst recht. Und ihr tanzt doch auch miteinander*. Wenn solche Bemerkungen fielen, lächelten die beiden – und schwiegen. Die Dörfler blieben am Ball: *Irgendwann werdet ihr doch noch ein Paar*, lautete das Urteil. Aber Lilo kam nicht an gegen ihr Herz, und das sagte nun mal: Es sollte nicht mehr werden zwischen ihr und ihm. Auch nicht nach fast fünfzehn Jahren, die sie sich inzwischen kannten.

Ein paar Minuten später tauchte Oskar wieder auf, in Gummistiefeln und mit einem Karton voller Pflanzen. Lilo schaute genauer hin: Tatsächlich! Frisches Immergrün. Dabei hatten sie vorher keine Silbe darüber gewechselt.

Er stellte den Karton ab. »Bitte schön. Zwölf Stück. Sollte reichen.«

»Aber …«

Er hob die Hand. »Alles gut, min Deern. Ich habe doch den Schlamassel hier gesehen. Und ich war ja sowieso im Gartenmarkt.«

»Danke.« Eigentlich hätte sie ihm um den Hals fallen müssen, doch mit Umarmungen hielt sie sich zurück. Sie wollte ihm keine falschen Hoffnungen machen.

Stattdessen wies sie auf den Spaten, der am Torpfosten lehnte. »Die setze ich sofort ein.«

»Wir zusammen!«, befahl er. »Und dabei erzähle ich dir was. Willst du graben oder pflanzen?«

»Lieber pflanzen.«

Lilo war keine große Freundin körperlicher Arbeit. Das ist was für Männer, fand sie, und störte sich nicht daran, die schlimmsten Klischees zu erfüllen. »Nun erzähl schon!«, mahnte sie und holte den Spaten, der am Mauerpfosten lehnte.

»Also: In Gager steppt der Bär. Die Leute stehen vor den Räucherbuden und quatschen sich die Köpfe heiß.«

Lilo grinste. »Mal wieder ein seltsamer Beschluss der Kurverwaltung?«

»Nein. Aber ein seltsamer Leichenwagen.«

»Wo? Bei Segert?«

»Ach, sieh mal an! Segert fällt dir also zuerst ein?«

»Na ja. Bei dem, was Heiko Raabe uns so erzählt hat, muss einen ja nichts wundern.«

»Was wundert dich nicht? Dass Segert tot ist?«

»Genau.«

»Ist er aber gar nicht.« Oskar nahm ihr den Spaten ab. »Und jetzt sag mir doch mal, wo ich bei dir graben darf.«

Lilo überhörte die Zweideutigkeit und wies auf eine Lücke im Beet. »Da zuerst, bitte. Aber lenk nicht ab: Der Leichenwagen war also gar nicht für Segert? Für wen dann?«

»Weiß keiner.«

»Keiner?«

»Na ja. Die Polizei wird das schon wissen. Und die Bestatter natürlich auch. Aber sonst weiß es keiner im Dorf. Darum reden die Leute ja so viel.«

»Also war die Polizei bei Segert? Wegen der Leiche?«

»Nein, zuerst wegen der Katzen.« Schmunzelnd rammte Oskar den Spaten in die Erde. »Ich will dich ja nicht ärgern, min Lev. Darum jetzt mal von vorne: Die Behörden haben in einer Riesenaktion die Katzen beschlagnahmt und dabei vermutlich eine Leiche entdeckt. Die Polizei hat Segert mitgenommen und bringt ihn in die Psychiatrie oder in den Knast. Und über den Leichenwagen gibt es großes Rätselraten.«

Lilo wollte eine Pflanze aus der Kiste nehmen, doch sie hielt inne. »Also hat Segert was mit der Leiche zu tun? Ist er tatverdächtig? Wegen eines Tötungsdelikts?«

»Du traust es ihm offenbar zu.«

»Berufskrankheit.« Beherzt griff Lilo zum Immergrün. »Am besten kommt gleich noch eins daneben. Ist doch eine ziemlich große Lücke.«

»Aber mit genügend Abstand, sonst behindern die sich beim Wachsen.«

»Hm.« Ideal schien ihr der Vorschlag nicht, aber mit

Pflanzen verstand Oskar sich besser als sie. Dafür hatte sie mehr Ahnung von Mördern.

»Viel wissen wir ja nicht über Segert. Aber wenn das stimmt, was Heiko Raabe uns erzählt hat, dann ist er doch heftig neben der Kappe. Also nicht steuerungsfähig.«

»Und deswegen traust du ihm einem Mord zu?«

»Ja klar. Aber nun lass uns nicht wild spekulieren. Die Bestatter waren in Segerts Haus, aber er lebt noch. Das ist doch alles, was wir sicher wissen.«

»Ach, min Lev«, Oskar hob Erde aus, »zier dich nicht so. Segerts Katzen werden beschlagnahmt, und plötzlich rollt ein Leichenwagen an. Natürlich denken die Leute an ein Verbrechen – am liebsten natürlich mit dem Exminister als kaltblütigen Mörder.«

»Weil so was den Fremdenverkehr belebt?«

»Ja sicher, min Best. Haben wir doch erlebt vorletztes Jahr.«

Lilo stöhnte auf. An die Suche nach dem entführten Berliner Notar erinnerte sie sich mit gemischten Gefühlen. Bevor ihr eine passende Bemerkung einfiel, fuhr Oskar fort: »Und ich muss dir was gestehen. Eine Sache, über die ich bisher geschwiegen habe.«

»Ach?« Sie setzte ein Immergrün ins nächste Loch und trampelte die Erde fest. »Können wir das hier bereden, oder brauchen wir einen Beichtstuhl?«

»Geht auch hier. Die Pflanzen nehmen wohl keinen seelischen Schaden. Wo soll die nächste hin?«

»Da in die Lücke. Und nun sprich!«

Oskar wagte ein paar Schritte quer durchs Beet. »Ich habe dir das nicht erzählt, weil es unter meine Schweigepflicht fällt.«

»Oskar!«

»Ich weiß, ich weiß«, er hob die Hand, »es wäre bei dir gut aufgehoben gewesen. Aber vor allem habe ich es nicht erzählt, weil ich es unwichtig fand.«

»Aha? Und inzwischen ist es wichtig?«

»Ja, weil es Segert betrifft. Und wegen der Leiche auf seinem Grundstück. Also: Im August hatte ich bei Segert einen Krankenbesuch.«

Lilo stutzte. Oskar war schon seit Jahren in Rente, doch sie erinnerte sich. Letzten Sommer hatte er ein paar Bereitschaftsdienste übernommen, weil seine Kollegen auf der Insel überlastet waren. »Du warst also bei Segert im Haus? Wegen was Ernstem?«

»Bloß Mückenstiche. Reichlich viele, aber nicht gefährlich.«

»Und warum musste ein Arzt kommen?«

»Er hatte jede Menge Salben im Haus. Aber er meinte, die taugten alle nichts.« Oskar griente. »Natürlich hätten die Salben geholfen. Bloß: Die Situation war ihm peinlich. Die Biester hatten ihm schlimm den Rücken zerstochen. Und da hätte er jemanden bitten müssen, ihm beim Einsalben zu helfen.«

»Und wieso die vielen Stiche?«

»Er hatte den Abend am Selliner See verbracht. Auf einer Decke in Bauchlage. Nur kurz gedöst, aber leider ohne Mückenschutz. Dummheit eben.«

»Und was hast du gemacht? Ihm liebevoll den Rücken eingecremt?«

»Ach was. Wenn Segert andere Leute für sich springen lässt, dann richtig. Er wollte eine hochwirksame Behandlung. Der Juckreiz sollte gefälligst sofort aufhören. Ohne diese lästige Schmiererei. Also habe ich ihm eine Cortisonspritze verabreicht, intravenös.«

»Und er war zufrieden?«

»Sogar begeistert. Und ganz freundlich. So schnell hätte ihm bisher noch kein Arzt geholfen, und wo ich denn meine Praxis habe. Er war richtig enttäuscht, dass ich längst im Ruhestand bin und kaum noch Vertretungen mache.«

»Und sonst? Wie sah es bei ihm aus?«

»Das Haus war in Ordnung. Zumindest, was ich gesehen habe: Wohnzimmer, Küche, Gästebad. Ein bisschen bieder, aber sauber und aufgeräumt. Haustiere hatte er da noch nicht.«

»Das weißt du so genau?«

»Weil ich nach Allergien gefragt habe.«

Lilo nickte. »Im August also noch keine Katzen. Das passt zu dem, was Heiko erzählt: Angefangen hat Segert im September mit drei Katzen. Und wie war er allgemein so drauf? Sehr verrückt oder nur ein bisschen?«

»Natürlich fand ich das seltsam: Erst ohne Mückenschutz am See liegen und dann einen Arzt kommen lassen.« Oskar seufzte. »Aber ist das bloß Arroganz oder schon eine psychische Krankheit? Und lässt sich daraus ableiten, dass er kurz darauf Katzen hortet? Oder einen Toten bei sich aufbewahrt?«

»Hm. Was meinst du, soll ich Verena mal anrufen?«

»Du denkst, sie kriegt die Leiche auf den Schreibtisch?«

»Ja sicher. Bei dem Fall muss die Rechtsmedizin zumindest mal drübergucken.«

»Aber wie du schon sagtest«, wandte Oskar ein. »Wir wissen nicht, wie lange die Leiche bei Segert rumlag. Vielleicht ist es ja eine Mumie aus der Jungsteinzeit.«

»Auch dann geht das über Polizei und Staatsanwaltschaft. Also macht Verena den Schriftkram.«

*

Lilo und Verena waren nicht nur Mutter und Tochter, sondern auch Kolleginnen, zumindest indirekt. Als Lilo Ende der Siebzigerjahre schwanger wurde – unerwartet und mit Zwillingen –, heiratete sie ihren langjährigen Freund Robert und schied aus dem Polizeidienst. Jonas und Oliver kamen gesund zur Welt, allerdings sechs Wochen zu früh. Lilo kümmerte sich rund um die Uhr. Als Restaurantleiter konnte Robert nur selten helfen, immerhin verdiente er gut. Doch alle Anstrengung konnte dem großen Glück nichts anhaben.

»Wenn unsere Jungs eingeschult sind, bekommen wir noch ein Kind«, sagte Robert oft. »Natürlich ein Mädchen.« Das Schicksal meinte es gut: 1985 wurde Verena geboren, und als auch sie aus dem Gröbsten raus war, wollte Lilo zurück in den Beruf. Doch das Blatt wendete sich, Robert starb nach einem Motorradunfall. Lilo trauerte tief. Doch sie schaffte es, ihren Kindern einen guten Weg zu bahnen. Die eigenen Bedürfnisse stellte sie zurück. Als das Schlimmste überwunden schien, brauchte sie noch Jahre, um sich neu zu orientieren. Zur Kripo konnte sie nicht mehr zurück – dazu war sie längst zu alt. 1998 dann, in einem Kurzurlaub mit einer Freundin, entdeckte sie ihre Liebe zu Rügen und begann zu suchen. In Groß Zicker stand ein Grundstück zum Verkauf. Lilo hätte gern sofort zugegriffen, doch das Wohnhaus und die beiden Holzhütten waren in katastrophalem Zustand. Vor einer gründlichen Instandsetzung konnte man nicht einziehen. Lilo rechnete, verhandelte und siegte. Ihre Hausbank genehmigte einen Kredit für die Sanierung der Gebäude. Also zog sie mit ihrer Teenagertochter nach Rügen, die erwachsenen Söhne blieben in Bielefeld.

Vier Jahre später trat Verena in Lilos kriminalistische Fußstapfen. Seit etlichen Jahren arbeitete sie im Stralsunder Kommissariat. Und wenn ihre Kollegen von der Kripo-Außenstelle in Bergen personelle Unterstützung brauchten, kam sie vom Festland auf die Insel.

Verena war glücklich in ihrem Beruf und beseelt von ihrer Liebe zu ihrem Freund Christoph. Weniger zufrieden war sie mit dem, was ihre Mutter aus ihrem Leben machte. Auch Verena fand, Lilo und Oskar sollten endlich ein Paar werden. Dabei wusste sie ja: Es war Angst, weshalb ihre Mutter sich nicht enger an Oskar binden wollte. Die Angst vor dem Verlust. Über Roberts Tod war Lilo inzwischen hinweg, doch die Vorstellung, so etwas noch mal durchmachen zu müssen, versetzte sie in Panik. Also sprach Verena ihrer Mutter immer wieder gut zu – und Lilo lächelte hilflos.

*

Gegen zwölf Uhr an diesem Dienstag beendete Lilo die Gartenarbeit, bedankte sich beim besten aller möglichen Nachbarn und ging ins Haus. Am liebsten wäre sie sofort zum Telefon gestürzt, doch sie beherrschte sich: Es war immer noch zu früh. Der Polizeieinsatz in Segerts Haus lag erst ein paar Stunden zurück, und Verena musste sich in den Fall ja erst einarbeiten.

Lilo aß ein Käseomelett, hielt ein Nickerchen und schaute eine Unterhaltungssendung über den Leipziger Zoo. Es ging um Zwergschweine, Giraffen und Raubkatzen. *Katzen!* Lilo sah auf die Uhr: halb vier. Da war eine freundliche Nachfrage doch zumutbar. Verena konnte die Nummer ja im Display sehen und musste nicht drangehen, wenn sie nicht wollte. Lilo wählte den Stralsunder Dienstanschluss.

Verena hob sofort ab. Ihr Ton jedoch machte klar, was sie von Lilos Anruf hielt. »Tachschön, Mama. Warum denn jetzt erst? Es ist nicht gesund, wenn man seine Neugier zu lange zügelt.«

»Ein bisschen Zeit wollte ich euch geben«, flapste Lilo zurück. »Die Sache liegt also auf deinem Tisch.«

»Ja, und du kannst sogar helfen. Sag mir doch einfach mal, was für Gerüchte im Dorf die Runde machen. Oft ist ja was dran.«

Lilo erzählte, was sie durch Oskar wusste.

»Und aus welcher Ecke kommt das Gerede?«, fragte Verena.

»Vor allem von Heiko Raabe. Der stand ja wohl am Fenster und hat einiges beobachtet.«

»Aha. Und jetzt soll ich dir verraten, wer diese Leiche mal war.«

»Na sicher«, gab Lilo ungerührt zurück.

Selbstverständlich stand Verena gegenüber ihrer Mutter – ehemalige Kollegin hin oder her – unter Schweigepflicht. Andererseits hatten Lilo und Oskar vor zwei Jahren geholfen, den verschwundenen Notar aufzuspüren. Man konnte sich aufeinander verlassen.

»Segert ist in der Klinik, Mama. Wir vernehmen ihn da. Wie weit wir kommen, wissen wir noch nicht. Und es ist die Leiche einer Frau, sie lag neben dem Komposthaufen.«

»Aha? Wenn sie schon im Garten lag, warum hat er die denn nicht begraben?«

»Das hatte er angeblich noch vor. Wir fanden das ziemlich beruhigend. Im ersten Moment hatten die Kollegen nämlich einen ganz anderen Gedanken: dass Segert versuchen wollte, die Leiche zu kompostieren. Aber er hat mehrmals betont, er wollte sie vergraben. Dazu war er bloß noch nicht gekommen, darum hat er sie mit einer Plane abgedeckt.«

»Immerhin«, lobte Lilo. »Und wer ist diese Frau?«

»Das wissen wir noch nicht. Aber morgen bin ich wegen der Sache sowieso in Bergen und wahrscheinlich auch noch in Sellin. Anschließend kann ich bei dir vorbeischauen. Wenn alles gut läuft, so gegen sechs.«

»Sehr gern«, sagte Lilo und dachte: na bitte! »Und ich freue mich natürlich auch dann, wenn du mir nichts über die Sache mit Segert erzählst.«

»Schon klar, Mama.«

»Soll ich uns was Schönes kochen?«

»Das ist ja wohl das Mindeste!« Verenas Empörung war gespielt, sie lachte.

*

Am nächsten Morgen brannte es Lilo unter den Nägeln. Zu gern wäre sie sofort mit dem Rad nach Gager gefahren, doch sie verabscheute jede Form von Sensationstourismus – besonders im eigenen Doppeldorf. Trotzdem. Irgendwie musste sie an die jüngsten Gerüchte kommen, sonst bekäme sie den ganzen Tag keine Ruhe. Sie überlegte. Wenn sie schon nicht vor Ort dem Gerede lauschen konnte, dann eben über einen Umweg. Ja, das war es: ein Umweg! Und zwar über den Friedhof. Dort versah um diese Uhrzeit eine Dame ihren Dienst, die im Dorf zu den gut informierten Kreisen zählte. Ulrike Mosebach, die Frau von Konrad, dem Pastor. Ja, ja. Lilo und ihre Gefühle für Konrad – eine ganz eigene Geschichte. Doch das war im Moment kein Thema. Jetzt ging es bloß um Ulrike.

Lilo warf sich in Sportkleidung und joggte die Boddenstraße entlang Richtung Dorfmitte. In den letzten Jahren hatte sie sich angewöhnt, regelmäßig zu laufen. Vor allem aus Vernunft, weniger aus Freude. Doch wenn wie heute die Frühlingssonne und ein lauer Wind über die Wiesen des Mönchguts strichen, ging auch Lilo das Herz auf – trotz Sport. Sie bog nach links ab zum neuen Friedhof. Neu war der längst nicht mehr, aber mit dieser Bezeichnung unterschied er sich vom alten Gottesacker rund um die Kirche. Den Friedhofseingang erreichte sie um acht Uhr fünfunddreißig – der perfekte Zeitpunkt. Sie drosselte ihr Tempo und trat durchs Tor.

Schon nach wenigen Sekunden erblickte sie die Zielperson: in Jeans und grauem Parka, ausgerüstet mit Block und Stift, verrichtete Ulrike ihren Kontrollgang. Als Küsterin der evangelischen Gemeinde musste sie die Grabstätten auf ihren ordnungsgemäßen Zustand überprüfen und gröbere Verstöße melden. Sie war gertenschlank, um nicht zu sagen: klapperdürr. Ihr dunkelblondes Haar trug sie stoppelig kurz, und gegen Make-up schien sie sich eisern zu wehren. Nein, weiblich wirkte Ulrike nicht. Armer Konrad!, dachte Lilo oft. Doch bei allen Vorbehalten stand fest: Für Neuigkeiten aus Groß Zicker/Gager war man bei der Küsterin richtig. Sie kannte jeden, jeder kannte sie, und sie galt als höchst kommunikativ. Sobald sie Lilo sah, hob sie grüßend den Arm.

»Moin, Ulrike«, rief Lilo hinüber.

Selbstverständlich wusste Ulrike, dass Lilos Tochter bei der Polizei arbeitete. Lilo würde also mit ein paar Einzelheiten aus Verenas Büro herausrücken müssen, wenn sie im Gegenzug den neusten Dorfklatsch erfahren wollte.

»Gestern habe ich mit Verena telefoniert«, eröffnete Lilo den Handel. »Die Kripo ermittelt wegen der Leiche auf Segerts Grundstück. Aber der rechtsmedizinische Befund liegt noch nicht vor.«

Ulrike hakte nach. »Ein Mann oder eine Frau?«

Lilo zögerte. Sollte sie weitergeben, was sie von Verena unter dem Siegel der Verschwiegenheit erfahren hatte?

In dem Moment sagte Ulrike: »Bestimmt eine Frau. Alle im Dorf meinen das.«

Lilo nickte diskret, aber unübersehbar. »Und warum sind die Leute sich da so sicher?«

»Na ja.« Ulrike lächelte, mit der versteckten Information war sie offenbar zufrieden. »Es sind eher Vermutungen. Segert ist ja geschieden. Manche sagen: vielleicht ist seine Exfrau zu Besuch gekommen. Oder er hat sich ein Callgirl bestellt. Und dann gab es Streit, und dabei ist die Frau gestorben. Durch einen Unfall zum Beispiel.« Sie senkte die Stimme. »Einige trauen Segert sogar zu, dass er sie umgebracht hat.«

»Warum sollte er das getan haben?«, flüsterte Lilo zurück. »Können die Leute das erklären?«

Diese Frage ging Ulrike dann wohl doch zu weit. Sie hob beide Hände. »Alles Gerüchte. Daran beteilige ich mich nicht. Wir sollten keine Behauptungen in die Welt setzen, es ist doch noch gar nichts bewiesen. Segert ist psychisch krank, und wir dürfen ihm nichts anhängen.«

»Tun wir ja auch nicht. Eine Leiche auf dem Grundstück ist kein Beweis für eine Straftat. Und du hast natürlich recht: Auch für Segert gilt die Unschuldsvermutung.«

Ulrike nickte, wartete ein paar Sekunden und meinte dann: »Eine Sache würde mich aber doch interessieren: Die Leiche ist jetzt bei den Rechtsmedizinern, und die stellen die Todesursache fest?«

»Ja sicher.«

»Gab es denn keine äußeren Hinweise? Dass man schon erkennen kann, woran die Frau gestorben ist? Irgendwelche Verletzungen?«

»Davon weiß ich nichts«, antwortete Lilo wahrheitsgemäß. »Verena wartet auf den Obduktionsbericht.«

»Na ja, das dauert eben.« Ulrike ließ ihren Blick über die Gräberreihen schweifen. Offenbar hatte sie mehr erwartet und hielt die Diskussion für beendet.

Lilo zeigte Verständnis: »Dann will ich dich nicht länger von der Arbeit abhalten. Ich sollte auch endlich im Garten weitermachen. Ist ja immer heftig was los im Frühjahr.«

»Ja, Lilo«, gab die Küsterin freundlich zurück. »Dir einen schönen Tag. Und morgen beim Tanzen sehen wir uns ja. Grüß Oskar bitte von mir.«

»Mache ich gern. Und du Konrad.«

Die beiden verabschiedeten sich. Hatte Lilo etwas erfahren? Im Grunde nur, dass die Leute wild spekulierten. Aber das wusste sie ja schon. Sie joggte nach Hause. In der Sache selbst war sie kein Stück weitergekommen.

Die fremde Frau

Verena betrat pünktlich um achtzehn Uhr den Flur, einen Schlüssel zu Lilos Haus hatte sie immer behalten.

Sie wirkte erschöpft. Das schulterlange blonde Haar trug sie heute hochgesteckt, einige Strähnen hatten sich aus dem Knoten gelöst.

»Komm in die Küche. Mit den Nudeln wollte ich warten, bis du da bist. Seid ihr denn vorangekommen?«

»Einigermaßen. Die Durchsuchung in Gager ist abgeschlossen. Eine Höllenarbeit, sagen die Kollegen, schon wegen des Gestanks. Mehr als hundert Tiere haben die rausgeholt. Das Haus ist jetzt versiegelt.« Verena nahm eine Flasche Mineralwasser aus dem Kühlschrank. »Für dich auch?«

»Ja bitte. Die Leute im Dorf haben bei der Leiche übrigens eine Vermutung: Es könnte Segerts Exfrau sein oder ein Callgirl.«

»Sieh an. Die Richtung ist gar nicht so verkehrt.« Verena füllte zwei Gläser und reichte eins weiter. »Die Frau war nämlich seine ehemalige Geliebte. Sie hieß Ewa, und sie hat sich in seinem Beisein erschossen.«

»Oje! Das sind ja Neuigkeiten. Und warum hat sie das getan?«

»Das sagt er nicht. Und er verrät auch sonst nichts über sie: Nachname, Alter, woher sie kam, und was sie bei ihm wollte. Wissen wir alles nicht. Nur dass sie vor Jahren mal ein Paar waren und dann lange keinen Kontakt mehr hatten.«

»Und dann war sie plötzlich wieder da?«

»So schildert er das: Letzten Freitagmittag hat sie ganz unerwartet bei ihm angerufen und sich angemeldet. Drei Stunden später kam sie mit dem Taxi bei Segert an.«

»Und wo war sie losgefahren?«

»Wissen wir auch nicht genau. Da mauert er wieder. Natürlich suchen wir jetzt den Taxifahrer. Jedenfalls: Er hat diese Ewa ins Haus gelassen, die beiden haben Traubensaft getrunken und von früher geplaudert. Dann hat er ihr den Garten gezeigt, und sie muss wohl völlig schockiert gewesen sein von dem Katzenchaos. Sie hat ihm Vorwürfe gemacht, und er hat sich verteidigt. So stellt er das dar.«

»Also haben sie sich gestritten?«

»Ja, aber angeblich nur kurz. Dann wurde sie traurig und hat gesagt, es ginge ihr schrecklich schlecht und alles mache keinen Sinn mehr. Und dann hat sie urplötzlich eine Pistole herausgezogen und sich erschossen. Und weil sie sofort tot war und ihr sowieso keiner mehr helfen konnte, hat Segert keinen Rettungswagen mehr geholt.«

»Aha.« Lilo schwieg ein paar Sekunden. »Und dann hat er sie unter der Plane versteckt?«

»Genau. An einer Stelle, die Heiko Raabe von seiner Pension aus nicht sehen kann.«

»Also hat Segert noch so weit mitgedacht.«

»Ja, und er wollte sie vergraben, hat das dann aber angeblich zeitlich nicht mehr geschafft.« Verena nahm einen Schluck Wasser. »Im Moment sind ein paar Kollegen im Dorf zur Befragung unterwegs. Ob sich jemand an Damenbesuch bei Segert erinnert. Entweder letzten Freitag oder vielleicht auch schon früher.«

»Und ihr zeigt ein Foto von der Leiche?«

»Genau das können wir nicht. Besser gesagt: Wir wollen es den Leuten ersparen. Von Ewas Gesicht ist nämlich nicht mehr viel übrig.«

»Oh! Heißt das …?« Lilo schluckte. »Aber bei einer Frau …«

»Doch. Leider. Ich weiß wohl: Ein selbst zugefügter Gesichtsschuss ist bei Frauen extrem selten. Dazu gehört ja eine unglaubliche Überwindung. Oder eine extreme Wut gegen sich selbst. Aber diese Ewa hat es tatsächlich getan: aufgesetzter Stirnschuss mit einem Teilmantelprojektil. Möchtest du Einzelheiten wissen?«

»Lieber nicht.« Lilo erinnerte sich an Fotos aus dem Lehrbuch für Kriminalistik. »Und das hat sie tatsächlich selbst getan?«

»Du meinst, dass es kein Selbstmord war, sondern Mord?«

»Ja klar. Es könnte doch jemand anders geschossen haben.«

»Aber die Rechtsmediziner sagen: Der Schusswinkel und die Schmauchspuren auf der Hand passen ganz genau. Da sieht nichts nach Fremdeinwirkung aus.«

Lilo kombinierte. »Vielleicht wurde sie ja gezwungen, sich zu erschießen. Mit einer Drohung, dass man sie auf eine ganz qualvolle und grausame Weise tötet, wenn sie das nicht selbst erledigt. Möglich wäre auch: Sie hat vorher schon einen Schuss abgefeuert, ganz woanders hin. Daher die Schmauchspuren auf ihrer Hand. Und später hat man sie erschossen, genau im passenden Winkel.«

»Wäre zwar kompliziert, aber theoretisch durchaus möglich. Nur: Wir haben dafür keine Hinweise. Wie gesagt: Alles spricht für Suizid. Die Waffe war übrigens eine

Glock 19, was ganz Gewöhnliches also, Ewa hat sie angeblich selbst mitgebracht. Natürlich haben wir Segert gefragt, ob Ewa in Kreisen verkehrte, wo man schon mal gern solche Waffen besitzt. Aber er sagt nur, er hat die Waffe mit einem Küchentuch aufgehoben und der Toten in den Rockbund gesteckt. So haben die Kollegen sie dann auch gefunden. Ach ja: Die Pistole hatte auch einen Schalldämpfer.«

Unwillkürlich stieß Lilo ein Lachen aus. »Schalldämpfer? Aus Rücksicht auf die Nachbarn?«

»Tja. Offenbar wollte Ewa selber nicht, dass wir ihren Tod schnell aufklären.«

Lilo warf einen Blick in den Topf. Das Wasser kochte, sie gab die Nudeln hinein. »Darum auch der Gesichtsschuss? Damit keiner rausfindet, wer sie war? Oder die Ermittlungen zumindest länger dauern?«

»Vermutlich. Das würde ja zu dem passen, wie Segert sich verhält: nur Vornamen, sonst keine Angaben.«

»Ob der Name Ewa stimmt, wisst ihr auch nicht, oder?«

Verena seufzte. »Nein. Und andersherum können wir nicht beweisen, dass er lügt. Bei dem Namen Ewa haben wir natürlich gefragt, ob sie Polin war, aber da mauert er auch.«

»Also braucht ihr einen DNA-Abgleich?«

»Haben wir schon. Leider kein Treffer in den üblichen Dateien. Jetzt hoffen wir auf die Isotopen-Analyse.«

Lilo nickte. Zu ihrer Zeit bei der Kripo gab es dieses Verfahren noch nicht, doch sie hatte darüber gelesen: Die Unterformen chemischer Elemente im Körpergewebe konnten Aufschluss darüber geben, wo ein Mensch gelebt und wie er sich ernährt hatte. »Und dieser Anruf von Ewa bei Segert? Lässt der sich zurückverfolgen?«

»Er kam von einem Prepaid-Handy aus Usedom. Das Handy haben wir übrigens nicht gefunden. Und auch keinen Pass von Ewa oder andere Papiere. Wahrscheinlich hat Segert ihr alles abgenommen und vernichtet.«

»Usedom«, überlegte Lilo. »Dann habt ihr doch schon mal eine grobe Richtung. Polen würde also hinkommen.«

»Darum haben wir die Kollegen dort schon verständigt. Aber Ewas DNA-Code ist da nicht gespeichert.«

»Und bei den Vermisstenanzeigen?«

»Leider auch kein Treffer. Übrigens: Segert hat kein Internet, bloß simples Festnetz. In letzter Zeit hat er niemanden angerufen. Einzige Ausnahme: der Supermarkt in Sellin. Die liefern alles, was er braucht.«

Lilo rührte die Nudeln um. »Und abgesehen vom Gesicht? Wie sah diese Ewa sonst aus?«

»Anfang vierzig, blondierte schulterlange Haare, mittelgroß, mittelschlank. Die Rechtsmediziner sagen: körperlich gut gepflegt. Sie hat was aus sich gemacht. Und ganz schick im dunkelblauen Business-Kostüm mit hellrosa Bluse.«

»Und eine Handtasche? Irgendwo muss sie doch die Pistole rausgezogen haben?«

»Wir haben keine Tasche gefunden. Vermutlich entsorgt, am Montag war bei Segert ja die Müllabfuhr.«

»Hm.« Lilo legte die Stirn in Falten. »Und dass er die Katzen hortet? Wusste Ewa das schon vor ihrem Besuch?«

»Angeblich nicht. Er behauptet ja, dass sie ganz entsetzt war über das Chaos im Haus. Richtig verzweifelt.«

»Aber bloß deswegen hat sie sich doch nicht umgebracht?«

»Vielleicht hat ihr das den letzten Rest gegeben«, stöhnte

Verena. »Das ist alles derartig schräg. Und die Psychiater blicken auch noch nicht richtig durch.«

»Also ist Segerts Verrücktheit vielleicht gar nicht echt. Er könnte das ja auch vortäuschen.«

»Ja. Möglicherweise ist das Taktik: Erst schottet er sich ab und hortet Katzen, damit alle Leute denken, er ist durchgeknallt. Dann bringt er die Frau um und beruft sich auf Schuldunfähigkeit, weil er psychisch krank ist.«

»Und deine Kollegen haben ihn in die Klinik gebracht?«

»Ja, zusammen mit der Amtspsychiaterin. Er hat überhaupt keinen Widerstand geleistet. Heute Morgen war sie noch bei ihm. Er fühlt sich ganz wohl, sagt er. Weil er wieder einen geordneten Tag hat und nicht mehr das Katzenchaos.«

»Dann ist er jetzt in der forensischen Psychiatrie?«

Verena lachte bitter. »Genau das ist der wunde Punkt: Er ist in der Normalpsychiatrie auf der geschlossenen Station.«

»Was?«

»Wir finden das auch unprofessionell. Aber die forensische Abteilung platzt aus allen Nähten. Darum haben Staatsanwalt und Richter entschieden: Die normale Geschlossene reicht aus. Weil Segert ja seine Medikamente nimmt und einsichtig ist.«

»Die denken doch viel zu kurz«, empörte Lilo sich. »Die Psychiater wissen doch gar nicht, was mit Segert los ist. Vielleicht hat irgendwer anderes die Frau getötet. Und der kommt jetzt auf die Idee, Segert aus der Klinik zu befreien. Damit wäre die Normalpsychiatrie doch völlig überfordert.«

»Haben wir alles bedacht, hat nur nichts genutzt. Das

Beste ist, wenn wir den Fall so schnell wie möglich klären. Also suchen wir Zeugen und geben Freitag eine Pressekonferenz.«

»Erst übermorgen?«

»Bis dahin haben wir hoffentlich noch mehr Details. Nur so viel ist klar: Ewas Gesicht kann man nicht rekonstruieren. Der Schuss hat gesessen.«

»Es gibt für so was doch moderne Software«, wandte Lilo ein.

»Schon, aber auch den Computer muss man mit irgendwas füttern. Und das rekonstruierte Bild sollte dann auch Ähnlichkeit mit dem Menschen haben. Sonst macht das ja keinen Sinn.«

»Also bräuchtet ihr ein früheres Foto von Ewa.«

»Segert sagt, er hat keins, und das scheint zu stimmen. Bei der Hausdurchsuchung haben die Kollegen jedenfalls keins gefunden.«

»Was ist denn mit dem Zahnstatus? Einen Unterkiefer hatte Ewa doch noch?«

»Ja, aber keinen einzigen eigenen Zahn mehr. Dafür eine Vollprothese auf Implantaten, ziemlich neu. Wir geben die Röntgenbilder aus der Rechtsmedizin an die Zahnärztekammern weiter. In Deutschland und Polen. Und hoffen, dass ihr Zahnarzt sich meldet.«

Lilo goss seufzend die Nudeln ab. »Dolle Geschichte, wenn sie nicht so ernst wäre. Segerts ehemalige Geliebte erschießt sich bei einem Besuch. Er vernichtet ihre Papiere und packt die Frau neben den Kompost unter ein Stück Plastik. Und keiner scheint sie zu vermissen.«

»So sieht es aus, Mama. Und auch wenn es herzlos klingt: Jetzt habe ich Hunger.«

»Schon gut. Auch die beste Ermittlerin taugt nichts, wenn sie Kohldampf hat. Gib den Nudeln noch zwei Minuten in der Soße.«

Verena kümmerte sich um Geschirr und Besteck, Lilo vermischte die Spaghetti mit dem Pesto, das sie schon morgens zubereitet hatte. Olivenöl, Basilikum, Knoblauch, Parmesan, Ricotta und Pinienkerne brauchten Zeit, um zu einem aromatischen Gesamtkunstwerk zu verschmelzen.

Sie setzten sich, Lilo füllte auf. »Und jetzt reden wir über was anderes. Was ist mit euren Reiseplänen?«

Anfang letzten Jahres, zu Verenas dreißigstem Geburtstag, hatten Verwandte, Freunde und Kollegen zusammengelegt und einen Gutschein über fünfzehnhundert Euro geschenkt. Wegen der ständigen Überstunden hatte Verena einen längeren Urlaub immer wieder aufgeschoben. Doch heute sagte sie: »Christoph war im Reisebüro. Wahrscheinlich machen wir Ende August einen Segeltörn um die Kanarischen Inseln.«

»Wunderbar, Kind. Wird ja auch Zeit, dass ihr mal rauskommt aus dieser Tretmühle.« Gern hätte Lilo noch hinzugefügt: Der Fall ist bis August bestimmt gelöst. Doch die Bemerkung verkniff sie sich lieber.

Die Pension

Alle Leute in der Gegend kannten die Geschichte des Fremdenheims von Gustav, dem Urgroßvater von Heiko Raabe. Er hatte schon in den 1920er Jahren die Bedeutung des Tourismus für die Insel erkannt und sah nicht ein, warum allein die Seebäder mit ihren breiten Sandstränden davon profitieren sollten. Auch das Mönchgut mit seinem Bodden und den Zickerschen Bergen bot landschaftliche Reize.

Als Maurer konnte Gustav zupacken. Innerhalb weniger Monate errichtete er ein Haus in schlichter Bauweise, aber mit guter Ausstattung. Die Pension fand rasch Stammgäste, vor allem aus Berlin. Kurz vor dem Krieg errichtete Gustav auf dem hinteren Teil des Grundstücks ein kleines Wohnhaus, in dem von nun an die Familie lebte. So stand der vordere Bau allein den Gästen zur Verfügung. Nach dem Krieg wäre das Fremdenheim Raabe durch eine Enteignungsaktion beinahe verstaatlicht worden. Doch Gustavs Sohn, der spätere Großvater von Heiko, sympathisierte früh mit der SED. Er durfte die Pension selbstständig weiterführen, musste dafür aber dem Regime so manchen Gefallen tun.

Nach der politischen Wende übernahm Heikos Vater die Betriebsleitung. Rügen entwickelte sich mehr und mehr zum Reiseziel auch für Urlauber aus den alten Bundesländern. Die Ansprüche wuchsen, das alte Gemäuer der Pension brauchte nun selbst eine Frischzellenkur. Heikos Vater, der sich nun zum Kapitalismus bekannte, begann zu rechnen: Selbst mit einem öffentlichen Kredit hätte er sich eine Restaurierung nicht leisten können. Also trennte er sich von einem Teil seines Grundstücks. Das darauf stehende Haus mit dem umgebenden Gartenteil verkaufte er, modernisierte dann die Pension und schuf in einem Anbau eine Wohnung für seine eigene Familie. Das ehemalige Wohnhaus fand rasch eine Käuferin: Eine Staatssekretärin aus Bonn ließ es liebevoll renovieren und nutzte es als Ferienhaus. Im Rentenalter wolle sie ganz hierherziehen, verkündete sie, doch es kam anders. Sie verliebte sich in einen Spanier und ging mit ihm nach Andalusien. Das Haus in Gager übernahm Hansjoachim Segert, der gerade dabei war, sich aus der Politik zu verabschieden. 2006 zog er ein. Mit seinen Nachbarn gab es keine Probleme. Man grüßte sich und hatte wenig miteinander zu tun.

Im Frühjahr 2015, als der Streit mit Segert noch nicht begonnen hatte, ereilte Heiko Raabe ein herber Schlag: Innerhalb weniger Monate starb erst sein Vater an Magenkrebs, dann die Mutter an den Folgen einer verschleppten Lungenentzündung. Heiko leitete den Betrieb allein weiter, die Gäste lobten den jungen Chef.

Zu diesem Zeitpunkt kannte Lilo ihn noch nicht persönlich, sie begegneten sich erst im Herbst. Heiko kam zum Square Dance im Gemeindehaus und fragte, ob er mitmachen dürfe. Die anderen hießen ihn willkommen. Zwar hatte er keine Erfahrung mit dem Tanz, doch jede Menge Ehrgeiz. Bald beherrschte er die wichtigsten Figuren und beeindruckte vor allem die Frauen. Er war ja ein schmucker Junge: dunkle Locken, helle Haut, grüne Augen. Ob er eine Freundin hatte, wusste man nicht, und er machte niemals eine Bemerkung in diese Richtung. Beim Square Dance tanzte er meistens zwischen den beiden älteren

Mosebach-Töchtern, behandelte sie zuvorkommend, aber flirtete nicht. Im Dorf munkelte man, er sei schwul, doch auch dafür gab es keine klaren Hinweise.

Lilo interessierte sich nicht für Heikos intime Vorlieben. Mit wem er sein Bett teilte – sofern es da überhaupt jemanden gab –, war ihr herzlich egal. Sie mochte ihn nicht besonders, weil er sich ständig in den Mittelpunkt stellte. Lang und breit verkündete er, wie viele von Segerts Katzen schon wieder Junge geworfen hatten, wie die Fäkalien zum Himmel stanken, welche Ämter er schon informiert hatte und dass die Behörden dann doch nicht durchgriffen. Lilo verstand Heikos Unzufriedenheit. Was sie aber störte, war sein selbstverliebtes Auftreten. Doch Konrad Mosebach, der die Square-Dance-Gruppe leitete, ließ Heiko gewähren. Als Pastor bemühte Konrad sich um Harmonie, außerdem gehörte seine Ehefrau Ulrike zu Heikos treuen Anhängerinnen. Und weil Konrad im evangelischen Gemeindesaal nun mal der Chef war, schluckten Lilo und Oskar ihren Unmut hinunter und kamen weiterhin donnerstags zum Tanzen.

*

Auch an diesem Donnerstag klingelte Oskar – stilecht in Jeans und weißem Westernhemd – bei Lilo an.

»Dann dürfen wir wohl gespannt sein«, griente sie ihm entgegen. »Hoffentlich haben wir überhaupt Zeit zum Tanzen.«

Er verstand die Anspielung. »Darf ich dich zur Kutsche geleiten? Da besprechen wir das.«

Vor einigen Jahren hatten sie einen gebrauchten silbergrauen Ford C-Max gekauft, kein Schmuckstück, aber verlässlich. Sie teilten sich die Kosten so gerecht wie möglich – darauf legte Lilo Wert. Was sie an Benzin verfuhr, zahlte sie auch. Gerade *weil* Oskar finanziell besser gestellt war als sie.

Oskar ließ den Motor an. »Du vermutest also, heute wird mehr diskutiert als getanzt?«

»Ja. Falls Heiko uns überhaupt zu Wort kommen lässt. Vielleicht zieht er ja auch eine One-Man-Show ab.«

»Och, min Deern. Soll er doch machen. Dann wärst du wenigstens aus der Schusslinie.«

»Du meinst, die bestürmen mich?«

»Ja sicher. Die wissen doch, wo deine Tochter arbeitet.«

»Dann sage ich, wie es ist: Die Polizei wartet auf die Befunde der Rechtsmediziner und Psychiater. Und morgen früh gibt es in Stralsund eine Pressekonferenz. Die wird live im Fernsehen übertragen.«

»Gut. So lange werden die Leute sich wohl noch gedulden können.« Oskar bog ab auf die Bundesstraße Richtung Sellin.

2013 hatte die älteste Mosebach-Tochter nach einem Austauschjahr in den USA den Square Dance nach Rügen mitgebracht. Ihre Eltern Konrad und Ulrike waren begeistert. Sie nahmen Kontakt zu Vereinen auf, besorgten sich Anleitungen und übten, übten, übten. Dann zogen sie hinaus über die Dörfer und verbreiteten die frohe Kunde: ein neuer Zeitvertreib, gesellig und gesund. Wer hat Lust, einmal pro Woche zu tanzen? Auf gar keinen Fall!, dachte Lilo im ersten Moment. Doch dann erfuhr sie: Konrad machte den *Caller*, also den Ansager, der den Paaren per Sprechgesang die Tanzfigur vorgab. Und weil Lilo Konrads sonore Bass-Stimme so erotisch fand, hatte sie zugesagt. Oskar machte mit, weil er Lilo so gern mochte. Und Konrad war ja verheiratet – mit Ulrike. Oskar hingegen hoffte weiter, Lilos Herz zu gewinnen. Eine verzwickte Sache also, trotzdem hatten alle Spaß am Tanzen.

An der Schranke in Sellin warteten Lilo und Oskar lange auf die Durchfahrt der nostalgischen Inselbahn *Rasender Roland*. Erst um neunzehn Uhr neunundzwanzig betraten sie den Gemeindesaal, der sich einmal pro Woche in den *Country Ballroom* verwandelte.

»Habe ich es nicht gesagt?«, raunte Oskar im Treppenhaus.

Lilo nickte.

Heiko Raabe glänzte mit Anwesenheit: An der Garderobe leuchtete seine hellgrüne Jacke, seine Stimme drang bis in den Flur. Umringt von den Mittänzern stand er auf dem Parkett: »Die Polizei hat meine Aussage aufgenommen. Und natürlich sucht man nach weiteren Zeugen. Bis jetzt gibt es wohl keine. Und Segert ist geistig so verwirrt. Was der sagt, ist für die Polizei kaum zu gebrauchen.«

»Man könnte doch ein Foto von der Toten veröffentlichen«, meinte eine Frau aus Middelhagen.

»Genau das habe ich auch vorgeschlagen.« Heiko straffte die Schultern. »Doch das macht die Kripo nicht, warum auch immer. Da steckt noch mehr dahinter. Das ist eine größere Sache, verlasst euch drauf.«

Die anderen nickten, und sicher hätte Heiko seinen Auftritt gern noch länger genossen. Doch nun erklomm Pastor Konrad Mosebach die kleine Bühne.

»Ladies and Gentlemen, set your squares, please.«

Der Pulk um Heiko löste sich auf. Zweiunddreißig Tänzer und Tänzerinnen bildeten vier Quadrate, ein Paar auf jeder Seite.

»Bow to the partner, bow to the corner, join your hands and circle left.«

Konrads wunderbarer Bass füllte den Raum.

»Girls promenade inside the ring.«

Wie immer liefen Lilo wohlige Schauer über den Rücken, wie immer ließ sie sich nichts anmerken. Sie lächelte Konrad zu, sie lächelte Oskar zu und auch Philipp, Konrads dreizehnjährigem Sohn, ihrem Eck-Partner im *Square*.

Nach einer Stunde gab es eine Pause, sofort wurde Heiko wieder umringt. Diesmal hörte auch Lilo zu – aus ermittlungstaktischen Gründen: Sie verglich Heikos Schilderung mit dem, was sie von Verena wusste. Nein, sie fand keine Widersprüche.

Die zweite Hälfte des Abends ließ Konrad komplizierte Schrittfolgen üben. Die meisten verfransten sich, es gab viel zu lachen. Um zehn Uhr war das Tanzen beendet, nicht aber Heikos Redewut. Wieder wurde er umringt, wieder brach eine Diskussion über die Ereignisse in Gager los. Lilo und Oskar mochten nicht länger zuhören und verabschiedeten sich freundlich.

»Nun, min Deern?«, fragte Oskar auf der Rückfahrt. »Können wir glauben, was unser guter Heiko da von sich gibt? Monatelang protokolliert er, was im Nebenhaus vor sich geht: Wie viele Katzen auf dem Grundstück leben, wie viel Futter angeliefert wird, wie viele tote Tiere Segert im Garten begräbt. Und dann, als Segert endlich mal Besuch bekommt, noch dazu von einer gut gekleideten Frau, da weiß Heiko von alldem nichts.«

»Na ja. Nicht dass ich ihn in Schutz nehmen will, aber es war ja nun mal ein Freitagnachmittag. Da hatte er sicher nicht die Zeit, am Fenster zu stehen.«

*

Am Freitagmorgen fand die Pressekonferenz in Stralsund statt – mit Verenas Chef sowie einem Staatsanwalt und dem Polizeipräsidenten. Lilo verfolgte die Live-Übertragung im Fernsehen. Ein Bild der Leiche gab es auch diesmal nicht, aus »ermittlungstaktischen Gründen«.

Macht Sinn!, dachte Lilo. Ein Foto mit Gesichtsschuss war nicht zumutbar, und außerdem: Die Todesart ist Täterwissen.

Falls es einen Täter gab. Angeblich hatte Ewa ja selbst geschossen. Es ging also eher um die Frage: Hatte sie sich freiwillig die Waffe auf die Stirn gesetzt, oder war sie gezwungen worden? Auf der Pressekonferenz war bloß von einem unklaren Todesfall die Rede. Immerhin verriet man einige Details: Die Tote hieß vermutlich Ewa und lag auf einem Privatgrundstück in Gager. Bei dem offenbar geistig verwirrten Bewohner handelte es sich um einen ehemaligen Bundespolitiker. Jetzt war er in klinischer Behandlung, und die Polizei suchte nach Hinweisen zu der Frau. Vermutlich lebte sie zuletzt in Polen. Es folgte ein Foto von ihrer Kleidung.

Lilo betrachtete das blaue Kostüm und die rosa Bluse. Hätte sie Segert eine so teuer gekleidete Geliebte zugetraut?

Oder überhaupt eine Geliebte? Die Beziehung lag angeblich schon Jahre zurück. Vielleicht war Ewa damals fasziniert von Segerts Einfluss als Politiker. Oder sie hatte es auf sein Geld abgesehen. Hatte er ihr Unterhalt gezahlt? Hatte sie davon die Markenklamotten gekauft? Wieder so viele Fragen. Lilo schaltete den Fernseher aus.

Am frühen Nachmittag kamen neue Gäste, ein älteres Ehepaar aus Regensburg, das schon im letzten und vorletzten Jahr im Mövennest Quartier bezogen hatte. Angenehme Menschen, die sich für die Mönchsguter Landschaft begeisterten und einen ruhigen Urlaub verbringen wollten. Abgesehen vom Oberpfälzer Dialekt gab es keine Probleme, und das Wetter spielte auch mit. Lilo hätte den weiteren Tag wie so oft gärtnernd und putzend verbringen können, doch dazu hatte sie keine Lust. Sie griff zum Telefon.

»Hast du zehn Minuten für deine alte Mutter?«

»Eigentlich nicht«, entgegnete Verena gut gelaunt. »Ich muss mich noch um die Aussage des Taxifahrers kümmern.«

»Der diese Ewa zu Segert gebracht hat? Also macht ihr jetzt ein Phantombild von ihr?«

»Ja, aber erst morgen. Wobei sie wohl die ganze Zeit eine riesige Sonnenbrille trug, vom Gesicht war nicht viel zu sehen. Der Fahrer hat sogar gedacht: Das ist eine Prominente. Die will nicht erkannt werden. Deswegen fährt sie nicht mit dem Zug bis auf die Insel, sondern leistet sich das Taxi schon ab Stralsund.«

»Und wie ist sie nach Stralsund gekommen? Über Usedom? Mit dem Zug?«

»Vermutlich ja. Ansonsten konnte der Taxifahrer wenig sagen. Sie hat die meiste Zeit geschwiegen und in bar bezahlt. Ein Bankkonto können wir also auch nicht ermitteln.«

»Ist sie denn Polin?«

»Sie hat akzentfreies Hochdeutsch gesprochen, aber das muss ja nichts heißen. Wir haben übrigens mit Segerts Exfrau in Kapstadt telefoniert. Sie ist da schon lange neu verheiratet.«

»Dann erzähl mal, Kind.«

Verena tat ihr den Gefallen, und Lilo lauschte: Die Ehe mit Segert ging schon kurz nach der Hochzeit den Bach runter. Vor allem, weil er seine ganze Energie in den politischen Aufstieg gesteckt hat. Seine Frau fühlte sich vernachlässigt, das Übliche eben. Aber er wollte sich nicht trennen, aus Angst, seiner Karriere zu schaden. Die Frau tolerierte das ein paar Jahre, doch dann wurde er immer verschrobener. Besonders in den eigenen vier Wänden. Nach außen machte er weiterhin einen guten Job, alle waren zufrieden und schlugen ihn als Bundesminister vor. Eigentlich hätte er gern das Finanzressort übernommen, bekam aber das Landwirtschaftsministerium.

»Und dann hat er sich natürlich wieder total reingekniet«, erklärte Verena. »Da war noch weniger Zeit für seine Frau.«

»Das ist doch nichts Verschrobenes«, wandte Lilo ein, »wenn jemand seinen Job gut machen will.«

»Grundsätzlich nicht. Aber zu Hause wurde er immer seltsamer. Er hat früher ganz normal Fleisch gegessen, ohne sich viel dabei zu denken. Aber dann musste er als Minister einen Großbetrieb für Schweine besichtigen. Und wurde von heute auf morgen ein strenger Vegetarier, ohne Eier und Milchprodukte.«

»Was ja nicht verwerflich ist.«

»Nein. Das Problem war nur: Er hat das auch stark nach außen getragen. Sogar die Mitarbeiter im Ministerium wollte er missionieren. Aber er sollte ja die gesamte Lebensmittelindustrie vertreten – also auch die Fleischfabrikanten. Das fiel ihm immer schwerer. Und schließlich fing er an, vegetarische Kochbücher zu schreiben. Nicht unter Pseudonym, sondern mit eigenem Namen, darauf bestand er.«

»Und dann ist er zurückgetreten?«

»War gar nicht nötig. 2005 gab es ja vorgezogene Neuwahlen. Das passte gut. Segert brauchte sein Amt nicht niederzulegen, denn das Ressort wurde sowieso umbesetzt. Er hätte noch einen Listenplatz haben können, für ein einfaches Bundestagsmandat. Aber er hat sich ganz aus der Politik zurückgezogen.«

»Und das Haus in Gager gekauft.«

»Genau. Und dann kam die Scheidung. Seine Frau hatte nämlich längst einen neuen Partner, einen Südafrikaner, deswegen Kapstadt.«

»Kinder hat Segert nicht?«

»Nein, erst wollte er nicht wegen der Karriere. Und später hat es in der Ehe so gekriselt, dass seine Frau nicht mehr wollte.«

»Und diese Ewa? Seine Geliebte?«

»Darüber wusste seine Exfrau nichts. Auch nichts über eine Verbindung nach Polen.«

»Vielleicht hat er Ewa ja erst später kennengelernt. Als seine Ex schon in Südafrika lebte.«

»Möglich. Jedenfalls: Solange er schweigt, kommen wir nicht voran. Wir brauchen Zeugen. Oder irgendetwas an der Leiche, was uns weiterhilft.«

»Also habt ihr sonst keine Spur?«

»Wir hoffen, dass sich Ewas Zahnarzt meldet. Oder die Rechtsmediziner noch irgendwas Spannendes finden. Wir warten da noch auf einen genaueren Befund.«

»Die Toxikologie braucht eben lange.«

»Nicht nur das, es geht auch um die Tötungsart. Ist ja extrem ungewöhnlich, dass sich eine Frau ins Gesicht schießt. Und nun überlegen wir, ob der Grund dafür vielleicht sogar im Gesicht selbst lag.«

Lilo stutzte. »Ihr meint, da gab es bei Ewa irgendwas Auffälliges?«

»Immerhin möglich. Solange wir keine andere Spur haben, klammern wir uns an jeden Strohhalm.«

»Aber dem Taxifahrer war nichts aufgefallen?«

»Sie trug ja die große Sonnenbrille. Vielleicht hatte sie irgendwas an den Augen. Jedenfalls: Die Rechtsmediziner wollen sich die Verletzung ganz genau ansehen. Und darauf warten wir noch.«

Lilo seufzte. »Ich drücke euch die Daumen.«

»Danke, Mama.«

*

»Ich kann Verenas Frust verstehen. Falls Segert tatsächlich weiter schweigt, käme man nur durch Indizien weiter. Oder durch andere Zeugen. Aber die gibt es ja wohl nicht.« Oskar hatte Lilos Bericht gelauscht und zugleich die Korbmöbel auf der Terrasse vom Staub des Winters befreit.

»Doch! Es gibt weitere Zeugen. Sogar hundert Stück.« Und ehe er antworten konnte, setzte sie nach: »Ja! Ich meine die Katzen. Und: nein! Ich bin nicht verrückt.«

Nach dem Telefonat mit Verena hatte Lilo lange nachgedacht. Im Internet war sie auf ein sehr charmantes Interview mit Nora Onning, der hiesigen Tieramtsleiterin, über die beschlagnahmten Katzen gestoßen. Und jetzt hatte sie eine Idee. Oder besser gesagt: ein Gefühl.

»Sonst ist aber alles in Ordnung mit dir, Deern? Du glaubst, im Tierheim lässt sich irgendwas rausfinden? Über Segert und die tote Frau? Wie soll das denn gehen? Katzen sind meist nicht besonders gesprächig.«

»Kein gutes Argument. Sag lieber, was du heute noch vorhast.«

»Beete harken, Stauden schneiden und Klos putzen. Und natürlich was essen.«

Lilo schmunzelte. »Dann lass uns sofort fahren. Zum Abendbrot sind wir zurück.«

Das Tierheim

Manchmal bekam Lilo Anfragen von Interessenten, die ihre Hunde in die Bungalows mitbringen wollten. Und immer antwortete sie: »Da muss ich Sie leider enttäuschen, Haustiere sind hier nicht gestattet.«

Zufrieden war sie mit dieser Regel selbst nicht. Ihr gingen Gäste verloren, denen sie gern erlaubt hätte, einen wohlerzogenen Hund mitzubringen. Aber letztlich machte das Tierverbot Sinn: Zum einen musste sie alle Gäste gleich behandeln. Zum anderen wollte sie nicht riskieren, dass die Hunde von Mövennest und Boddenhüsken aufeinander losgingen. Einmal hatte eine Familie nachgefragt, ob sie ihre Zwergkaninchen mitbringen durfte. Auch hier hatte Lilo abgelehnt, schließlich wusste sie nicht, wer nach den Kaninchen in den Bungalow einziehen würde – vielleicht ein Allergiker. Die Allergene wurden über den Speichel der Tiere übertragen, der Speichel klebte an den Haaren, und die ließen sich auch durch Putzen nie ganz beseitigen. Lilo selbst hätte gern Katzen gehalten und verzichtete schweren Herzens. Denn ab und zu vermietete sie die beiden Gästezimmer im Obergeschoss ihres Wohnhauses.

An diesem Nachmittag jedoch ließ Lilo ihrer Tierliebe freien Lauf. Sie übernahm das Steuer und erntete von Oskar kritische Blicke.

»Aber wir sind uns absolut einig, Deern. Kein Tier in dein oder mein Haus!«

»Versprochen. Und sei ruhig ehrlich: Du hältst das hier immer noch für eine Schnapsidee, oder?«

»Was sonst?«, schnaubte er. »Die Katzen reden nicht. Und dass die Tierschützer irgendeine Bemerkung machen, die zu einer Spur führt? Wie soll das gehen? Diese Frau vom Tierheim sagt doch: Sie hat erst durch das Veterinäramt von dem Fall erfahren. Mit Segert hatte sie vorher nie was zu tun.«

»Aber die Kripo kommt nicht weiter. Da muss man alles probieren.«

»Wenn die Polizei da einen Verdacht hätte, würde sie ja wohl im Tierheim ermitteln. Tut sie aber nicht.«

»Und darum machen wir das jetzt!«

Oskar seufzte. »Und was willst du erzählen? Dass wir uns über geschundene Tiere freuen? Und deshalb Segerts räudige Katzen sehen möchten?«

»Warte es doch ab. Die Leiterin hat gesagt: Das Heim freut sich über die Aufmerksamkeit. Auch wenn man nicht gleich ein Tier adoptieren will.«

»Aber ich warne dich. Solltest du dahinschmelzen beim Anblick tapsiger Katzenbabys: Denk an die Allergien deiner Kurgäste. Und ich will kein Tier. Mit meinen Patienten hatte ich genug um die Ohren. Mehr gute Taten muss ich nicht vollbringen.«

»Ist ja schon gut! Ich will doch bloß gucken. Und ein bisschen ermitteln.«

»Nur ein bisschen?«, fragte er provokant. »Und bevor es ein bisschen mehr wird, hörst du freiwillig auf?«

»Dann gebe ich die Sache an Verena weiter. Aber du machst jetzt schön mit bei unserem Auftritt?«

Oskar stöhnte laut auf. Und Lilo nahm es als Zustimmung.

*

Es war ein sonniger Aprilnachmittag, und allein die Fahrt über die Insel war ein Vergnügen. Noch gab es wenig Touristen, noch waren die Straßen nicht verstopft, und selbst an den Bahnübergängen für den *Rasenden Roland* hatte Lilo freie Fahrt.

Sie erreichten Göhren. Das Seebad erfreute sich vor allem wegen seiner beiden Sandstrände großer Beliebtheit. Das Tierheim lag am Ortsrand in den ehemaligen Baracken der Nationalen Volksarmee.

»Warst du eigentlich schon mal in einem Tierheim?«, fragte Lilo.

»Nein. Die Sprechstunden in den DDR-Kinderheimen haben mir gereicht. Mehr Heime wollte ich mir nicht antun.«

Lilo parkte den Ford, und Oskar öffnete die Tür. »Reichlich laut, für meinen Geschmack. Dieses Gebelle.«

»Nach außen macht es aber einen netten Eindruck. Viele Pflanzen, alles schön gepflegt.«

Er musste ihr recht geben. Die Gebäude waren hellbeige gestrichen, nichts erinnerte mehr an die Armeegebäude.

Am Eingang kam ihnen ein Mann entgegen. Er trug eine dunkelgrüne Arbeitshose mit passendem Sweatshirt und führte einen Cocker an der Leine. Von Hunden verstand Lilo nicht viel, doch sie erkannte: Es war ein eher betagtes Exemplar. Der Gassigänger dagegen war jung, vermutlich zwanzig Menschenjahre. Ein Namensschild wies ihn aus als *Felix – Praktikant*. Felix hatte braune Augen, hellblondes Haar, einen aufgeweckten Gesichtsausdruck. Ein Junge mit Potenzial, das sah man gleich.

Ohne Scheu sprach Felix die Besucher an. »Wollen Sie auch zu den Katzen aus Gager?«

»Sehen wir so aus?« Lilo schmunzelte und dachte: umso besser. Wenn man uns so direkt fragt, dann müssen wir uns auch nicht zurückhalten mit unserer Sensationslust.

»Ach, Sie ahnen nicht, was hier los ist. Seit der Sendung heute Morgen melden sich hier jede Menge Leute und fragen nach den Katzen. Und darum dachte ich: Sie möchten vielleicht auch eine davon.«

Lilo lächelte. »Das wissen wir noch nicht. Aber stimmt schon, der Bericht hat uns neugierig gemacht. Vor allem wegen dieser toten Frau.«

Felix antwortete nicht gleich, sondern wandte sich dem Hund zu. »Sitz, Henry!«

Henry gehorchte.

»Ach so, ja«, nahm Felix das Gespräch wieder auf. »Die Katzensache schlägt hier hohe Wellen. Aber wir freuen uns natürlich über die Hilfsbereitschaft.«

Lilo nickte. »Die Tiere haben sich auch lange gequält. Und dann die Behörden. Erst untätig, und als endlich was passiert, findet man die Tote. Wirklich schlimm. Haben Sie auch mitgemacht bei der Aktion?«

Die letzte Frage war eine Finte. Aus dem Internet wusste Lilo, dass zwei Tierheim-Praktikantinnen am Einsatz teilgenommen hatten. Einen jungen Mann hatte Nora Onning nicht erwähnt.

»Nein«, antwortete Felix denn auch prompt. »Ich nicht, aber unsere Leiterin und meine beiden Kolleginnen.«

»Und die Katzen haben alle überlebt?«, fragte Oskar.

»Leider nicht, einige mussten wir einschläfern lassen. Aber bei den allermeisten sind wir optimistisch.«

Lilo beugte sich zum Cocker hinunter. »Darf ich den mal streicheln?«

»Ja sicher. Henry ist total lieb.«

»Und warum ist der bei Ihnen?«

»Sein Herrchen ist plötzlich gestorben, wir haben aber auch schon Interessenten für ihn.«

»Das ist fein, Henry«, tätschelte Lilo das goldbraune Fell, »du bekommst bald ein neues Zuhause.« Sie richtete sich wieder auf. »Fantastische Arbeit, die Sie hier leisten. Ich habe im Fernsehen das Interview mit Ihrer Chefin mitbekommen. Wirklich beeindruckend. Dabei ist sie noch so jung.«

»Aber mit ganz viel Erfahrung im Tierschutz. Wenn Sie zu ihr möchten, gehen Sie in den Katzentrakt.« Der Praktikant wies auf das Gebäude. »Durch die Pforte und rechts. Ist auch ausgeschildert.«

Sie verabschiedeten sich. Felix führte den Cocker Richtung Parkplatz, Lilo und Oskar steuerten auf den Haupteingang zu. Auch drinnen machte das Heim einen freundlichen Eindruck. Im Vorbeigehen betrachteten sie die Bilder an den Wänden: Hunde und Katzen, neben Schlangen, Fischen und exotischen Vögeln – die schöne bunte Welt der Haustiere. Sonne fiel durch ein Glasdach, der Katzentrakt wirkte offen und leicht, fast wie in einem Gewächshaus. Doch statt Pflanzen gab es Kratzbäume und Kuschelkörbe in raumhohen gläsernen Boxen.

Nora Onning kam ihnen entgegen. Oskar stellte sich und Lilo vor – mitsamt ihrem Anliegen.

Die Tierheim-Chefin nickte. »Die Entscheidung für ein Haustier soll man nicht voreilig treffen. Sie können sich einfach umsehen.«

»Den Tieren geht es bestimmt gut hier«, lobte Lilo. »Alles so großzügig und frisch.«

»Danke. Viele Tierheime in Deutschland kommen bloß noch schlecht über die Runden. Es gibt kaum Unterstützung durch die Kommunen.«

»Ach? Und ich dachte immer, Tierheime kriegen öffentliche Gelder.«

»Tun wir auch, allerdings nur für die Fundtiere. Wir sind ja verpflichtet, uns um die zu kümmern.«

»Und die Katzen aus Gager?«, hakte Lilo nach. »Gelten die als Fundtiere?«

»Wir bekommen von der Gemeinde pro Tier eine Tagespauschale und die Kosten für den Tierarzt. Trotzdem müssen wir immer aufpassen, dass uns dadurch kein Verlust entsteht. Zum Glück haben wir in unserem Tiernothilfeverein sehr engagierte Mitglieder.«

»Also finanzieren Sie sich überwiegend durch Spenden?«

»Ja, und nicht nur von Inselbewohnern. Viele Kurgäste sehen unser Schild an der Straße und kommen vorbei. Im Urlaub sind die Leute ja ziemlich großzügig. Die lassen fast immer Geld da.«

»Wie schön.«

»Ja, das ist es. Und manchmal bekommen wir richtig große Spenden. Dann werden wir sogar im Testament bedacht. Neulich ein wohlhabendes Ehepaar aus Binz. Die hatten keine Kinder, und dann haben wir ein richtiges kleines Vermögen geerbt«, Nora Onning hob beschwichtigend die Hand. »Aber nicht, dass Sie was Falsches denken. Wir sind keine Erbschleicher. Dieses Ehepaar hatte schon seit Jahren Kontakt zu uns. Das war selbstverständlich alles ganz freiwillig.«

»Keine Angst«, schmunzelte Lilo. »Wir haben Sie schon richtig verstanden.«

Oskar nickte. »Und diese wunderbare Katzenabteilung? Haben Sie die auch mit Spenden gebaut?«

»Genau, und da sind wir wirklich stolz drauf, vor allem, weil wir so viel Platz haben: Jede Box ist ebenerdig und hat ein eigenes kleines Außengehege.«

»Ganz toll«, lobte Lilo und war doch ein wenig enttäuscht: »Die meisten Katzen schlafen ja wohl?«

»Es sind eben nachtaktive Tiere. Tagsüber dösen sie viel. Außerdem müssen sich die hier natürlich vom Stress erholen. Der Schlaf gehört zur Heilung.«

»Also stammen die vom Einsatz in Gager?«

»Ja. Aber übernommen haben wir noch mehr.«

»Und die sind jetzt erst mal in Quarantäne?«

»Jein.« Nora Onning lächelte. »Die haben ja alle beim selben Halter gelebt. Das Veterinäramt meint, es reicht eine kurze Quarantäne. Die gesunden Tiere dürfen wir ab nächster Woche vermitteln. Aber wir halten sie getrennt von den Katzen, die schon vorher bei uns waren. Und die Kleinsten leben mit ihren Müttern in der Spezialabteilung. Zusammen mit den trächtigen Tieren.«

»Also kommen noch welche dazu?«

»Bisher konnten wir drei Schwangerschaften feststellen. Wahrscheinlich sind es mehr, nur erkennt man die noch nicht.«

»Und wie viele haben Sie dann insgesamt aus Gager übernommen?«

»Wenn alle geboren sind, ungefähr hundertfünfzig.«

Lilo nickte anerkennend und überlegte, ob sie die Leiche aus Segerts Garten erwähnen sollte. Aber vermutlich würde die Tierheim-Chefin dazu genauso wenig sagen wie der Praktikant. Dann eben auf die sanfte Tour: »Sie machen eine tolle Arbeit, Frau Onning. Hundertfünfzig Katzen zusätzlich. Wirklich bewundernswert. Sind die eigentlich psychisch gestört? Ich meine: weil sie ja kaum Kontakt zu Menschen hatten?«

Die Leiterin nickte. »Ungefähr ein Drittel der Katzen aus Gager ist verhaltensauffällig. Was natürlich auch an der neuen Umgebung hier liegen kann. Wir müssen das beobachten und dann mit jedem Tierübernehmer besprechen.«

»Und körperliche Krankheiten?«, fragte Oskar.

»Da ist das Schlimmste überstanden. Mit einem Infektionsausbruch rechnen wir nicht mehr. Jetzt behandeln wir vor allem noch gegen Parasiten. Unser Tierarzt ist jedenfalls zufrieden.«

»Tierarzt?«, fragte Oskar. »Ein Mann? Nicht Frau Dr. Groote? Die wurde doch im Fernsehbericht erwähnt.«

»Frau Dr. Groote ist beim Veterinäramt. Sie kommt und kontrolliert, ob wir die Bestimmungen einhalten. Aber die medizinische Versorgung übernimmt Herr Scholl, unser Heim-Tierarzt.«

»Ach so?«, fragte Oskar. »Ich bin zwar alter Rüganer, aber den Namen habe ich noch nie gehört.«

»Er ist noch nicht lange auf Rügen, hat dann aber gleich zwei Praxen gleichzeitig gegründet. Eine in Binz und eine in Baabe.«

»Gleich zwei?«, fragte Oskar. »So nah beieinander?«

»Ja, wegen der Urlauber. Viele bringen ihre Hunde mit. Da hat Herr Scholl gut zu tun. Und er ist nicht nur auf Kleintiere spezialisiert. Er kümmert sich auch um das Vieh auf den Bauernhöfen.«

»Doch wohl kaum allein«, bemerkte Oskar. »So was kann der beste Arzt nicht schaffen.«

»Natürlich nicht. Herr Scholl hat mehrere Tierärztinnen angestellt. Aber er selbst arbeitet auch sehr viel«, Nora Onning schaute auf die Uhr. »Eigentlich müsste er gleich kommen. Heute sind noch Impfungen dran und ein paar Kastrationen.«

»Dann wollen wir nicht stören.«

»Tun Sie nicht. Überlegen Sie ganz in Ruhe. Es gibt ja auch Leute, die gern mit Tieren zusammen sind, aber kein eigenes haben möchten. Die helfen uns ehrenamtlich. Ställe sauber machen, Hunde ausführen, solche Sachen eben. Wäre das auch was für Sie?«

»Sicher nicht«, lächelte Lilo. »Dazu fehlt uns die Zeit. Wir haben immerzu Kurgäste, meist sogar im Winter.«

»Aber damit helfen wir Ihnen sicher auch ein wenig.« Oskar zückte die Brieftasche und überreichte einen Fünfzig-Euro-Schein.

»Oh, herzlichen Dank, das können unsere Tiere immer gut gebrauchen. Und ich sage einfach mal: vielleicht bis bald.«

»Wir haben zu danken, Frau Onning.«

Auf dem Weg zum Ausgang setzte Oskar seine Frotzelmiene auf: »Habe ich ja gleich gesagt. Das bringt hier nichts. Die Katzen schlafen, und das Personal hat keine Ahnung von der toten Ewa. Woher auch?«

»Es war aber trotzdem den Versuch wert.«

»Wie du meinst, min Deern. Hauptsache, du kommst nicht auf die Idee, hier mitzumachen.«

»Natürlich nicht. Habe ich doch gesagt.«

»Wäre nicht das erste Mal, dass du dich umentscheidest. Und zwar in kürzester Zeit.«

»Der Kopf ist rund, damit man beim Denken die Richtung ändern kann«, verteidigte Lilo sich.

Oskar hob die Brauen und schwieg.

Zwischen Pforte und Parkplatz kam ihnen ein Mann entgegen, Anfang vierzig und höchst attraktiv. Auch er trug ein Namensschild: *Kai-Uwe Scholl – Tierarzt.*

Ein Frauentyp, dachte Lilo, und ehe sie es sich versah, kam aus ihrem Mund: »Ach, Herr Doktor Scholl. Wie schön, dass wir Sie treffen.«

»Ja bitte?« Er blieb stehen und reichte zögernd erst Lilo, dann Oskar die Hand. »Was kann ich denn für Sie tun?«

Lilo erzählte von ihrem Besuch bei Nora Onning. Zwischendurch sah sie zu Oskar hinüber. Er bemühte sich um einen neutralen Gesichtsausdruck.

»Folgende Frage, Herr Doktor«, bat Lilo. »Falls wir ein Tier adoptieren und es wird krank? Also: Sie kennen die Tiere ja schon. Dürften wir dann damit zu Ihnen in die Praxis kommen?«

Er lächelte – breit und nachsichtig. »Aber sicher. Meine Praxen in Binz und Baabe stehen allen Tierhaltern offen. Und falls ich selbst nicht da sein sollte, wenden Sie sich gern an meine Mitarbeiterinnen.«

»Vielen Dank, Herr Doktor. Dann wollen wir Sie nicht aufhalten, Sie haben hier ja noch viel zu tun.«

Sie gingen weiter

»Was sollte das denn?«, fragte Oskar – halb genervt, halb amüsiert –, als sie außer Hörweite waren. »Ein kleiner Flirt?«

Lilo deutete auf den Ford. »Bereden wir da drin. Fahr du bitte, ich muss nachdenken.«

Sie stiegen ein.

»Und?«, fragte Oskar herausfordernd. »Deine Sülzerei eben? Reine Taktik?«

»Klar. Wohl kaum Zufall, dass Nora Onning diesen Scholl so lobt. Und er auch gleich auf seine beiden Praxen hinweist.«

»Du meinst, sie schanzt ihm Patienten zu?«

»Ja sicher. Ist doch praktisch: Die Leute holen ein Tier aus dem Heim und gehen damit zu dem Arzt, der den kleinen Liebling schon kennt. Kein Wunder, dass er gleich zwei Praxen eröffnen kann.«

»Und, min Deern? Könnte das auch was mit der toten Ewa zu tun haben? Wäre doch praktisch. Dann könntest du gleich mehrere Kriminalfälle auf einmal lösen.«

»Spotte du nur! Wenn Nora Onning seine Praxen derartig anpreist, ist das zumindest unlauterer Wettbewerb. Das Heim gehört einem gemeinnützigen Verein, bekommt also Steuervorteile. Da sollte alles ganz korrekt sein. Aber vielleicht läuft noch mehr zwischen den beiden.«

»Und dazu willst du ermitteln? Dass die Heimleiterin und ihr Tierarzt was miteinander haben könnten?« Oskar winkte mit dem Zündschlüssel. »So ganz nebenbei: Möchtest du jetzt nach Hause? Oder halten wir unsere Grundsatzdiskussion auf dem Parkplatz ab?«

»Nein, fahr los.« Lilo atmete hörbar aus. »Immerhin trägt Scholl einen Ehering.«

»Vielleicht ist er ja mit dieser Onning verheiratet.«

»Das hätte sie doch wohl erwähnt. Außerdem müsste sie dann auch einen Ring tragen. Tut sie aber nicht.«

Oskar setzte den Ford aus der Parklücke. »Das kann doch praktische Gründe haben. Zum Beispiel, weil der Ring sie bei der Arbeit stört.«

»Ach was. Scholls Frau ist bestimmt so eine ganz Gepflegte. Die sitzt zu Hause und kümmert sich um die Kinder. Oder sie arbeitet in den Praxen mit. Und macht sich Sorgen, dass Scholl mit Nora Onning flirtet.«

»Jetzt sag nicht, dass du das auch noch aufklären willst: heimtückischer Ehebruch in Tateinheit mit Haustierimpfung!«

Lilo musste lachen. »Seine Ehe ist mir egal. Aber ich würde schon gern wissen, ob die Nora Onning noch mehr Reklame für ihn macht. Und ob da Gelder fließen. Oder geldwerte Vorteile.«

Oskar schüttelte den Kopf. »Was ist denn nur los mit dir, min Best? Es gibt doch nun wahrlich größere Probleme in der Welt.«

»Überleg doch mal, wie Nora Onning uns von den alten Leuten erzählt hat. Die dem Heim so viel vererbt haben. Und dann hat sie sich verteidigt: dass sie keine Erbschleicherin ist. Dabei haben wir ihr das gar nicht unterstellt.«

»Sie wollte eben, dass wir keinen falschen Eindruck kriegen.«

»Da steckt bestimmt mehr dahinter. Schon als wir ankamen. Da hat der Praktikant sofort gefragt, ob wir an einer Katze interessiert sind. Noch bevor wir irgendwas gesagt haben. Der hatte also schon einen Blick für uns.«

»Idiot!« Oskar trat auf die Bremse. Eine Radfahrerin kam quer über die Kreuzung geschossen, obwohl die Gegenrichtung schon Grün hatte. »Entschuldigung. Ich meinte natürlich: Idiotin!« Er fuhr wieder an und wandte sich Lilo zu. »Was wolltest du eben sagen, min Best? Dass der Praktikant uns umgarnt? Damit wir unsere Millionen dem Tierschutz vermachen?«

»Mach dich bloß lustig. Oft werden alte Leute manipuliert, damit sie ihr Testament ändern. Und solange keine Nötigung vorliegt, ist das noch nicht mal strafbar.«

»Wie schön. Keine Straftat also. Dann kannst du ja ganz ruhig schlafen.«

Doch so leicht ließ Lilo sich nicht mundtot machen. »Und wenn doch? Wenn Nora Onning das ganz systematisch macht. Alte reiche Leute umgarnen? Und dieser Scholl steckt da irgendwie mit drin? Hältst du das für abwegig?«

»Nein. Erbschleicherei kommt häufig vor. Und viele alte Leute haben Geld, besonders in den Kurorten hier. Aber wie du schon sagst: Solange keine Nötigung vorliegt, ist es erlaubt. Und Tierschutz ist ja nichts Schlechtes.«

»Du meinst also: Der Zweck heiligt die Mittel?«

»Genau.«

»Ich würde aber trotzdem gern hinter die Kulissen gucken.«

Oskar stöhnte auf. »Jetzt also doch?! Du machst da mit? Und räumst ehrenamtlich die Kacke aus den Käfigen?«

»Wir fahren jetzt erst mal nach Hause. Dann rufe ich Nora Onning an und sage ihr, dass ich es mir anders überlegt habe.«

*

»Heute abend Bierchen und Kartoffelsalat bei mir!«, befahl Oskar, als Lilo am nächsten Morgen den Ford aus der Garage holte. »Und dann will ich jede Einzelheit hören über deinen Einsatz für die leidende Kreatur.«

»Aber nur, wenn die Tiere meine Pflege überleben.«

Sie fuhr los.

Oskar machte sich in der Küche sofort ans Werk: Kartoffelsalat nach Art seiner masurischen Großmutter. Die Besonderheit bestand in einem Dressing aus saurer Sahne und geriebenem Meerrettich. Lilo behauptete, es sei der beste Kartoffelsalat der Welt, und Oskar widersprach nicht.

Er mengte die Zutaten zusammen, und während alles schön durchzog, fuhr er zum Bio-Metzger und kaufte Heißwürstchen. Am Nachmittag widmete er sich seinem Garten. Anders als Lilo, die das Hegen und Pflegen des Grüns als notwendiges Übel ansah, liebte er diese Arbeit: für ihn die pure Entspannung. Hingebungsvoll bereitete er das Erdreich auf die Aussaat vor, summte dazu *Im Märzen der Bauer* und störte sich nicht daran, dass es bereits Mitte April war. Während er die Hacke schwang, dachte er an Hansjoachim Segert und an die tote Frau. Welche Verbindung gab es zwischen den beiden? Gegen siebzehn Uhr hatte er nicht nur die Gemüsebeete beackert, sondern auch dem Rasen einen frühlingshaften Schnitt versetzt. Gut gelaunt ging er in den Keller. Ein erstklassiger Kartoffelsalat verlangte ein ebensolches Bier. Und damit kannte Oskar sich aus. Von jedem Winkel der Erde ließ er sich Flaschen und Fässchen schicken, achtete auf Qualität und trank immer nur maßvoll. An diesem Abend griff er zu vier Halbliterflaschen eines Münsterländer Weizenbräus und stieg die Treppe hinauf in seine Wohnung. Im Flur klingelte das Telefon. Oskar stellte die Flaschen ab.

»Borbach, Oberarzt, Allgemeinpsychiatrie Stralsund«, sagte die Stimme. »Guten Tag, Herr Kollege Zillmann.«

Ein Anruf aus der Psychiatrie? Oskar kombinierte: »Geht es um Herrn Segert?«

»Genau. Und entschuldigen Sie bitte die Störung am

Samstag. Aber ich wollte Ihnen so früh wie möglich Bescheid geben.«

»Kein Problem«, entgegnete Oskar höflich, wenn auch irritiert.

»Gut. Von den Vorfällen am Dienstag in Gager haben Sie bestimmt gehört?«

»Natürlich.« Oskar war öfters in der Psychiatrie gewesen, meist nachts und am Wochenende als Vertreter für den Klinik-Internisten. Einen Oberarzt Borbach kannte Oskar zwar nicht, doch das musste nichts heißen. Die Stimme klang recht jung, vielleicht hatte Borbach die Stelle erst kürzlich angetreten.

»Herr Segert hat mich gebeten, Sie anzurufen«, setzte der Psychiater nach. »Ganz direkt von Arzt zu Arzt.«

»Aber ich habe ihn nur ein einziges Mal behandelt. Und das ist auch schon ein paar Monate her.«

»Scheinbar haben Sie ihm sehr geholfen, er vertraut Ihnen. Übrigens hat er uns beide von der Schweigepflicht entbunden. Die schriftliche Erklärung ist per Post an Sie unterwegs. Und nun möchte er Ihnen etwas Wichtiges mitteilen, aber nicht am Telefon, sondern im persönlichen Gespräch.«

»Worum geht es denn genau?« Dass ein paar Mückenstiche ein solches Vertrauen rechtfertigten, wunderte ihn dann doch.

»Herr Segert möchte ausdrücklich nur mit Ihnen darüber sprechen. Weil Sie auch vom Mönchgut stammen, sagt er. Damals haben Sie das wohl erwähnt.«

»Aha. Wenn ich fragen darf: Welche Diagnose liegt denn eigentlich bei ihm vor?«

»Wir sind uns in der Einschätzung noch nicht sicher.

Das Katzenhorten spricht für eine Zwangsstörung, doch Herr Segert zeigt auch depressive und paranoide Symptome. Und er hat Angst um sein Haus, mehr will er uns dazu nicht sagen. Aber keine Sorge, wir halten ihn für ungefährlich. Und alles, was Sie beide besprechen, bleibt vertraulich. Mit einer Ausnahme selbstverständlich.«

»Nämlich?«

»Falls Sie den Eindruck haben, Herr Segert ist suizidal. Bislang gibt es dafür aber keine Hinweise. Er hat sich bei uns gut eingelebt.«

»Wie erfreulich.«

»Ja, ganz wunderbar. Und falls Sie Bedenken wegen der Journalisten haben: Das ist alles geregelt.«

»Journalisten?«

»Leider. Die Sache hat für Wirbel gesorgt. Herr Segert war ja ein hohes Tier. Wir hatten sofort Anfragen von den Medien, berufen uns aber natürlich auf die Schweigepflicht. Damit die Reporter uns nicht belagern. Also dürfen wir mit Ihnen rechnen, Herr Kollege?«

»Wann soll ich denn kommen?«

»Passt es Ihnen nächsten Freitag? Gegen sechzehn Uhr?«

»Gern«, log Oskar, verabschiedete sich und dachte an den hippokratischen Eid. Es blieb ihm wohl keine andere Wahl.

Das Gehege

Lilo genoss die Fahrt nach Göhren. Sie war erst gestern hier gewesen, doch es kam ihr vor, als hätte die Vegetation über Nacht erhebliche Fortschritte gemacht. Alles war frischer als gestern – vielleicht machte das aber auch nur ihre gute Laune.

Das Tierheim lag eingebettet in sanftem Frühlingsgrün. Zur Vorfreude gesellte sich die Spannung. Sollte sie recht haben? War es tatsächlich so, dass die Heimleiterin sich bei älteren Leuten einschmeichelte, um sie zu beerben? Und wenn ja: Wie machte sie das? Kam dieses Geld den Tieren zugute? Oder floss es in Nora Onnings Privatschatulle? Oder in Scholls Praxen? Zumindest von den beschlagnahmten Katzen profitierte der Tierarzt. Die Gemeinde zahlte, und selbst wenn sein Honorar nicht üppig ausfiel: Bei fast zweihundert Tieren kam da sicher einiges zusammen. Aber gab es einen Zusammenhang zwischen dem Tierheim und der toten Frau? Schwieg Segert so hartnäckig, weil der angebliche Selbstmord etwas mit den Katzen zu tun hatte?

Lilo stellte den Ford auf dem Parkplatz ab, ihr Blick fiel auf einen Audi A8 mit Rüganer Kennzeichen, ein strahlend weißes Modell, vermutlich fabrikneu. Nein, gestern stand der nicht hier, da war Lilo sich sicher. Sie interessierte sich für Autos – allerdings weniger in technischer Hinsicht, sondern weil sie so viel über ihre Besitzer aussagten. Wem gehörte der Audi? Bestimmt irgendwelchen Besuchern. Sie hätte gern einen längeren Blick in die Luxuskarosse geworfen, doch das schien ihr unpassend. Was, wenn sie jemand dabei beobachtete? Lilo drosselte ihre Neugier und ging zur Pforte. Es war niemand zu sehen, auch nicht in der Eingangshalle. Bestimmt hatten alle zu tun. Sie steuerte den Katzentrakt an.

Nora Onnings helle Stimme schallte durch den Flur: »Es ist kein schlechtes Zeichen, wenn Katzen Gras fressen. Damit decken sie ihren Folsäurebedarf ab.«

Lilo ging weiter. In der Glashalle sprach die Leiterin mit zwei Besuchern. Ein älteres Ehepaar in Kammgarn und rahmengenähten Schuhen. Bestimmt die Besitzer des weißen Audi. Im ersten Moment wollte Lilo hingehen und Hände schütteln. Doch das war vielleicht nicht in Noras Sinne.

»Schönen guten Morgen!«, rief Lilo durch den Raum. »Lassen Sie sich nicht stören, ich habe Zeit.«

Das Paar grüßte verhalten, Nora Onning winkte. »Hallo, Frau Gondorf. Danke für Ihr Verständnis.«

Lilo lächelte zurück und ging an den Gehegen entlang. Die meisten Tiere schliefen oder blinzelten ihr müde entgegen, trotzdem blieb Lilo verzückt vor den Glastüren stehen. Nun gut. Ihre Begeisterung mochte nicht ganz echt sein, diente aber einem höheren Zweck: Katzen anschauen und dabei ein Gespräch belauschen – der Start als Ehrenamtliche verlief ganz nach ihrem Geschmack.

Die älteren Herrschaften hatten offenbar wenig Erfahrung mit Katzen, wollten jetzt aber zwei zu sich nehmen. Hauskatzen erinnerten sie so nett an ihre Kindheit, sagte die Dame.

War Nora Onning genervt von solchen Leuten? Zumindest ließ sie es sich nicht anmerken. »Denken Sie immer dran: Katzen kommen auf die seltsamsten Ideen. Manchmal suchen sie sich ihren Schlafplatz in der Trommel vom Wäschetrockner.«

»Oh«, staunte die Dame. »Gut, dass Sie das sagen. So was überlegt man ja gar nicht.«

»Genau. Und achten Sie auf Herdplatten. Gerade dann, wenn kein Topf mehr draufsteht, aber die Platten noch heiß sind. Da haben sich schon viele Katzen verbrannt.«

Lilo schielte hinüber: Das Paar nickte zu Noras Worten.

»Dann bereiten Sie zu Hause bitte alles vor. Und am Montag kommen Sie mit einer Transportbox vorbei und holen Ihre Tigerchen ab.«

Alles schien besprochen, jetzt hätte das Ehepaar gehen können, doch dann fielen ihnen noch etliche Fragen ein. Und so erfuhr Lilo, dass einige Katzen aus Toilettenschüsseln trinken oder ihren Durst lieber am fließenden als am stehenden Wasser löschen. Manche Herrchen und Frauchen installieren ihren Lieblingen sogar einen eigenen Wasseranschluss.

Lilo amüsierte sich und spitzte die Ohren. Würde Nora Onning die Rede auf Geld bringen? Darauf, wie wichtig Spenden für das Heim sind? Am besten festgeschrieben im Testament? Doch es ging weiter um Katzenpflege und Gefahren im Haushalt. Nach gut zehn Minuten verabschiedeten sich die Besucher, und Lilo war an der Reihe.

»Danke fürs Warten, Frau Gondorf. Wir bestellen die Adoptiveltern normalerweise vorher ein. Über einen Zeitraum von vier bis sechs Wochen, damit beide Seiten sich aneinander gewöhnen. Aber wegen der besonderen Umstände müssen hier ein bis zwei Besuche reichen. Da ist gründliche Beratung besonders wichtig.«

»Kann man doch verstehen«, Lilo wies auf die beiden Tigerkatzen. »Und die kriegen jetzt also ein neues Zuhause?«

»Ja. Denen ging's von Anfang an ziemlich gut. Die anderen müssen wir noch aufpäppeln.«

»Was ist eigentlich mit dem Vorbesitzer? Kann der die Katzen hier besuchen?«

»Im Moment darf er die Klinik nicht verlassen. Aber der Oberarzt hat sich gemeldet: Herr Segert möchte sich bei uns von den Katzen verabschieden. Und ich fahre morgen in die Klinik und rede mit ihm.«

»Morgen schon?«

»Wir wollen seinen Besuch hier gründlich vorbereiten.«

»Ist doch prima.«

»Ja.« Nora lächelte breit. »Aber nun zu Ihnen, Frau Gondorf. Echt toll, dass Sie uns helfen wollen. Fangen Sie gleich an?«

»Gern. Alte Sachen habe ich schon mit.«

»Dann sage ich herzlich willkommen! Wir duzen uns hier alle.« Die Leiterin streckte die Hand aus. »Nora.«

Lilo schlug ein.

»Prima. Und du hast bisher kaum Erfahrung mit Tieren?«

»Meine Kinder haben die Meerschweinchen von ihren Freunden gepflegt, aber bloß in den Ferien. Ich habe die Krallen geschnitten. Und worauf man bei den Zähnen achten muss, weiß ich auch.«

»Ist doch schon mal was. Und wie alle Eltern hast du auch die Käfige sauber gemacht?«

Lilo schmunzelte. »Ja. Aber die Käfige hier sind bestimmt größer.«

»Wohl wahr. Dann gucken wir uns jetzt die Nager-Anlage an.«

Sie gingen nach hinten durch zum Garten. In drei Gehegen tummelten sich Meerschweinchen und Zwergkaninchen.

»Drinnen haben wir natürlich auch Ställe, aber wenn es so schön bleibt wie jetzt, bleiben die bis zum Herbst hier auf dem Rasen.«

»So viele!«, staunte Lilo. »Findet ihr denn keine neuen Familien für die?«

»Nicht so leicht. Bei Nagern nehmen wir bedeutend mehr auf, als wir vermitteln können. Die werden ja nicht besonders alt, und gerade Kinder möchten natürlich kein Tier, was nur noch ein, zwei Jahre zu leben hat.«

»Und woher stammen die hier?«

Nora seufzte. »Kennt man ja: Kinder sind erst Feuer und Flamme und haben dann keine Lust mehr darauf. Oder sind vollgepackt mit ihrem Stundenplan oder gehen ins Internat. Tausend Gründe eben.«

»Könnt ihr auch sagen: Wir sind überfüllt und nehmen kein Tier mehr auf?«

»Könnten wir, tun wir aber nicht. Vielleicht möchten die Leute ja später doch wieder ein Haustier. Dann erinnern sie sich an uns und holen sich eins aus dem Tierschutz. Oder sie unterstützen uns irgendwie.«

»Und das große Grundstück hier? Gehörte das alles zu den NVA-Baracken?«

»Der große Rasen jetzt war früher der Sportplatz. Und im Sommer ist es ideal: Wir versetzen die Ställe alle paar Wochen, dann können sich abgefressene Flächen erholen. Kennst du dich aus mit Meerschweinchen?«

»So einigermaßen.«

»Das lernst du schnell. Die langhaarigen brauchen ein bisschen mehr Pflege.«

Sie gingen zu einem Gehege im hinteren Gartenteil. Dort saßen etwa ein Dutzend Meerschweinchen aller Sorten und Farben. Die meisten mümmelten vor sich hin. Lilo wies auf zwei schwarze Glatthaarige, die eng zusammengerückt aus einem Napf fraßen. »Die sind ja knuddelig.«

»Die stammen von einer Studentin, die demnächst ins Ausland geht. Kastrierte Männchen: Arnie und Gerd.« Die Frauen sahen sich an und schmunzelten. Nora zeigte auf ein freies Rasenstück. »Montag kriegen wir noch ein Nager-Gehege. Du kannst es einrichten.«

»Was muss ich da machen?«

»Das besprichst du am besten mit Felix. Der wartet auf einen Studienplatz in Tiermedizin. Bis dahin jobbt er hier.«

Felix. Lilo musste an sein Lächeln denken: der Junge mit dem hohen Potenzial. Sie folgte Nora einen Plattenweg entlang zum Beet, hier sprossen Kopfsalat neben Möhren und ein paar Kohlsorten. Felix grub auf einem mit Schnüren abgesteckten Beet die Erde um. Für sein jugendliches Alter hatte Felix eine erstaunlich kräftige Statur. Lilo hätte gern einfach dagestanden und ihm zugesehen – und schämte sich zugleich für den Gedanken.

»Gute Nachricht, Felix«, rief Nora hinüber. »Du kriegst Hilfe.«

Der Praktikant stellte den Spaten beiseite und ging auf die Frauen zu. Er hatte geschwitzt, seine halblangen Haare klebten auf der Stirn. An Lilo erinnerte er sich sofort: »Sie waren doch vorgestern hier. Mit Ihrem Mann.«

»Oskar ist nicht mein Mann, sondern ein guter Freund.

Und Nachbar.« Lächelnd streckte sie die Hand aus. »Ich bin Lilo.«

»Lilo möchte zweimal die Woche bei uns mit anpacken«, erklärte Nora. »Zeigst du ihr ein paar Sachen bei den Nagern?«

»Ja, gern.« Er schüttelte Lilos Hand. »Super. Herzlich willkommen.«

»Vielen Dank. Das müssen wir noch sehen, ob ich wirklich eine Hilfe bin.«

»Bis jetzt haben wir noch für jeden die richtige Arbeit gefunden«, lachte Felix. »Am besten fangen wir gleich an.«

»Ihr beide versteht euch, das ist schön. Dann bin ich mal wieder bei den Katzen. Lilo, komm gleich noch mal vorbei, du kriegst einen Spind, und wir setzen einen kleinen Vertrag auf. Blöder Papierkram, ist aber wichtig, damit du unfallversichert bist.«

Lilo bedankte sich, die Tierheim-Chefin ging zurück in den Glasbau.

Und Lilo war allein mit dem jungen Mann, der ihr so gut gefiel.

*

»Also, min Deern. Nu vertell mi dat: Hast du was rausgefunden? Über die Tote in Segerts Garten oder Erbschleicher im Tierheim oder sonst was?«

»Noch nicht, aber ich bleib dran.«

Oskar setzte ihr eine sorgfältig ausgewählte Flasche vor die Nase und sparte nicht mit Erklärungen: Ein Hefeweizen aus dem Münsterland, also eher einer untypischen Gegend für diese Brauart. Nicht allzu herb, aber mit relativ hohem Alkoholgehalt und ganz hervorragend zu Kartoffelsalat. Er holte zwei Halblitergläser aus einer Vitrine und schenkte ein. »Also keine heiße Spur?«

»Leider nein. Nur ein reiches älteres Paar mit einem todschicken Audi A8.«

»Hat Nora sich bei denen eingeschleimt?«

»Nein, die haben ganz normal gesprochen. Die kannten sich auch noch nicht gut, das konnte man merken.«

»Na ja, vielleicht schmeißen sich die Tierheim-Leute ja ganz langsam ran an die reichen Knacker.« Oskar griff in den Küchenschrank. »Apropos Knacker: Wird Zeit fürs Wasserbad. Oder isst du die Würstchen lieber kalt?«

»Mach, wie du möchtest.«

»Also heiß. Und nun noch mal: kein klarer Verdacht. Dann habe ich aber was Spannendes für dich. Aber Prost erst mal.«

Sie stießen an und tranken.

»Sach wat, min Best. Mundet es dir?«

Sie hielt ihm ihr Glas hin. »Kipp nach.«

Er gehorchte. Nachdem sie die Gläser erneut zur Hälfte geleert hatten, erzählte Oskar vom Telefonat mit Oberarzt Borbach.

»Ach? Bei dir hat er also auch angerufen?«

»Wieso? Bei wem denn noch?«

»Bei Nora Onning.«

»Sieh an!«

»Angeblich will Segert sich noch mal in Ruhe von den Katzen verabschieden. Darum soll Nora in die Klinik kommen und Segert vorbereiten. Auf einen Besuch im Tierheim.«

»Und darauf lässt sie sich ein?« Oskar stand auf und begab sich an den Herd.

»Ja, sie fährt schon morgen hin.«

»Und wie viele arbeiten da insgesamt?«

»Es gibt noch einen hauptamtlichen Tierpfleger. Denis heißt der, ihr Stellvertreter. Der ist gerade im Urlaub. Ich weiß nur, dass er Anfang dreißig ist und auch sehr kompetent. Dann drei Praktikanten und natürlich die Ehrenamtlichen. Viele kommen erst nachmittags oder abends.«

»Wer sind denn die beiden anderen Praktikanten? Außer Felix?«

»Zwei junge Frauen, Meltem und Patrizia. Die waren bei dem Einsatz dabei und anschließend ziemlich von der Rolle. Deswegen hat Nora ihnen ein paar Tage frei gegeben, aber Montag sind sie wieder da.«

»Und dann lernst du sie kennen?«

»Hoffe ich doch.«

Oskar nickte. »Übrigens ist Segert psychiatrisch wohl schwer einzuschätzen.«

»Na ja. Die Ärzte kennen ihn doch auch erst seit drei Tagen. Und wer weiß, wie er sich da aufführt.«

»Höre ich da einen Unterton? Du glaubst also immer noch, Segert ist gar nicht so krank? Dass er taktiert?«

»Wäre doch praktisch für ihn: Er gilt als schuldunfähig, und falls er diese Frau tatsächlich getötet hat, ist er fein aus der Sache raus.«

»Aber überleg doch mal, in welchem Chaos und Gestank er gelebt hat. So was hält doch keiner aus, der seelisch und geistig einigermaßen auf der Höhe ist. Und außerdem: Wer einfach nur als unzurechnungsfähig gelten will, kann das leichter haben. Da entführt man einfach einen Linienbus mit einer Wasserpistole. Das ist schnell gemacht und völlig geruchsneutral.«

»Ach?« Lilo schaute spöttisch. »Wie kommst du denn auf so was?«

»Gab's mal im Fernsehen.«

»Na dann. Aber was ich immer noch nicht kapiere: Warum will Segert ausgerechnet mit dir sprechen? Bloß weil du letzten Sommer seine Stiche behandelt hast?«

»Und weil ich aus unserem schönen Doppeldorf stamme. Also gute Gründe, mir tief zu vertrauen. Das weiß sogar Herr Segert.«

»Nun bleib doch mal ernst: Was will er von dir? Seit August hattet ihr nichts mehr miteinander zu tun.«

»Aber eben nur, weil ich nicht niedergelassen bin. Er hat ja gesagt, dass er mich gern als Hausarzt hätte.«

»Also bestellt er dich wegen was Medizinischem?«

»Wohl eher wegen seines Hauses. Weil ich eben aus der Gegend stamme.«

»Und wenn es doch was mit der toten Frau zu tun hat? Vielleicht braucht er dich als eine Art Umweg.«

»Umweg?«

»So was ist gar nicht selten. Ein Täter will sein Gewissen erleichtern, aber nicht selbst zur Polizei gehen. Also weiht er jemanden ein, eine Vertrauensperson. Und er hofft: Dieser Jemand wird das schon weitergeben.«

»Hm.« Oskar ließ sich auf das Gedankenspiel ein. »Dann will Segert mir also was über diese Ewa sagen?«

»Ja. Er weiß schließlich: Irgendwann kommt die Polizei und wird ihn noch mal befragen.«

»So durchgeknallt wie der ist, torpediert der doch jede Befragung.«

»Trotzdem kann er doch Gewissensbisse haben. Er ist ja nicht durch und durch verrückt. Immerhin hat er ganz gewissenhaft Futter für seine Katzen bestellt und die Dosen ordentlich in den Müll gegeben. Irgendwas in seinem Kopf funktioniert also noch.«

»Hm«, meinte Oskar. »Was ich bloß überlege: Weiß er, dass ich mit dir befreundet bin? Und dass deine Tochter bei der Kripo ist?«

»Keine Ahnung. Zu den Leuten im Dorf hatte er ja nie viel Kontakt. Ich nehme eher an, er weiß es nicht. Und das ist ja auch gut so. Hat der Oberarzt denn irgendwas in diese Richtung gesagt?«

»Nein. Er hat mir nur Segerts Bitte ausgerichtet. Und ich wollte nicht nachbohren. Würdest du mitkommen nach Stralsund?«

»Du meinst: in die Klinik?

»Nein, das würde Segert nur irritieren. Aber vielleicht besuchst du Verena in der Zeit?«

»Lieber nicht. Sie hat derartig viel zu tun und freut sich, wenn sie Freitag pünktlich frei hat. Da muss nicht auch noch die alte Mutter im Weg rumstehen. Fahr besser allein.«

»So mak wi dat. Und jetzt kommen wir endlich zum Wesentlichen: Die Würstchen sind fertig. Lang to, min Best.«

*

Überstunden mussten sein – manchmal auch sonntags. Verena brütete über den neusten Ergebnissen, Matthias befüllte die Kaffeemaschine. Büroluft macht müde.

Von allen Kollegen war Matthias ihr der liebste. Viel Erfahrung hatte er noch nicht mit seinen siebenundzwanzig Lenzen. Doch was ihm an Berufsjahren fehlte, glich er aus mit einem messerscharfen Verstand. Niemand in der Stralsunder Kripo zweifelte an seinem Talent. Bei einigen Kollegen galt er als arrogant, weil er seine Ideen oft entwaffnend selbstsicher in die Runde warf. Verena hingegen hatte längst begriffen: Matthias war nicht überheblich. Er wusste einfach, was er konnte. Er hielt sich nicht für etwas Besseres, sondern für besser im Denken – und das völlig zu Recht.

Die Kaffeemaschine lief, Matthias und Verena betrachteten das Antlitz einer Frau, das eben per Mail aus der KTU gekommen war. Für die Techniker eine Herausforderung, denn ein Foto der lebendigen Ewa existierte nicht. Doch es gab Fotos vom Gesicht der Leiche und – dank der Beschreibung des Taxifahrers – ein Phantombild von Ewa in ihren letzten Lebensstunden.

Am Computer hatten die Techniker beide Bilder übereinandergelegt. So erhielt Ewa ein vollständiges Gesicht, die Augen jedoch verdeckt von einer großen Sonnenbrille.

»Hübsche Frau«, meinte Verena. »Für Mitte vierzig ziemlich jugendlich. Findest du nicht?«

»Weiß nicht«, lachte Matthias. »Mit Frauen dieses Alters habe ich keine Erfahrung.« Doch dann wurde er wieder ernst: »Aber veröffentlichen können wir es trotzdem nicht.«

Tatsächlich steckten sie in einem Dilemma: Der Taxifahrer hatte Ewa keine Sekunde ohne die Sonnenbrille gesehen, und die Augenpartie an der Leiche war vollständig entstellt. Da ließ sich nichts mehr rekonstruieren, sagten die Rechtsmediziner. Wie aber sollte man den Medien erklären, dass es von der Leiche bloß ein Bild mit Sonnenbrille gab? Dann hätten die Journalisten sofort nachgehakt: Was ist denn mit den Augen? War das Gesicht nicht mehr intakt? Hatte die Leiche da Verletzungen? War die Frau daran gestorben? Lauter Fragen, die man nur beantworten konnte, wenn man etwas über die Todesart preisgab. Und das wollten die Ermittler auf keinen Fall. Da warteten sie lieber ab, dass Ewas Zahnarzt sich meldete. Und sie hofften auf Segert: Vielleicht würde er ja noch weitere Angaben zu Ewas Identität machen.

Es klopfte, die Tür ging auf, und der Leitende Kriminalhauptkommissar Günther Theiß füllte das Büro.

»Frau Gondorf, Herr Weber, guten Sonntagmorgen. Für mich bitte eine extragroße Tasse Kaffee. Und, wie finden Sie das Bild? Gute Arbeit von der Technik. Schade, dass es uns so wenig nützt.«

Verena und Matthias kannten ihren Chef. Andere Menschen unterschätzten ihn – vor allem wegen seines Körperumfangs.

Die Anzahl seiner Berufsjahre entsprach der Menge an Kilos, die er seit Beginn seiner Kripolaufbahn zugelegt hatte. Inzwischen wog er gut zweieinhalb Zentner bei einer Länge von gerade mal einssiebzig. Er trotzte allen Vorurteilen und blieb auch mit achtundfünfzig äußerst wendig, körperlich wie geistig. Er hasste Hektik – aber mehr noch Langsamkeit. Seine Mitarbeiter schätzten ihn als Pragmatiker. *Entscheidend ist, was hinten rauskommt.* Diese Devise eines altgedienten Politikers hätte auch von Theiß stammen können.

Während Matthias drei Tassen einschenkte, meinte Theiß: »Ich darf kurz, Frau Gondorf?«, und rief in Verenas Dienstcomputer ein Schreiben auf. »Ist gerade per Mail gekommen, können Sie nachher in Ruhe lesen, ich fasse das mal zusammen. Eine ganz interessante Sache.« Dankend nahm er Matthias den Kaffee ab, trank den ersten Schluck und nickte Verena zu. »Haben Sie Ahnung von Schönheitschirurgie, Frau Gondorf?« Beschwichtigend hob er die freie Hand. »Nein, das ist jetzt kein sexistisches Mobbing. Ich unterstelle Ihnen nicht, dass Sie was haben machen lassen. Und noch weniger, dass Sie das nötig hätten.« Er warf Matthias ein süffisantes Lächeln zu. »Und Sie natürlich auch nicht, Herr Weber.«

Verena begriff sofort. »Hatte diese Ewa eine Schönheitsoperation?«

»Ja. Die Rechtsmediziner schreiben was von Facelifting. Die überschüssige Haut nach außen gezogen und weggeschnitten.«

»Das würde erklären, warum sie so jung aussieht. Wann ist das denn gemacht worden?«

»Wohl vor einem knappen Jahr. Die Narben sind gut verheilt, sie war wohl bei einem versierten Arzt. Ach ja. Und Silikon hat die Rechtsmedizin auch gefunden. Die schreiben was von fest-elastischen Partikeln, vermutlich waren das mal Wangenimplantate.« Theiß sah zwischen den jungen Kollegen hin und her. »Hatten Sie schon mal so was? Ich meine natürlich: bei einem Gewaltopfer?«

Matthias und Verena mussten passen.

»Na ja«, fuhr Theiß fort. »Kommt wohl immer öfter vor, dass man bei der Obduktion Silikon findet. Wenn Sie mich fragen: Ich verstehe das nicht, ist aber bloß meine Privatmeinung. Aber wozu muss sich ein gesunder Mensch künstliche Kissen ins Gesicht nähen lassen?«

»Hohe Wangenknochen«, erklärte Verena. »Viele finden das attraktiv. Haben die Rechtsmediziner denn sonst noch was gefunden? Irgendwas Eingespritztes?«

»Bitte?!«

»Zum Beispiel Botulinum. Das glättet Falten durch Lähmung der Muskelnerven. Oder Hyaloronsäure. Damit kann man Falten auffüllen.«

Theiß kräuselte die Stirn. »Davon schreiben die nichts. Aber Silikon hin oder her: Wir können kein Bild mit Sonnenbrille veröffentlichen.«

»Aber an die Kollegen in Polen können wir es doch geben«, schlug Matthias vor.

»Schon geschehen. Ich habe auch in Greifswald angefragt, ob die Operation in Polen gemacht wurde. Doch das lässt sich nicht beurteilen. Die Standards für solche Eingriffe sind inzwischen überall gleich. Jedenfalls in guten Kliniken, und unsere Ewa war bei keinem Stümper.«

Matthias nickte. »Geld hatte sie also. Sieht man ja auch an den teuren Klamotten. Und dann noch die lange Taxifahrt von Stralsund nach Gager.«

»Stimmt. So viel wissen wir immerhin.« Theiß trank die Tasse leer und stand auf. »Lesen Sie sich den Bericht in Ruhe durch, vielleicht fällt Ihnen noch was ein.«

Und schon war er wieder draußen.

Die Klinik

Am Montagmorgen stand keine Luxuskarosse vor dem Tierheim, die Besuchszeit begann erst um elf.

In der Katzenabteilung füllte Nora die Näpfe auf. »Hallo Lilo. Da bist du wieder, das ist schön.« Sie wies auf einen schwarzen Kater. »Der wird gleich abgeholt. Es geht voran mit den Adoptionen. Sozusagen Rubbeldiekatz.«

Sie lachten. Lilo überlegte, ob sie Nora auf ihren Besuch bei Segert ansprechen sollte. Wäre die Frage voreilig? Würde die Leiterin Verdacht schöpfen?

Doch Nora kam selbst auf das Thema: »Im Vergleich zu Dienstag ist Segert wie ausgewechselt, sagen die Ärzte. Wir haben sogar Boule gespielt. Genauer gesagt: Pétanque. Er legt großen Wert auf die exakte Bezeichnung.«

»Du hast ihn hoffentlich gewinnen lassen?«

»Brauchte ich gar nicht, so gekonnt wie der spielt. Er hat den Verlust seiner Katzen scheinbar bestens verkraftet. Und er ist nicht mehr sauer auf mich. Ich soll ihn einfach auf dem Laufenden halten: Wie es seinen Katzen geht und ob sie vermittelt werden, dann ist er schon zufrieden.«

»Na, das hört sich doch gut an. Dann ziehe ich mich jetzt um.«

»Tu das. Der neue Käfig ist vorhin schon gekommen.«

»Wunderbar. Bis später dann.«

Lilo ging den Flur entlang in den Garten. Die Sonne schien, ein leichter Wind strich durchs Gras, und siebenundsechzig Meerschweinchen und Kaninchen tummelten sich zwischen ihren Häusern. Trotzdem keine Idylle, fand

Lilo. Das Gebell aus den Zwingern war auch hier zu hören.

Am anderen Ende des Gartens befand sich in einem separaten Gebäude der Personalbereich mit Aufenthaltsraum, Umkleide und Duschen. Dass es hier keine Geschlechtertrennung gab, störte Lilo nicht. Sie trug meistens Sportunterwäsche und fand, ihr Körper konnte sich noch sehen lassen. Im Spind lagerten alte Pullis, Jogginghosen und Schuhe. Nora und die Praktikanten trugen Sweatshirts und Hosen in schickem Dunkelgrün mit dem Logo des Tierschutzvereins. Doch als Ehrenamtliche musste Lilo ihre eigenen Sachen mitbringen.

Auf dem Weg zwischen dem Personalbau und den Ställen traf Lilo die Praktikantinnen Meltem und Patrizia. Offenbar hatten sie sich im fünftägigen Sonderurlaub gut erholt. Sie lächelten Lilo entgegen, stellten sich vor und fingen an zu plaudern. Über das Tierheim im Allgemeinen und die Meerschweinchen im Besonderen. Über Nora, die so viel wusste und die völlig zu Recht viel Anerkennung für ihren Tierschutz auf der Insel bekam. Doch über die Katzenaktion bei Segert sprachen die jungen Frauen leider nicht. Schade, dachte Lilo, aber verständlich. Das Erlebnis steckte den beiden bestimmt noch in den Knochen, und außerdem: Welchen Grund hätten sie, einer Fremden davon zu erzählen?

»Wenn du eine Viertelstunde übrig hast, komm uns mal besuchen«, meinte Meltem. »Wir sind meistens in der Hundeabteilung.«

Lilo versprach es, und während die Praktikantinnen zur Umkleide gingen, betrat sie den Lagerschuppen. Am Samstag hatte Felix ihr hier schon das Wichtigste gezeigt. Auf einem Regal standen die Häuschen für das neue Nager-gehege: zwei Winkelbungalows, eine mehrstöckige Villa mit Rampen, ein Indianerzelt, ein futuristisch anmutender Rundbau – alles mit bequemen Öffnungen für das anspruchsvolle Meerschwein. Ach ja, Felix. Er würde sicher gleich kommen. Ein famoser Junge, fand Lilo. Offen und zuvorkommend. Wie er ihr auf die Schulter geklopft und sie gelobt hatte. Wirklich vorbildlich. Sie dachte an Jonas und Oliver. Waren die in dem Alter auch so gewesen? Eher nicht. Aber na ja, das ließ sich sicher auch schlecht vergleichen. Lilo schob den Gedanken beiseite. Jetzt ging es um den Dienst am Nagetier! Sie holte sich einen Arbeitswagen und nahm das erste Häuschen vom Regal.

Felix kam herein. »Hallo Lilo. Ich will nur mal gucken, ob du klarkommst.«

Freute er sich, sie zu sehen? Lilo war sich nicht sicher. Vermutlich betrachtete er sie als gelangweilte Hausfrau, die kurz vor der Rente beschlossen hatte, noch mal was Sinnvolles zu tun. Am besten mit Tieren. Deswegen war er auch so nett zu ihr. Aber er sollte sie ruhig für hausbacken halten – bei den Ermittlungen könnte ihr das sogar helfen. Wer als naiv galt, durfte Fragen stellen, ohne sich verdächtig zu machen.

»Guten Morgen, Felix. Da bist du ja. Eben in der Umkleide habe ich dich gar nicht gesehen.«

»Ich muss mich hier auch nicht umziehen. Ich wohne ja auf dem Gelände.«

»Du hast hier ein Apartment?«

Er lachte. »Nur ein Zimmer. Bei den Duschen ein Stück weiter den Flur lang. Nicht komfortabel, aber es reicht. Ich bleibe nur noch zehn Wochen.«

»Och, wie schade.« Lilo packte die Villa auf den Wagen.

»Ich meine natürlich: Für uns ist es schade, wenn du gehst. Weil wir so gern mit dir arbeiten.«

Er lächelte. »Danke, Lilo.«

»Was machst du denn danach?«

»Ein Freiwilliges Soziales Jahr.«

»Auch im Tierschutz?«

»Nein, das wird leider nicht anerkannt. Ich gehe zurück nach Berlin, in ein Behindertenheim.«

»Oh. Echter Einsatz. Hut ab«, Lilo wagte sich vor. »Was hat dich eigentlich nach Göhren verschlagen? Die gute Ostseeluft?«

»Ja, aber nicht nur. Ich habe ja schon in Berlin im Tierheim gearbeitet. Und hier lässt sich das gut verbinden. Von Nora lerne ich viel, weil sie total erfahren ist. Und gleichzeitig habe ich die superschöne Landschaft drumrum.«

»Und Nora hat dich bestimmt gern genommen als Praktikant.«

»Ja klar, vor allem wegen meiner Vorerfahrung.«

»Muss man sich lange im Voraus bewerben? Wenn man so ein Praktikum machen will?«

»Kommt drauf an. Besonders im Hochsommer ist das natürlich begehrt. Aber im April ist meist was frei«, er lachte. »Und Arbeit gibt es immer. Ehrenamtliche können in der Regel sofort anfangen, hast du ja gemerkt.«

Fragte Lilo zu viel? Nein, Felix wirkte ganz entspannt. Also weiter: »Bist du denn der Einzige, der hier auf dem Gelände übernachtet?«

»Nein, Nora wohnt auch hier. Am Gemüsegarten lang und noch ein Stück weiter. Wir teilen uns nachts die Rundgänge. Alle zwei bis drei Stunden muss einer nach den Tieren gucken.«

»Nora ist wirklich bewundernswert. Eine Tierschützerin mit Leib und Seele. Wie lange musst du denn noch auf den Studienplatz warten?«

»Deswegen mache ich ja das Soziale Jahr. Nächsten Herbst sollte es dann klappen mit dem Studium.«

Sie sahen sich an, nicht direkt in die Augen, aber knapp nebenher. Jetzt muss ich was erzählen, dachte Lilo. Sonst wird es peinlich. Und so berichtete sie von den Bungalows, die sie in Groß Zicker vermietete, von ihrer Jugend in Bielefeld, dass sie verwitwet war und drei Kinder hatte.

»Dann hast du ja schon eine Menge durchgemacht«, sagte Felix.

Mehr wollte er offenbar nicht über sie wissen. Solche Reaktionen kannte Lilo. Bei einer Frau ihres Alters fragte man nicht nach dem erlernten Beruf. Wenn sie nicht selbst darauf zu sprechen kam, dachten alle: Die hat keinen. Oder: Der alte Job ist nicht mehr wichtig. Die ist ja schon so lange raus. Kein Wunder bei drei Kindern. Aber wenn Felix jetzt nicht danach fragte, konnte Lilo das nur recht sein. Dann bräuchte sie auch nicht zu erzählen, dass ihre Tochter bei der Stralsunder Kripo arbeitete.

Felix begutachtete den Arbeitswagen. »Alles drauf.«

Lilo schob los und stellte Häuser, Röhren und Wippen in das neue Gehege, streute Holzpellets in die Toilettenecken und legte Heu für kalte Nächte bereit. Nun kam der schwierige Teil. Welche Schweinchen durften umziehen? Sie sollte die ruhigen Tiere nehmen, hatte Felix gesagt. So setzte sie fünfzehn Schweinchen, die ihr besonders charakterfest erschienen, ins neue Gehege, kümmerte sich um die drei übrigen Ställe und ging dann in den Waschraum, um sich die Hände zu schrubben.

Vor der Tür zum Aufenthaltsraum traf sie Tierarzt Scholl. Endlich! Darauf hatte sie die ganze Zeit spekuliert. Und nun stand er vor ihr, in seiner ganzen männlich-markanten Schönheit, die ihm von Oskar den Spitznamen *Provinz-Clooney* eingebracht hatte. Dabei hätte Scholl mit seinem Aussehen in der angesagtesten Metropole bestehen können. Er sah dem Schauspieler wirklich ähnlich – von Haarspitzen bis Fußsohle mit allem gesegnet, was Frauenherzen höher schlagen ließ. Besonders groß war er nicht – vermutlich knapp einsachtzig –, sonst hätte er sicher Model werden können.

Sie streckte die Hand aus. »Lilo. Wir sind uns schon mal begegnet. Freitagnachmittag im Eingang. Als du reinkamst, waren mein Nachbar und ich gerade auf dem Rückweg.«

Scholl schien sich zu erinnern. »Stimmt. Und jetzt hilfst du uns hier, das ist schön.« Er schlug lächelnd ein. »Ich bin Kai-Uwe. Wie möchtest du denn deinen Kaffee, Lilo? Nora hat frischen aufgebrüht. Oder trinkst du lieber Tee?«

»Kaffee ist gut. Ohne Zucker bitte, mit viel Milch.«

»Kommt sofort.«

Sie setzte sich an den großen Tisch, Scholl holte zwei Tassen aus dem Schrank und schenkte ein. Auch Felix gesellte sich dazu.

Lilo betrachtete die kurzen dunklen Haare auf Scholls Unterarmen. Er ließ es sich nicht anmerken. Wahrscheinlich gehörte er zu den Männern, die ihre große Anziehungskraft auf Frauen kannten, sich aber trotzdem – oder gerade deswegen – so normal wie möglich verhielten: offen, verbindlich, aber nicht anzüglich. Lilo musste daran denken, wie Nora ihn beschrieben hatte: ein treuer Ehemann und fürsorglicher Familienvater.

Scholl servierte den Kaffee und setzte sich mit an den Tisch. »Und unser junger Kollege hat dich unter seine Fittiche genommen, Lilo? Das ist gut, da kannst du dir viel abschauen. Felix ist ein Ausnahmetalent. Wenn der nicht studieren darf, ist das ein herber Verlust für die Veterinärmedizin. Er ist nämlich nicht nur kräftig, klug und verständig, sondern auch äußerst bescheiden.«

Lilo lachte und sah von Mann zu Mann. Der eine zwanzig – der andere vierzig Jahre jünger als sie. Irgendwie waren die beiden sich ähnlich, fand sie. Nicht so sehr äußerlich, obwohl beide sehr gut aussahen. Doch im Wesen kamen sie sich nahe. Vielleicht lag es am Beruf: der etablierte Tierarzt und sein künftiger Kollege, noch mit Flaum auf den Wangen, aber mit besten Aussichten.

So beiläufig wie möglich fragte Lilo. »Seit wann machst du denn hier das Praktikum?«

Zögerte Felix? Oder kam es ihr nur so vor?

»Noch nicht so lange«, meinte er zwischen zwei Schlucken Kaffee. »Letzten Donnerstag habe ich angefangen.«

Lilo wahrte ihr Pokerface. »Also erst vor ein paar Tagen? Hätte ich ja nicht gedacht, so gut wie du dich auskennst. Nora hat sich bestimmt gefreut.«

»Ja klar. Das passte gut. Ich hatte ja erst kurz vorher wegen des Praktikums angefragt. Und sie hat mir gleich die Zusage gegeben.«

»Na, ist doch prima.« Lilo wandte sich an Scholl: »Und du hast letztes Jahr gleich zwei Praxen eröffnet? Alle Achtung.«

»Einfach glückliche Umstände«, er lachte auf. »Keine Angst, ich neige nicht zum Größenwahn. Zwei Praxen sind unterm Strich viel wirtschaftlicher als eine. Der Bedarf ist da, auf Rügen gibt es immer mehr Haustiere. Ältere Leute ziehen her, und viele von denen haben Hunde oder Katzen.«

»Und die Tiere auf den Bauernhöfen hier?«, bohrte Lilo weiter. »Nora hat erzählt, um die kümmerst du dich auch noch.«

»Sogar mit Vorliebe. Das ist eine wunderbare Abwechslung zur Praxisarbeit.«

»Gib's ruhig zu, Kai-Uwe.« Felix griente. »Immer nur Kleintiere behandeln kann ganz schön nervig sein. Vor allem wegen der Halter.«

»Na klar. Wenn ich raus zu den Bauern fahre, ist das schon was anderes. Da wird Klartext geredet. Hängt eben was dran, wenn ein Nutztier krank ist. Manchmal sogar die Existenz der Höfe.«

Lilo nickte. »Hört sich nach heftig viel Arbeit an. Das Tierheim hier kommt ja auch noch dazu.«

»Ach, alles eine Frage der Organisation. Meine Mitarbeiterinnen nehmen mir ja viel ab. Und natürlich achte ich auf mich selbst. Ausgleich ist wichtig. Familie, Freunde und meine Passion, das Segeln.«

Aha, dachte Lilo. Scholl ist ein Mann mit Leidenschaft. »Hast du ein eigenes Boot?«

Er schmunzelte. »Sagen wir mal so: Das Boot gehört der Familie. Aber manchmal darf ich auch ganz allein meinen Törn machen. Und das ist dann besonders erholsam …«

Er hätte wohl noch mehr erzählt, doch in dem Moment steckte Nora den Kopf durch die Tür. »Wir sind so weit, Kai-Uwe.«

»Ich komme«, er stellte seine Tasse ab. Im OP warteten ein paar Katzen auf ihre Kastration.

*

Gegen Mittag ging Lilo zu den Hunden. Nora hatte ihr diese Abteilung schon gezeigt, aber jetzt konnte sie sich das Haus genauer anschauen. Auch hier war alles großzügig, sauber und gepflegt. Neben den Zwingern gab es eine Welpenstube, eine Krankenstation und reichlich Grün drum herum. Lilo verstand wenig von Tieren, doch so viel hatte sie begriffen: Im Gegensatz zu Katzen litten Hunde besonders unterm Alleinsein und mangelndem Bezug zum Menschen. Das Leben im Zwinger war für sie die Hölle. Darum mussten sich so viele ehrenamtliche Helfer um sie kümmern.

Als Lilo den Trakt betrat, waren Patrizia und Meltem dabei, vier besonders einsame Exemplare an die Leine zu nehmen. Auch Henry war dabei, der Cocker, den Lilo schon am Samstag kennengelernt hatte.

»Wir wollten gerade los«, meinte Meltem. »Kommst du mit?«

»Gern. Aber nur bis zum Parkplatz. Ich muss nach Hause zu meinen Kurgästen.«

Sie setzten sich in Bewegung.

»Du machst einen richtig guten Job, Lilo«, lobte Patrizia. »Das sagen alle.«

»Och, danke. Felix bringt mir viel bei. Dabei ist er ja auch noch nicht lange da, erst seit Donnerstag. Und das war ja wohl ein echter Glücksfall. Wo ihr gerade so viel Arbeit hattet mit den Katzen aus Gager.«

»Das stimmt«, meinte Meltem, ihre Kollegin nickte. Offenbar sahen die Mädchen keinen Zusammenhang: am Dienstag die Katzenaktion, am Donnerstag Felix als neuer Praktikant.

*

»Gut.« Oskar hatte Lilo zugehört. »Oder nicht gut. Ich darf das mal zusammenfassen, min Deern: Erst verdächtigst du die Heimleitung, dass sie für den Tierarzt unlautere Werbung macht, damit er seine Praxen vollkriegt. Dann überlegst du, ob da was Erotisches läuft. Und dann unterstellt du denen Erbschleicherei, und ...«

Lilo fiel ihm ins Wort. »Ich unterstelle gar nichts. Ich achte einfach nur ...«

Jetzt unterbrach Oskar: »... und neuerdings ist dir Felix irgendwie zu nett. Und zuuu perfekt. Und er hat bloß zwei Tage nach der Katzenaktion mit dem Praktikum angefangen. Uiuiuiuiui! Das hat bestimmt was zu bedeuten!«

»Aber auffällig ist das doch. Er hat mir im ersten Gespräch ganz genau erzählt, wie lange er bleibt und was er dann ab Juli macht. Da hätte er ja auch erwähnen können, wann er mit dem Praktikum angefangen hat.«

»Und jetzt glaubst du an einen Zusammenhang. Die Katzenaktion bei Segert war also der Grund dafür, dass Felix zwei Tage später im Tierheim begonnen hat.«

»Ja genau.«

»Wie wäre es mit einem Zusammenhang aus ganz praktischen Gründen? Weil das Heim auf einen Schlag hundertfünfzig räudige Katzen aufnehmen musste? Und jede Menge Arbeit anfiel?«

»Kann natürlich auch sein. Aber vielleicht hat es ja doch was mit der toten Ewa zu tun.«

»Aha? Und wie soll diese Verbindung aussehen?«

»Keine Ahnung«, gab Lilo zu. »Das will ich ja gerade rausfinden.«

»Apropos Verbindung. Haben die denn nun was miteinander, dieser Scholl und Nora Onning?«

»Nein, ich habe doch schon gesagt, das passt nicht. Scholl ist verheiratet und hat zwei Kinder.«

»Was ja nichts heißen muss. Und Nora mit Felix? Läuft da was?«

»Habe ich auch schon überlegt. Passen würde das eher, aber in die Richtung habe ich noch nichts gemerkt.«

Oskar seufzte. »Wie dem auch sei, min Lev. Du wirst wie immer Augen und Ohren offen halten. Was aber wohl viel wichtiger ist: Weiß Verena eigentlich von deinem Tierheim-Job?«

»Noch nicht«, gab Lilo zu.

»Und warum nicht?«

»Damit sie es mir nicht ausreden kann. Aber ich erzähle ihr das demnächst, ganz bestimmt.«

»Es geht doch nichts über familiäre Einigkeit.« Grinsend hob Oskar sein Bierglas. »Darauf ein Prosit.«

Sie tranken. Und weil erst früher Nachmittag war, selbstverständlich alkoholfrei.

*

Oskar hielt sich für einen politisch denkenden Menschen. Allerdings hatte er keine hohe Meinung von Parteien, und an der persönlichen Integrität von Politikern zweifelte er grundsätzlich. Dass der ehemalige Bundesminister Segert 2006 das Haus neben der Pension Raabe kaufte, nahm Oskar nur beiläufig zur Kenntnis. Irgendwo mussten auch solche Leute wohnen, und viele wohlhabende Westler verbrachten ihren Ruhestand in einer eigenen Ostsee-Immobilie.

Es war ein Samstagabend im August 2015, als Oskar einen Anruf von der Notfallzentrale bekam: Hansjoachim

Segert in Gager bat um einen Arztbesuch. Doch, doch. Den Namen konnte Oskar einordnen. Aber jeder Patient war für ihn zunächst mal ein hilfesuchender Mensch – ehemaliger Minister hin oder her. Oskar griff seinen Notdienstkoffer und fuhr die paar Kilometer vom südlichen zum nördlichen Teil des Ortes. Segert öffnete in Shorts und kariertem Hemd. Mit einem Politiker, der eine gewichtige Miene aufsetzt und Phrasen in Fernsehkameras spricht, hatte er äußerlich keine Ähnlichkeit – wohl aber in seinem Verhalten. Trotz der saloppen Kleidung ließ er klar erkennen, wer das Kommando hatte. Höflich, aber bestimmt bat er »um eine gründliche Behandlung und nicht bloß eine nichtsnutzige Salbe«. Oskar hatte keine Lust auf Diskussionen, jagte ihm eine Ampulle Cortison in die Vene – und erntete volle Anerkennung. Aus dem Lob machte Oskar sich nichts, doch es lockerte die Stimmung. Die Männer tauschten sich über das Doppeldorf aus, Oskar erzählte von seiner Jugend in Groß Zicker, Segert von seinem neuen Leben in Gager. Ein paar Tage später schickte Oskar eine Privatrechnung, die Segert prompt beglich. Acht Monate war das her. Und nun bestellte der Exminister seinen ehemaligen Bereitschaftsarzt erneut zu sich, diesmal in eine psychiatrische Klinik.

Lilo musste an diesem Tag nicht ins Tierheim, der Ford stand ihm also zur Verfügung. Drei Wochen nach Ostern – das galt auf Rügen als Zwischensaison, in Richtung Festland war kaum mit Stau zu rechnen. Oskar fuhr dennoch zeitig los, erreichte Stralsund eine Dreiviertelstunde vor dem vereinbarten Termin und bummelte durch den Hafen. Anschließend fuhr er weiter. Das Krankenhaus West bestand aus einer Ansammlung von Gründerzeitbauten, verteilt auf einem großen parkähnlichen Areal. Die meisten Häuser waren stilsicher saniert und teils mit Anbauten aus Stahl und Glas ergänzt. Trotzdem galt bei vielen Stralsundern das Gelände noch immer als unheimlicher Ort. Ausgerechnet in der Nähe des ehemaligen Galgenbergs war zu Anfang des zwanzigsten Jahrhunderts eine Heil- und Pflegeanstalt für Geisteskranke entstanden. Später hatten die Nazis zwölfhundert Patienten deportiert, ermordet und dann die Gebäude zu Kasernen für die Waffen-SS umfunktioniert.

Die Geschichte des Ortes machte Oskar keine Angst. Längst herrschte hier ein aufgeklärter Geist. Man behandelte nicht nur Kranke, sondern forschte und lehrte auch: Die Kliniken gehörten zur Universität Greifswald. Oskar stellte den Ford auf dem Parkplatz im Kastanienweg ab, ging über den Klinik-Campus und klingelte in Haus 4 bei der akutpsychiatrischen Station. Eine junge Krankenschwester öffnete, sie war informiert.

»Herr Dr. Borbach ist heute leider nicht im Haus, aber Sie können ihn jederzeit telefonisch erreichen.«

»Danke«, sagte Oskar. »Wo finde ich Herrn Segert denn?«

Lächelnd wies sie den Weg. »Einfach geradeaus, letzte Tür rechts. Sie können sich ungestört unterhalten. Herr Segert freut sich schon.«

Oskar ging den Flur entlang. Ruhig und freundlich wollte er Segert begegnen. Ruhe und Freundlichkeit waren nie verkehrt, redete Oskar sich ein. Schon gar nicht in der geschlossenen Psychiatrie. Solange man ruhig und freundlich blieb, konnte eigentlich nichts passieren. Zumindest hoffte er das, als er anklopfte.

»Bitte schön!«, schallte es ihm entgegen.

Oskar schob die Tür auf – und musste sich beherrschen: Segert stand in einem schwarzen Anzug mit weißem Hemd und Fliege neben dem zerwühlten Krankenbett und blickte Oskar ernst entgegen. Als der vor Erstaunen in der Tür verharrte, winkte Segert ihm zu, den Handrücken zu seinem Gast gewandt, huldvoll wie ein Monarch vom Schlossbalkon.

»Guten Tag, Herr Zillmann. Ich heiße Sie herzlich willkommen.« Die hohe gepresste Stimme passte nicht zum Erscheinungsbild. Auf den ersten Blick hätte Oskar ihn nicht wiedererkannt. Wozu der schwarze Anzug? Wollte Segert seinem Gast imponieren? Sollte der edle Zwirn an die Zeit als Politiker erinnern? Wollte er damit die Wichtigkeit des Gesprächs unterstreichen? Oder war er wirklich einfach nur verrückt?

»Guten Tag, Herr Segert. Ich bin gern gekommen.«

»Umso besser«, entgegnete Segert streng. »Und eins sage ich Ihnen gleich: Ich wünsche keine Diskussion über die Katzen. Zwischen mir und der Tierheimleiterin Frau Onning herrscht bestes Einvernehmen. Sie wird mich regelmäßig besuchen und eine Partie Pétanque mit mir spielen.«

»Das freut mich.«

»Gut. Dann sollte unser Gespräch harmonisch verlaufen. Bitte sehr.« Segert wies auf eine Sitzecke: Ohrensessel, Couchtisch und Besucherstuhl – alles aus Kunststoff, praktisch und abwaschbar.

»Danke.« Oskar wollte sich setzen, doch er hielt inne: Segert war noch nicht so weit. Angestrengt sah er an sich herunter und brauchte einige Sekunden, bis er mit steifen Fingern die Knöpfe seiner zweireihigen Anzugjacke geöffnet hatte. Schließlich nahmen sie Platz.

Die Miene des Exministers blieb ernst. »Sie haben sicher von der Toten gehört, die bedauerlicherweise in meinem Garten lag. Dieser Vorfall zwingt mich leider zu diesem Klinikaufenthalt. Und nun treibt die Polizei mich in die Enge. Ich soll unbedingt mehr über die Dame erzählen. Aber meine Haltung ist klar. Und falls Sie darauf spekulieren, dass ich Ihnen Einzelheiten nenne: ganz sicher nicht, Herr Zillmann. Wenn Sie das erwarten, können Sie gleich wieder gehen.«

»Aber nein«, beteuerte Oskar. »Sie haben mich gebeten zu kommen, und hier bin ich. Ich höre Ihnen zu und will Sie nicht bedrängen.«

Segert schien zufrieden. Er kramte eine Schale mit hellbraunen Ringen aus seinem Nachttisch hervor.

»Das ist Katzenfutter mit Hühnchengeschmack. Auch für uns Menschen gesund. Sie möchten wohl nicht probieren?«

»Vielen Dank«, versicherte Oskar, »aber ich habe gut zu Mittag gegessen.«

»Dachte ich mir. Aber ich darf doch?«

»Bitte schön.«

»Danke.« Segert zerbiss lautstark einen Ring. »Um es kurz zu machen, Herr Zillmann: Ich hätte gern das Fotoalbum aus meinem Haus.« Er lehnte sich zurück und sah seinen Gast herausfordernd an. Offenbar war er der Ansicht, damit sei alles gesagt.

Ah ja, dachte Oskar und tastete sich vor. »Ich bringe Ihnen gern, was Sie wünschen. Nur leider komme ich auch mit einem Schlüssel nicht in Ihr Haus. Wenn Sie etwas daraus haben möchten, wenden Sie sich bitte an die Kripo. Vielleicht hat die es auch an sich genommen.«

»Blödsinn! Das Album enthält ein paar Jugenderinnerungen, ganz unwichtig für die Polizei. Holen Sie es gefälligst da raus. Deswegen habe ich Sie kommen lassen.« Oskar wollte gerade etwas erwidern, da schlug Segerts Stimmung in kindliche Freude um. Er kicherte. »Mein Album habe ich gut versteckt. Im Barschrank. Unter der Bodenplatte ist ein Hohlraum. Den hat die Polizei bestimmt nicht entdeckt.«

Oskar bewahrte Haltung. »Das mag ja sein, Herr Segert. Und ich verstehe, dass Sie an Ihren Erinnerungen hängen. Aber auch, wenn das Album noch dort sein sollte: Die Kripo hat Ihr Haus versiegelt. Jeder Tür- und Fensterspalt ist mit einem Papiersiegel überklebt. Wer das entfernt oder aufreißt, macht sich strafbar.«

»Nein!« Segert riss die Augen auf und beugte sich weit zu Oskar vor. »Niemals! Ich gehe deswegen nicht zur Polizei und Sie gefälligst auch nicht! Und Sie wenden sich auf gar keinen Fall an meinen Nachbarn, diesen Raabe. Das verbiete ich Ihnen. Der hat die Behörden auf mich gehetzt. Und das Album geht ihn nichts an.«

Die Situation war grotesk. Mit Vernunft kam man hier nicht weiter. Oskar versuchte es trotzdem: »Machen Sie sich keine Sorgen, Herr Segert. Ich sage Herrn Raabe nichts, darauf können Sie sich verlassen. Ich verstehe nicht einmal, warum Sie Herrn Raabe überhaupt erwähnen. Welchen Grund hätte ich denn, mit Herrn Raabe über Ihr Album zu reden?«

Der Exminister hob die Hände, als wollte er sich ergeben. Sein Ton war jedoch alles andere als unterwürfig. »Mit Verlaub, Herr Zillmann. Sie haben offenbar die Bedeutung Ihres Besuchs nicht begriffen. Vielleicht muss ich Ihnen erklären, warum ich gerade Sie gebeten habe zu kommen. Sie und keinen anderen.«

»Weil ich aus der Gegend stamme?«

»Exakt. Darum geht es mir. Dass sich jemand richtig gut auskennt. Sie werden gleich verstehen…« Segert unterbrach sich selbst und stöhnte kurz auf. Seine Miene erstarrte.

Was ging in der Seele dieses Mannes vor sich? Oskar war kein Psychiater. Möglicherweise hatte er zu viel von Segert erwartet – und ihn damit überfordert. Sie schwiegen. Segert, der ihm mit geschlossenen Augen gegenübersaß. Und Oskar, der das alles hier zwar grenzenlos absurd fand, aber geduldig auf eine Erklärung hoffte. Immerhin hatte er nun die Gelegenheit, den Patienten eingehend zu betrachten. Gemessen an seinem Alter hatte Segert schönes Haar, silberweiß und in dichten Wellen. Oskar seufzte in sich hinein. Ihm selbst war nicht mehr als ein dünner grauer Halbkranz geblieben. Die Zeit verging, nichts tat sich. Oskar überlegte. Sollte er Segert ansprechen? Aber wozu? Vielleicht musste der Exminister einfach lange nachdenken. Warum sollte man ihn dabei stören? Seine Bauchdecke hob und senkte sich mit jedem Atemzug – er lebte also noch.

Oskars Geduld zahlte sich aus. Nach einigen Minuten öffnete Segert lächelnd die Augen. Er hatte eine Antwort gefunden: »Die Polizeisiegel sind kein Problem. Sie gehen bitte in den Keller der Pension Raabe und benutzen dann den Tunnel.«

»Bitte?!«

»Den Tunnel! Gehen Sie einfach hindurch! Durch den Tunnel in mein Haus!«

Oskar hatte mal gelesen, man sollte Wahnkranken nicht widersprechen. »Tut mir leid, Herr Segert. Aber ein Tunnel zu Ihrem Haus ist mir nicht bekannt.«

»Es gibt aber einen!« Segert biss in den nächsten Katzenfutterring. »Der zwischen den Häusern! Der Geheimgang!«

Ein Geheimgang also. »Erklären Sie mir das bitte, Herr Segert.«

»Aber hören Sie gefälligst zu!«

»Selbstverständlich.«

Langsam und deutlich setzte Segert Satz an Satz: »Der Tunnel stammt von Heiko Raabes Vorfahren. Als sie mein jetziges Haus bauten, haben sie es unterirdisch mit der Pension verbunden. Die Gebäude lagen damals noch auf demselben Grundstück. Alles rein vorsorglich. Heikle Zeiten. Der Erste Weltkrieg war gerade erst ein paar Jahre vorbei und der Zweite schon im Anmarsch. Da ist ein Tunnel schon praktisch. Man kann unbemerkt von einem ins andere Haus gelangen und hat gleichzeitig einen Schutzraum. Darum ist der Gang auch stabil gemauert. Mit ebenem Boden, da stolpert man nicht so leicht. Der Tunnel ist zweiundvierzig Meter lang, zwei Meter hoch und anderthalb breit. Natürlich hätte der alte Raabe eine Genehmigung gebraucht, aber er dachte: Je weniger Leute davon wissen, umso besser. Also hat er mit ein paar Verwandten und Freunden alles selbst gebaut, er war ja gelernter Maurer.«

Seltsam, dachte Oskar, eben noch durchgeknallt und jetzt völlig klar. Aber bei Segert musste man wohl mit allem rechnen.

»Jahrzehnte später dann«, fuhr der Exminister fort, »also nach der politischen Wende, hat Heiko Raabes Vater das kleinere Haus samt Garten vom übrigen Grundstück abgetrennt. Erst hat es meine Kollegin gekauft, und 2006 habe ich es übernommen. Am Tunnel haben wir nichts geändert. Man weiß ja nie, wozu der noch gut sein kann. Und wie gesagt: Die wenigsten Leute sind eingeweiht. Das Bauamt schon gar nicht, und darum soll es auch die Polizei nicht erfahren.«

»Aber es könnte doch sein, dass die Kripo den Gang längst entdeckt hat«, wandte Oskar ein. »Schließlich haben die Ihr gesamtes Haus durchsucht.«

»Das schon.« Segert lächelte. »Aber die Eingänge sind gut getarnt. In der Pension muss man die Kellertreppe heruntergehen und sich dann einfach rechts halten, dann läuft man direkt auf ein hohes Regal zu, ganz vollgestellt mit alten Pappkartons. Manche sind leer, in anderen ist Holzwolle drin oder Styropor, leichtes Verpackungsmaterial eben. Das ist schön unauffällig. Viele Menschen bewahren so was auf – kann man ja immer mal brauchen, wenn man Pakete verschickt oder umzieht. Und genau so ist es in meinem Keller auch. Da geht der Eingang von der Waschküche ab. Dort steht auch so ein Regal mit leeren oder leichten Kartons. Und ich glaube nicht, dass der Polizei das verdächtig vorgekommen ist.«

»Und die Eingänge zum Tunnel befinden sich hinter den Regalen?«

»Exakt, die Regale stehen auf Rollen und lassen sich leicht wegschieben. Dahinter liegen die Türen zum unterirdischen Gang, sie sind nie abgeschlossen. Und wie gesagt: Alles ist gut gesichert, ein ganz bequemer Weg. Nur eine Taschenlampe müssen Sie mitnehmen, im Tunnel gibt es keinen Strom. Das war den Erbauern wohl zu aufwendig, oder sie hatten Angst wegen der Feuchtigkeit. Und noch was: Der Hintereingang von Raabes Pension ist morgens immer offen. Dann ist nämlich die Wirtschafterin da, die sich um die Lieferungen und den Wäschedienst kümmert, und die muss oft rein und raus. Deswegen schließt sie die Tür nicht ab, und die Leute in Gager sind ehrlich, da kommt nichts weg. Für Sie heißt das: Die Bahn ist frei.«

Oskar antwortete nicht gleich. Ihm hatte es nicht nur die Sprache verschlagen, sondern auch das Denken.

Segert setzte nach: »Sie haben genau eine Woche. Ich erwarte das Album nächsten Freitag um die gleiche Zeit wie heute.«

Oskar wagte keinen Widerspruch, seine Gedanken kreisten.

»Gut.« Er stand auf. »Dann komme ich wieder.«

»Ja bitte. Und wie gesagt: Einfach die Bodenplatte anheben. Sie finden das schon, Sie waren ja schon mal in meiner Wohnung.«

Oskar nickte, eine Diskussion schien zwecklos.

»Ich bin sehr zufrieden mit Ihnen«, erklärte Segert zum Abschied. »Ich wusste, dass Sie der richtige Mann für mich sind.«

Da wissen Sie mehr als ich, hätte Oskar gern geantwortet, doch er nickte nur und wollte weg, weg, weg.

Der Tunnel

»So, so.« Lilo nahm einen tiefen Schluck aus ihrer Tasse. »Ein geheimer Tunnel. Hört sich an wie im Kinderkrimi.«

»Nicht ganz.« Auf dem Weg von Stralsund bis in Lilos Küche hatte Oskar sich gesammelt und konnte wieder klar denken. »In Kinderkrimis wird eher selten diskutiert, ob ein unterirdischer Gang grundbuchlich erfasst wurde, und falls nicht, welche Motive es geben könnte, ein derartiges Bauwerk vor den Behörden geheim zu halten.«

»Und wenn Segert sich das alles nur ausdenkt? Weil er es nicht erträgt, dass die Polizei sein Haus versiegelt hat? Jetzt flüchtet er sich in eine Traumwelt mit einem unterirdischen Tunnel. Und schickt einen Helden rein, der eine große Tat vollbringt: die mutige Bergung eines Albums aus dem Barfach im Wohnzimmer.« Lilo grinste. »Und der Held bist du!«

»Meine angestammte Rolle also. Aber ich denke, die Geschichte stimmt. Schließlich waren Segerts Angaben präzise: die Entstehung, die Bauart, die Kellertüren und davor die Regale auf Rollen mit den leeren Kartons.«

»Na gut. Wenn es den Tunnel also wirklich gibt: Was sagt das über die Beziehung von Heiko und Segert? Seit der Katzensache sind die beiden angeblich verfeindet. Trotzdem halten sie den Tunnel geheim.«

»So was schweißt eben zusammen«, frotzelte Oskar, »und ist wichtiger als jeder Katzenstreit.«

»Aber nun hat Segert dich eingeweiht. Das Album bedeutet ihm mehr als das Geheimnis. Und er vertraut drauf, dass du nichts ausplauderst.«

»Kann er ja auch. Ich schweige wie das viel zitierte Grab. Bloß werde ich dieses gottverdammte Ding nicht holen. Er soll sich gefälligst an die Polizei wenden. Vom Tunnel muss er denen doch gar nichts erzählen. Die können ihr Haustürsiegel lösen und ganz normal reinmarschieren. Aber ich lasse mich nicht auf derartige Verrücktheiten ein.«

»Weil du Angst in langen dunklen Gängen hast?«

»Genau. Die machen mir fast so viel Angst wie eine Strafanzeige wegen Hausfriedensbruch. Und wer sagt mir denn, dass in diesem Gang nicht auch noch die eine oder andere Frauenleiche rumliegt?«

»Und wenn schon. Auf eine mehr oder weniger kommt es doch nicht an.« In Lilos Blick lag Kampfeslust. »Gib's doch zu: Du bist feige!«

»Ach, min Deern. Ich hatte heute bereits ein Gespräch mit einem geistig Verwirrten. Falls nun auch du mental entgleisen möchtest: bitte schön! Ich werde jedenfalls nicht unberechtigt in eine Frühstückspension eindringen und durch einen unterirdischen Gang ein polizeilich versiegeltes Haus betreten, um aus einem Barfach mit doppeltem Boden ein Album zu entwenden, von dem ich noch nicht mal weiß, was drin ist.«

»Also nicht?«

»Nö.«

»Das habe ich befürchtet.« Lilo schenkte Tee nach. »Dann mache ich es eben selbst.«

»Aber wozu, min Deern?«

»Weil du Segerts Vertrauen nicht aufs Spiel setzen solltest. Warum hast du eigentlich nicht gefragt, was das für ein Album ist?«

»Ich wollte ihn nicht provozieren. Außerdem hat er ja

was dazu gesagt: Jugenderinnerungen sind da drin. Also sicher nichts Gefährliches.«

»Und was für Jugenderinnerungen? Briefmarken? Oder Fußballsammelbilder? Oder was ja viele Leute in Alben kleben …«, sie führte den Satz nicht weiter.

»Hm. Du meinst: Fotos? Von dieser Ewa? Und er will uns auf die Fährte setzen?«

»Könnte doch sein. Und wenn du nicht gehst, dann hole ich es eben. Stell dir vor, da ist tatsächlich ein Bild von Ewa drin. So eine Chance lassen wir uns doch nicht entgehen. Und außerdem«, Lilo biss vom Keks ab und sprach mit vollem Mund weiter, »weißt du doch: Mich erwischt niemand.«

*

Lilo wusste, worauf sie sich einließ. Sollte man sie doch erwischen und anzeigen, nützte es wenig, dass sie früher selbst Polizistin war. Im Gegenteil. Gerade *weil* sie sich juristisch auskannte, würden Staatsanwälte und Richter keine Gnade kennen. Eine saftige Strafe wäre ihr sicher. Und trotzdem: Wenn Segert den Zugang zum Tunnel korrekt beschrieben hatte, dürfte es kein großes Problem werden. Der Hintereingang zur Pension war morgens unverschlossen, also könnte sie problemlos ins Haus gelangen, dann durch den Flur die Kellertreppe hinunter und hinter dem Regal in den Tunnel. Wie wahrscheinlich war es, dabei gesehen zu werden? Sie joggte ohnehin mehrmals die Woche vormittags durchs Doppeldorf, oft von Groß Zicker nach Gager und wieder zurück. Die Leute waren ihren Anblick gewöhnt, und wenn sie ausnahmsweise einen Rucksack trüge, würde sich kaum jemand wundern. Außerdem galt sie als gute Bekannte von Heiko Raabe. Sie mochte ihn zwar nicht, doch das hatte sie ihm nie gezeigt – aus Rücksicht auf seine toten Eltern. Und was dachte Heiko umgekehrt über Lilo? Sie wusste es nicht. Vermutlich hielt er sie für eine ganz nette Nachbarin und Tanzkollegin. Und weil er bis vor einem Jahr mit seiner Mutter im Haus gelebt hatte, kannte er sich bestimmt aus mit den Zipperlein älterer Frauen. Zum Beispiel, dass sie oft Wasser lassen müssen. Östrogenmangel und Blasensenkung sind schuld daran – so stand das heutzutage in jeder Fernsehzeitschrift. Falls sie Heiko oder seiner Wirtschafterin in die Arme liefe, würde sie behaupten, ein unaufschiebbarer Harndrang sei plötzlich über sie gekommen. So dringend, dass nicht die Zeit gewesen sei, am Haupteingang der Pension anzuklingeln.

Lilo überlegte lange, doch wie sie es auch drehte und wendete – ihr fiel nichts Besseres ein. Sie durfte sich eben nicht erwischen lassen. Von niemandem. Auf keinen Fall. Sie musste das Risiko eingehen. Und zwar so bald wie möglich.

*

Lilo kannte Heikos Wirtschafterin nicht persönlich. Er hatte erzählt, dass die junge Frau aus Schwerin stammte und erst seit dem Tode seiner Eltern in der Pension Raabe arbeitete. Ob sie auch sonntags im Dienst war, wusste Lilo nicht, doch vieles sprach dafür: Die Pension hatte einen guten Ruf und viele Stammgäste. Die meisten kamen aus dem Raum Berlin und nutzten die Nebensaison, um bei günstigen Preisen ein paar Tage auf der Insel zu verbringen. An so einem sonnigen Wochenende wie jetzt gab es bestimmt kein freies Bett mehr, überlegte Lilo. Vielleicht steckte die Wirtschafterin ja über beide Ohren in Arbeit und bemerkte nicht, wie ein ungebetener Gast in den Keller gelangte und von dort in einen geheimen Tunnel. Lilo fasste Mut.

Um halb neun startete sie auf ihre übliche Strecke, die Boddenstraße entlang, an der Kapelle vorbei zum Friedhof und geradeaus weiter durch das Wäldchen und die kleine Senke Richtung Gager. Andere Jogger kamen ihr entgegen, meistens Bekannte aus dem Doppeldorf. Sie grüßte, die anderen grüßten zurück. Alles war wie immer – abgesehen vom grauen Rucksack, den Lilo heute trug. Aber wer achtete schon auf so was? Bestimmt fiel es auch niemandem auf, dass sie in Gager nicht wie sonst auf den Hafen zulief, sondern nach links abbog. Nach ein paar hundert Metern erreichte sie die Einmündung zur Stichstraße.

Lilo lief in normalem Tempo weiter und warf einen Blick zum pensionseigenen Parkplatz: Auto an Auto. Prima! Zum ersten Mal freute sie sich über Heikos endlose Berichte. Was hatte er nicht alles über seine Pension erzählt! Jetzt kannte Lilo sich aus, ohne jemals dort gewesen zu sein.

Die Pluspunkte bei uns liegen in der familiären Atmosphäre und dem qualitativ hochwertigen Frühstück, hatte Heiko gern und oft bemerkt. *Das Frühstück ist nicht nur die erste, sondern auch die wichtigste Mahlzeit des Tages. Natürlich könnte ich das Mitarbeitern überlassen. Aber ich baue lieber selbst das Büfett auf und behalte den Überblick. Und ich lasse es mir nicht nehmen, meine Gäste persönlich zu bewirten. Schließlich bin ich ihre Bezugsperson, sozusagen der Herbergsvater.*

Für diesen Vergleich hatte Heiko viele Lacher geerntet, denn er war nicht mal dreißig. Auch Lilo hatte mitgelacht.

Nun lief sie an seiner Pension vorbei und wagte einen Blick zur Seite. Hinter den Panoramascheiben der neuen Veranda saßen die Gäste beim Frühstück. Heiko ging mit einer Kanne zwischen den Tischen hindurch und schenkte ein. Zur Straße schaute er nicht. Sie lief weiter, für die Menschen auf der Glasveranda geriet sie außer Sicht.

Zwischen der Pension Raabe und Segerts Metallzaun lag die Zufahrt zu Heikos Garage. Davor parkte sein Kastenwagen mit hellgrüner Sonderlackierung und aufgedrucktem Logo: ein schwarzer Rabe, der auf einem Ast sitzt und in den Sonnenuntergang über dem azurblauen Meer schaut. Nicht unbedingt geschmackvoll, aber einprägsam.

Sie zögerte. Beobachtete sie jemand? Sollte sie sich besser noch einmal nach allen Seiten umsehen? Nein, entschied sie und bog auf das Grundstück ein. Ihr Blick schweifte die Hauswand entlang, Fenster reihte sich an Fenster, eine Tür gab es nicht. Lilo eilte vorbei, erreichte das Ende des Gebäudes und bog um die Ecke. Endlich! Segert hatte nicht zu viel versprochen: Der Hintereingang in Form einer grauen Stahltür stand weit offen.

Lilo trat ein und fand sich in einem Flur wieder. Ein Profi-Staubsauger, daneben ein Rollgestell mit Wäschesäcken – zweifellos der Wirtschaftstrakt. Sie hastete vorbei an den Türen, aus einem der Räume drang das Brummen eines Wäschetrockners. Sie erreichte die Kellertreppe. Verfolgte sie jemand? Vorsichtig drehte sie sich um. Nein. Sie schöpfte Atem. Dann weiter. Im Schein ihrer Taschenlampe huschte sie durch den Kellergang. Zum Tunnel ging es rechts weiter, hatte Segert gesagt – und tatsächlich: An der Stirnseite des Flurs stieß sie auf ein dunkles Holzregal, bis oben gefüllt mit Kartons. Lilo klopfte gegen die Pappe: leer! Sie zog an den Außenholmen, das Regal bewegte sich – viel leichter als gedacht. Gaaanz langsam!, befahl sie sich. Zentimeter für Zentimeter, damit die Kartons nicht rausfielen. Schließlich hatte sie es so weit von der Wand abgerückt, dass sie dahintertreten konnte. Da war sie: die Metalltür zum unterirdischen Gang. Lilo spürte ihren Herzschlag im ganzen Körper, doch für Angst blieb keine Zeit. Sie drückte die Klinke und schob die Tür nach innen auf.

Der Tunnel lag vor ihr, fast hätte sie gelacht. Auf das Schrecklichste war sie vorbereitet, auf Gardinen von Spinnweben, tote Mäuse in allen Ecken und einen höllenhaften Gestank von Tod und Teufel. Doch was sie sah, wirkte ordentlich, direkt einladend: die Wände und die gewölbte Decke aus rotem Ziegel, der Boden aus gegossenem Estrich. Lilo grinste: ein Werk für die Ewigkeit mit leicht modrigem Geruch. Die Tür hatte auf beiden Seiten eine Klinke. Und das Regal? Wenn Lilo es so stehen ließ, in Heikos Keller einen halben Meter von der Wand entfernt, könnte das leicht auffallen. Aber sie wollte sich ja nicht lange aufhalten, bloß das Album holen und schnell zurück. Also wenig Risiko. Sie stapfte los. Vierzig Meter – das war nicht viel. Der Lichtkegel beschien die Tür am anderen Ende, Lilo zählte: Gerade mal fünfundfünfzig Sekunden brauchte sie bis zum anderen Haus, auch hier eine Tür mit Klinke und ein Regal mit leeren Kartons. Sie schlüpfte dahinter hervor und stand in Segerts Keller. In der Ecke zwei ältere Waschmaschinen, unter der Decke ein Klammerbeutel an einer im Zickzack gespannten Plastikleine. Lilo ging weiter. Eine

Tür stand weit offen, im Raum dahinter stapelten sich rings an den Wänden Dosen mit Katzenfutter. Sie wusste nicht, wie viele Segert pro Tag gebraucht hatte, aber vermutlich könnten selbst zweihundert Tiere mit diesen Vorräten noch wochenlang leben. Der Beschreibung folgend stieg sie die Kellertreppe hoch und hielt sich rechts. Im Hausflur war es dunkel, nach der Durchsuchung hatte die Polizei alle Rollläden geschlossen. Der Strahl der Taschenlampe traf auf dunkles Glas: die Tür zum Wohnzimmer. Segert hatte von einer weißen Schrankwand an der linken Seite gesprochen, mit einem Barfach in der Mitte. Lilo zog am Griff, die Klappe ließ sich nach unten absenken. Der Barschrank war leer. Sie hob die Bodenplatte an. Na bitte! Ein Album mit hellblauem Kunststoffeinband war der einzige Gegenstand im Geheimfach. Verwechslung ausgeschlossen. Lilo atmete auf.

Eigentlich wollte sie so schnell wie möglich zurück, doch jetzt brannte in ihr die Neugier. Sie schlug die erste Seite auf und musste lachen: *Meine Mallorca-Reise 1980*, gemalt in kindlich bunten Lettern. Darunter klebte das Foto einer Passagiermaschine auf einem südländischen Flughafen.

Lilo packte das Album erst in eine Plastiktüte und dann in den Rucksack. Klappe zu – Mission erfüllt. Blieb nur noch der Rückweg. Sie hastete die Treppe hinunter, schlüpfte durch die Tunneltür und zog das Regal so nah wie möglich davor. Vierzig Meter – und geschafft! Auch auf Heikos Seite schob sie das Regal an die richtige Stelle. Jetzt nur noch raus!

Im Wirtschaftstrakt brummte immer noch der Wäschetrockner, alles wie eben, offenbar hatte niemand ihren Besuch bemerkt. Sie hatte fast den Hinterausgang der Pension erreicht, da hörte sie hinter einer Tür die jammernde Stimme einer jungen Frau.

»Schon der zweite Brief vom Gerichtsvollzieher. Wenn ich nicht zahle, wird gepfändet. – Nein, nicht der Fernseher oder das Handy. – Lieb von dir, danke. Tschüss Steffi, ich melde mich nachher noch mal.«

Bestimmt die Wirtschafterin. Offenbar steckte sie in finanziellen Schwierigkeiten und klagte einer Freundin am Telefon ihr Leid. Doch ihr Pech war Lilos Glück – so konnte sie unbemerkt ins Haus und auch wieder hinaus gelangen. Erleichtert schulterte Lilo den Rucksack und joggte los.

*

Zu Hause hätte Lilo das Album gern näher untersucht, doch sie wusste: Oskar war mindestens so gespannt wie sie. Nach einer kurzen Dusche ging sie rüber und überreichte ihm Segerts Schatz zusammen mit zwei Paar Baumwollhandschuhen. »Freu dich nicht zu früh. Ich habe kurz reingeguckt. Bloß Urlaubsbilder aus Mallorca. Nix Spannendes. Die typischen Motive eben. Kann man alles tausendfach als Postkarte kaufen.«

»Also kein Hinweis auf Ewa?«

»Überhaupt kein Hinweis auf irgendwen. Er hat nur die Stadt fotografiert. Allenfalls noch ein paar Touristen, aber die sind wohl eher zufällig mit drauf.«

Sie zogen Handschuhe über und schlugen das Album auf.

»Ist ja doch recht hübsch da.« Oskar betrachtete die bunten Lettern. »Juni 1980 also. An welchen Tagen genau? Lässt sich das irgendwie eingrenzen?«

»Dazu habe ich nichts gefunden.«

»Weshalb Mallorca? Was will uns das sagen?«

»1980 war Segert neunzehn, vermutlich hatte er gerade sein Abitur in der Tasche.«

Sie blätterten weiter und fanden überall die gängigen Postkartenmotive: Altstadt und Hafen von Palma de Mallorca aus unterschiedlichen Perspektiven – und ohne jeden Kommentar.

»Hm«, meinte Oskar schließlich. »Abitur also. Aber da fährt man doch nicht allein weg?«

»Nur wenn man keine Freunde hat.«

»Also hatte er keine? Oder wollte er die nicht fotografieren? Oder wollten die nicht mit aufs Foto? Oder hat er die Bilder mit den anderen woanders hingeklebt, aber nicht in dieses Album?«

»Oder es war nur eine einzige andere.«

»Du meinst: Er hatte damals schon eine Geliebte? Und die musste er geheim halten? So wie jetzt die arme Ewa unter der Plane neben dem Kompost? Ist er gar ein dreister Serienmörder, der all seine Frauen versteckt – erst auf Fotos, dann im Garten?«, Oskar wurde wieder ernst. »Nein, entschuldige. Es kann natürlich alle möglichen Gründe geben, warum keine Leute auf den Fotos sind – zumindest keine, die er kannte.«

»Und wenn er damals tatsächlich schon mit dieser Ewa zusammen war?«

»Laut Rechtsmedizin ist die doch rund zehn Jahre jünger als er, oder?«

Lilo nickte. »Dann war die 1980 noch ein Kind.«

»Genau. Und als Polin durfte sie damals weder nach Mallorca noch nach Westdeutschland reisen, jedenfalls nicht im Normalfall. Das passt also schon mal nicht. Aber lass uns noch genauer gucken, Deern. Viele Dinge haben mehr als eine Seite.«

»Du willst alle Fotos rausnehmen und umdrehen?«

»Ja. Oder geht das nicht? Weil die Kriminaltechnik noch draufgucken muss.«

Lilo zuckte die Schultern. »Darum ja die Handschuhe. Und wenn wir das Album schon aufmachen, dann können wir auch kurz die Fotos umdrehen.«

»Denn man tau, Deern. Du kannst das am besten. Mit deinen zarten Händen, aber vorsichtig.«

»Und am besten immer einzeln, damit wir nichts durcheinanderbringen.« Lilo löste das erste Bild aus den Fotoecken und drehte es um. Quer über die Rückseite des Bildes verlief ein Schriftzug: *26. Juni 1980.*

»Stammt das vom Fotolabor?«, fragte Oskar.

»Ja. Die Filmrolle wurde am 26. Juni entwickelt. Fragt sich nur, ob uns das weiterhilft.« Sie fummelte das Bild zurück in die Klebeecken und nahm das nächste heraus. Nein, kein spannender Hinweis auf der Rückseite.

»Einfach weitermachen, min Lev. Schlimmstenfalls ramponierst du dir die Fingernägel, aber darauf lassen wir es ankommen. Ich koche uns einen schönen Tee.«

Lilo widmete sich dem nächsten Bild, dem übernächsten und dem überübernächsten. Doch abgesehen vom Datumsdruck auf der Rückseite war da nichts.

»Nur nicht aufgeben.« Oskar füllte den Wasserkocher. »Kriminalistik ist oft mühevolle Kleinarbeit. Aber wem sage ich das.«

Sie zählte mit: Zweiundzwanzig Fotos hatte sie herausgenommen und enttäuscht zurückgesteckt. Doch dann endlich, auf der Rückseite des dreiundzwanzigsten, klebte ein gelber Zettel. »Sieh an.« Sie studierte die Handschrift auf dem Zettel: »Guck mal: *ZPL23RC*. Hm. Irgendein Code. Oder ein Passwort.«

»Moment.« Er gab sechs Löffel Teeblätter in einen Glasfilter, eilte an den Tisch zurück und besah sich die Kombination aus Buchstaben und Ziffern. »Ach! Da fehlt einfach nur die Leerstelle.«

Jetzt begriff auch Lilo: »Hinter dem *ZPL*? Also ein polnisches Autokennzeichen?«

»Genau. *Z* für Westpommern und *PL* für den Landkreis Policki, also Pölitz. Das liegt unmittelbar hinter der Grenze, ein paar Kilometer nördlich von Stettin. Dann die Leerstelle und dann eben 23RC. Dreh doch noch mal um, bitte. Was ist das denn für ein Bild vorne?«

»Die Kathedrale von Palma. Die Vorderseite, zum Meer hin.«

»Aha! Eine polnische Autonummer auf der Rückseite eines Fotos von einer spanischen Kirche, aufgenommen von einem westdeutschen Abiturienten. Sollte uns das zu denken geben?«

»Nicht unbedingt. Es kann tausend Gründe geben, warum Segert diesen Zettel genau dorthin geklebt hat.«

»Und wenn er uns auf eine Spur setzen will? Mit diesem Album und dieser Autonummer auf diesem Zettel?« Oskar hastete zurück zum Teewasser. »Dann guck doch erst mal nach, ob die Schriften übereinstimmen: im Album und auf dem Zettel.«

Lilo blätterte zurück auf die erste Seite und hielt den Zettel neben den *Mallorca*-Schriftzug. »Bingo!«

»So schnell bist du dir so sicher?«

»Ja. Das *R* und das *C* in Großbuchstaben. Stimmt beides überein.«

»Zeig her.« Oskar riss sich vom Wasserkocher los und schaute seiner Nachbarin über die Schulter. »In der Tat, das passt. Und vielleicht hat Segert ja genau deswegen den Zettel in dieses Album geklebt: das aufeinanderfolgende *R* und *C* kommen in der Autonummer und in *Mallorca* vor.«

»Stimmt. Außerdem ist es exakt das dreiundzwanzigste Foto im Album. Also genau dieselbe Nummer wie im Kennzeichen.«

»Und das *RC?* Sind das dann die Initialen des Fahrzeughalters?«

»Klar. Der heißt Ronaldo Christiano.«

»Mehr Ernst bitte! Lass uns mal scharf nachdenken, wie wir an der Stelle weiterkommen. Segert können wir ja schlecht fragen.«

»Du meinst, er würde es dir nicht sagen? Oder bei der Frage völlig durchknallen? Noch schlimmer als jetzt?«

»Ich denke, du hattest neulich recht«, lobte Oskar. »Mit deiner Vermutung, dass Segert eine Art Umweg nimmt: Er gibt mir einen Hinweis. Den soll ich an die Polizei weiterreichen, aber ohne Segert mit reinzuziehen.«

»Also ist diese Autonummer der Hinweis?«

»Ja. Und deswegen lasse ich jetzt das Album untersuchen und bringe es dann Segert.«

»Und bei ihm erwähnst du den Zettel nicht?«

»Genau. Wenn das ein Spiel von Segert ist, müssen wir es auch mitspielen.«

»Und wenn der Zettel doch kein Hinweis ist? Und die Autonummer gar nichts mit dem Fall zu tun hat?«

»Dann ist das eben so«, meinte Oskar. »Aber wenigstens

haben wir Segerts Vertrauen nicht verspielt. Die Frage ist nur: Wann weihen wir Verena ein?«

»Heute nicht. Morgen früh möchte ich noch einmal ins Tierheim und in Ruhe nachdenken.«

»Aha? Siehst du denn eine Verbindung zwischen dem Heim und der Autonummer?«

»Nein, aber vielleicht fällt mir dazu noch was ein.«

»Aber morgen Nachmittag geben wir es an die Kripo«, entschied Oskar. »Bis Freitag muss ich es ja auch wiederhaben und Segert bringen.«

Geheimnisse

Am Montagmorgen traf bei der Stralsunder Kripo-Inspektion die Isotopenanalyse von Ewas Leiche ein.

»Treffer!«, freute Verena sich. »Sie ist in Westpolen aufgewachsen und hat später weiter südwestlich gelebt. Also vermutlich im Raum Berlin. In der Zeit, als Segert seinen Job als Politiker hatte. Also könnten die beiden sich da über den Weg gelaufen sein.«

»Und später haben sie sich getrennt, danach hat Ewa wieder in ihrer alten Heimat gelebt. Das passt alles!« Matthias warf seinen Kugelschreiber auf die Tischplatte und lehnte sich zurück.

»So weit, so gut. Fragt sich nur, wie es weitergeht. Ewas Zahnarzt hat sich bis jetzt nicht gemeldet, und dass sie geliftet war, bringt uns auch nicht weiter.«

»Hm«, Verena überlegte. »Sollen wir Segert was sagen von der Isotopenanalyse?«

»Du meinst: Wenn er weiß, dass wir wissen, wo diese Ewa gelebt hat – dann knickt er ein und erzählt uns die ganze Story?«

»Halte ich für möglich. Oder ich könnte ja noch mal mit dem Oberarzt sprechen, diesem Borbach.«

»Kommt Segert gut mit dem klar?«

»Ich denke schon. Zumindest könnte Borbach uns sagen, ob Segert Fortschritte macht.«

»Und Fortschritt bedeutet Einsicht? Dass Segert endlich was kapiert? Und uns sagt, wie diese Frau mit Nachnamen heißt?«

Verena seufzte. »Du glaubst nicht daran?«

»Wie denn auch? Man muss sich mal den Ablauf vorstellen: Da kommt seine ehemalige Geliebte unerwartet zu Besuch, holt eine Pistole samt Schalldämpfer aus der Tasche, hält sich den Lauf mit beiden Händen gegen die Stirn und pustet sich das Gesicht weg. Und Segert legt sie in den Garten neben den Kompost, steckt ihr die Pistole in den Rockbund und deckt sie mit einer Plane zu. Das ist doch derartig verrückt.«

»Falls es tatsächlich so abgelaufen ist.«

»Eben! Das kommt ja noch obendrauf! Vielleicht ist die Geschichte bloß frei erfunden.« Matthias unterbrach sich selbst. »Also: Die Leiche haben wir natürlich. Aber was sich vorher abgespielt hat, wissen wir doch gar nicht. Das können wir Segert glauben oder auch nicht. Und beim Vornamen ist es dasselbe: Hieß sie wirklich Ewa? Und wenn Segert uns jetzt einen Nachnamen sagt: Woher wissen wir, dass der stimmt?«

*

Es war ein besonderes Gefühl, mit dem Lilo an diesem Morgen nach Göhren fuhr. Der Tunnel, das Album, der Zettel. Und vielleicht sogar ein Zusammenhang mit Segerts Katzen und der toten Ewa. Wie schön wäre es, wenn vorm Tierheim ein Auto mit dieser Nummer stehen würde: *ZPL 23RC*. Doch so viel Glück hatte Lilo dann doch nicht. Der Besucherparkplatz war leer.

Sie steuerte den Katzentrakt an. Nora streichelte gerade drei cremig-weißen Schönheiten über das Fell. »Unsere Prinzesschen gehen gleich in eine ganz liebe Familie. Wir vermitteln heute insgesamt siebenundzwanzig Tiere. Kai-

Uwe war gestern Abend noch mal da und hat grünes Licht gegeben.«

Ah!, frohlockte Lilo und nutzte die Steilvorlage: »Sogar sonntagabends kommt Kai-Uwe noch vorbei? Das ist ja wirklich edel von ihm. Dabei hat er doch bestimmt furchtbar viel um die Ohren.«

Kein Zweifel – Nora sprach gern über den Tierarzt: »Er ist ein echtes Organisationstalent. Der Betrieb in seinen Praxen läuft wie am Schnürchen. Und er achtet darauf, gute Leute einzustellen. Die sechs Ärztinnen und vierzehn Helferinnen sind absolut top.«

»So viele? Und alles Frauen?«

»Das liegt in der Natur der Sache. In der Tiermedizin bilden Frauen inzwischen die große Mehrheit.«

»Ach so.« Lilo schmunzelte. »Damit wird er bestimmt manchmal aufgezogen. Bei so vielen Frauen?«

»Ja, ja, da muss er sich einiges anhören. Dass er einen Harem hat und so.« Amüsiert öffnete Nora die nächste Box und verpasste einem Kater ein paar Streicheleinheiten zwischen den Ohren. »Aber um Kai-Uwes Moral müssen wir uns keine Gedanken machen. Der ist ein absolut treuer Ehemann und fürsorglicher Vater.«

»Du kennst seine Familie?«

»Ja. Ganz wunderbare Menschen. Seine Frau Diane kümmert sich um die ganze Betriebswirtschaft in den Praxen. Die beiden haben Zwillinge, Sophia und Magnus, die werden bald elf. Sophia weiß jetzt schon, dass sie später auch Tierärztin werden will.«

»Ist ja schön.« Lilo wechselte das Thema. »Was ist eigentlich mit diesem Segert? Warst du noch mal bei dem in der Klinik?«

»In den nächsten Tagen wollte ich wieder hin. Ich muss nur sehen, wann ich das dazwischenkriege.«

»Und sein Besuch bei uns?«

»Muss noch warten. Im Moment darf er noch nicht raus, aber sein Oberarzt ist optimistisch. Dass Segert mal eine Stunde vorbeikommen kann. In Begleitung natürlich. Dann könnte er sich noch mal in Ruhe von den Katzen verabschieden.«

Lilo nickte. »Von denen, die noch da sind.«

»Ja klar. Bei den Adoptionen nehmen wir darauf keine Rücksicht. Wenn wir eine Katze vermitteln können, geht die raus. Egal, ob Segert vorher kommt oder nicht.«

Lilo hätte gern nachgebohrt, doch es sollte nicht wie ein Verhör wirken. Sie wandte sich zur Tür. »Dann gucke ich jetzt nach meinen Schweinchen.«

»Tu das. Bis später.«

Lilo ging zum Spind und zog sich um. Als sie in den Garten kam, hatte Felix schon das Gitter des neuen Geheges aufgeklappt.

»Und?«, fragte sie. »Wie geht's denen?«

»Gesund und munter. Die vertragen sich gut in der neuen WG. Du hast ein gutes Händchen.«

»Danke! Macht mir ja auch Spaß.«

»Prima. Dann schaffst du das hier inzwischen auch allein? Näpfe sauber machen und frisches Heu für die Häuschen?«

»Ja klar.«

»Gut. Dann kümmere ich mich um die Volieren. Und nachher sehen wir uns beim Kaffee.«

Er ging hinüber ins Vogelhaus, Lilo blickte ihm nach.

*

»Könntest du bitte heute noch kommen?«, fragte Lilo am Telefon. »Wir haben hier was gefunden. Ein altes Fotoalbum von Segert mit einer Autonummer drin.«

Verena stutzte. »Wo habt ihr das her? Segert ist in der Klinik, und sein Haus ist versiegelt.«

»Ist kompliziert. Deswegen komm bitte, ich erkläre es dir in Ruhe, und du kannst das Album direkt mitnehmen.«

»Gut, Mama. Aber ich bringe Matthias mit. Damit es nicht nach einem Mutter-Tochter-Gemauschel aussieht.«

Lilo zögerte. Sie hätte lieber mit Verena allein gesprochen – schließlich würde sie zugeben müssen, dass sie in ein polizeilich versiegeltes Haus eingedrungen war. Außerdem ging es bei dem Tunnel um keine Kleinigkeit – nicht nur die Kripo, auch die Bauaufsicht würde sich brennend dafür interessieren. Aber es half nichts: Dem musste Lilo sich stellen.

»Gut«, sagte sie. »Also kommt ihr beide. Wann denn etwa?«

»So in einer Stunde. Falls es später wird, rufe ich an.«

Sie legten auf.

Verena hielt Wort. Eine Stunde später trafen sie und Matthias ein. Lilo hatte Verenas jungen Kollegen schon vor zwei Jahren kennengelernt, als die beiden im Fall des verschwundenen Notars ermittelt hatten. Matthias war ein talentierter Kriminalist, fand Lilo, in seiner strengen Art allerdings nicht immer ein sympathischer Zeitgenosse. Doch Verena verstand sich gut mit ihm, und darauf kam es an.

Lilo bat die beiden an den Kaffeetisch, servierte Käsetorte und präsentierte das Album in einer Klarsichttüte. Gerade wollte sie Baumwollhandschuhe verteilen, da fragte Verena harsch: »Und wo hast du das jetzt her, Mama?«

Und so erzählte Lilo – mit einem Knoten im Magen – von Borbachs Anruf bei Oskar, Oskars Besuch bei Segert und ihrem strafbaren Gang durch den Tunnel. Dabei beobachtete sie Verenas Reaktion und konnte froh sein, dass Matthias dabei war.

Wären die beiden Frauen allein gewesen, hätte Verena ihren geballten Zorn donnergleich auf Lilo niedergehen lassen. So aber saß die Tochter ruhig im Sessel, schloss vor Entsetzen die Augen, öffnete sie wieder und warf ihrem Kollegen mal einen fassungslosen, mal einen hilfesuchenden Blick zu. Und wie reagierte Matthias? Es kam Lilo vor, als unterdrückte er ein Schmunzeln, aber vielleicht irrte sie sich.

Schließlich fragte Verena tonlos. »Und wann warst du da drin?«

»Gestern Morgen gegen neun.«

»Also vor ungefähr zweiunddreißig Stunden?«

»Ja, das kommt hin.«

»Und warum hast du nicht gestern schon Bescheid gegeben?«

»Sonntags ist bei euch doch nur Notbesetzung. Und darum haben Oskar und ich uns das Album erst mal selbst gründlich angeguckt. Aber natürlich mit Handschuhen.« Lilo hob beschwichtigend die Hand. »Und ehe du losbrüllst: Wir haben was gefunden. Einen Zettel mit einer polnischen Autonummer.«

»Zeig her!«

Sie zogen Handschuhe über, ließen Käsetorte Käsetorte sein und gingen an den Schreibtisch im Wohnzimmer. Lilo musste genaustens erklären, was ihr am Album aufgefallen war. Auch Verena und Matthias fanden: Ja, das könnte eine

Spur sein. Verena schien besänftigt. »Und Heiko Raabe hat von alldem nichts gemerkt?«

»Bestimmt nicht.«

»Gut«, meinte Verena sarkastisch. »Aber ein Problem müssen wir wohl noch lösen. Wie soll ich das Protokoll formulieren? Ich könnte ja schreiben: Lieselotte Gondorf unterließ es, die Behörden über einen Schwarzbau zu informieren. Stattdessen beging sie Hausfriedensbruch, missachtete eine polizeiliche Versiegelung und unterschlug Beweismaterial für einen Zeitraum von zweiunddreißig Stunden. Aber das alles ist strafrechtlich unerheblich, sie ist nämlich meine Mutter.« Sie sah zu Matthias hinüber. »Wie fändest du das?«

Er räusperte sich. »Da finden wir bestimmt eine Lösung.«

»Eine Lösung, ja? Ich glaube, so was nennt man Strafvereitelung im Amt. Wenn das rauskommt, können wir unsere Karrieren knicken.«

Er nickte verhalten.

»Ach, ihr Lieben«, beruhigte Lilo. »Schreibt doch einfach: Hansjoachim Segert hat Dr. Oskar Zillmann aufgefordert, ihm das Album zu holen, doch der hat sich geweigert. – Bis dahin stimmt das ja auch.«

»Super!« Verena lachte zynisch. »Der Anfang stimmt schon mal mit der Wahrheit überein! Und wie geht es weiter?«

»Dann schreibt ihr: Zillmann hat sich daraufhin an die Kripo Stralsund gewandt. Die Oberkommissare Gondorf und Weber sind zu Segerts Haus nach Gager gefahren und haben mithilfe des ihnen von Segert überlassenen Schlüssels …« Lilo unterbrach sich selbst. »Ihr habt doch einen Schlüssel für sein Haus, oder?«

»Ja, haben wir«, echote Verena. »Ich habe ihn sogar eingesteckt, als du angerufen hast. Weil ich mir schon dachte, dass Matthias und ich eventuell da reinmüssen.«

»Umso besser. Also weiter für euer Protokoll: Dann ist die Kripo durch die Haustür in Segerts Wohnzimmer gelangt, hat das Album geholt und zur kriminaltechnischen Untersuchung nach Stralsund gebracht. Anschließend haben die Kommissare das Album an Zillmann übergeben, der es dann zu Segert in die Klinik gebracht hat.« Lilo nickte zufrieden. »So ungefähr schreibt ihr das.«

Verena verdrehte die Augen, doch Matthias amüsierte sich. »Die Sache ist zwar verdammt ernst, Frau Gondorf. Aber das muss man Ihnen lassen: Sie sind ganz schön clever. Bleibt aber noch die Sache mit dem Tunnel.«

»Genau, Mama! Wir ermitteln nämlich wegen einer unbekannten Toten. Und der Tunnel ist ein ungenehmigtes Bauwerk zu dem Gebäude, in dessen Garten diese Tote lag. Wir müssen unverzüglich das Bauamt einschalten und Heiko Raabe zum Tunnel befragen.«

»Macht das. Und sagt ihm: Die Kripo weiß durch Segert und Oskar vom Tunnel. Mehr braucht ihr Heiko nicht auf die Nase zu binden. Dass ich in seiner Pension war, muss er doch gar nicht erfahren.«

Verena seufzte und schwieg. Sie sah Matthias an, er sah Lilo an, dann sah Lilo Verena an, und schließlich sagte Matthias: »So machen wir das.«

Verena atmete hörbar aus. »Meinetwegen. Aber vielleicht darf ich so viel ja noch erfahren, Mama? Warum hast du das eigentlich nicht genau so gemacht: uns Bescheid gegeben, damit wir das Album rausholen? Warum zum Teufel bist du auf eigene Faust da reingegangen?«

»Weil ich neugierig bin.«

Während Verena noch den Kopf schüttelte, zückte Matthias sein Handy und wählte die Nummer vom Landratsamt Bergen. Die meisten Mitarbeiter waren im Feierabend, doch der Leiter der Bauaufsicht saß noch in seinem Büro und staunte nicht schlecht, als er den mündlichen Bericht entgegennahm.

»Ich schaue mir das selbst an«, entschied er. »In einer halben Stunde bin ich da. Aber ich soll nicht allein in den Tunnel, oder?«

Verena stutzte. »Sie meinen, es ist gefährlich?«

»Muss ja wohl«, meinte der Ingenieur trocken. »Und dass wir uns nicht missverstehen: Vor Steinen habe ich keine Angst. Eher vor bösen Menschen. Hat ja wohl seinen Grund, wenn die Polizei da ermittelt.«

*

»Und?«, fragte Matthias. »Wie fühlst du dich?«

»Grottenelend.«

»Gut. Deine Gewissensbisse sprechen für dich.«

»Du findest das also lustig?«

»Ach, komm. Die Sache hat doch auch was Komisches. Wenn ich mir vorstelle, dass deine Mutter da mit ihren sechzig Jahren rumspioniert. Noch dazu erfolgreich. Ich bin sehr gespannt, was hinter diesem Kennzeichen steckt.«

»Schön, dass du das so entspannt siehst.«

»Ja, und jetzt korrigieren wir ein bisschen die Wahrheit. Und dann bitte kein Wort mehr darüber.«

Sie parkten den Honda in der Stichstraße und machten sich am Eingang von Segerts Trutzburg zu schaffen. Verena ritzte die Polizeisiegel auf. Im Flur stank es schlimmer als erwartet. Sie verzichteten darauf, die Fenster zu öffnen, denn dafür hätten sie noch mehr Siegel brechen müssen. Außerdem wollten sie so schnell wie möglich wieder draußen sein.

»Nase zu und durch«, beschloss Matthias und schaltete die Taschenlampe an. Der Strom in Segerts Haus war weiterhin abgestellt.

Dank Lilos Beschreibung fanden sie Sekunden später den Barschrank im Wohnzimmer. Verena hob die untere Glasplatte an. »Da hätten die Kollegen bei der Durchsuchung doch draufkommen können.«

»Sie waren bestimmt enttäuscht, dass Segert in seiner Bar keinen Alkohol lagert. Da haben sie den Schrank gleich wieder zugemacht.« Matthias wurde ernst. »Dann wissen wir jetzt also, wo wir das Album gefunden hätten. Alles wieder im grünen Bereich.«

Zurück im Garten atmeten sie durch. Matthias amüsierte sich immer noch: »Die Kollegen sind doch selbst schuld, wenn sie das bei der Hausdurchsuchung übersehen. Die haben einfach geschlampt. So was lernt man doch auf der Polizeischule: Hinter Kellerregalen in alten Häusern verbergen sich immer Türen zu unterirdischen Tunneln. So wie Barfächer auch immer einen doppelten Boden haben.«

Nun lachte auch Verena. »Danke.«

»Schon gut. Das Thema ist durch. Und jetzt holen wir uns Verstärkung für die Katakomben. Damit der werte Herr vom Bauamt nicht allein da reinmuss.«

Sie riefen die Selliner Wache an. Zeitgleich mit den vier Kollegen von der Schutzpolizei traf auch der Bauamtsleiter ein. Sie gingen in den Keller, rückten das Regal beiseite und öffneten die Tür zum Tunnel.

Der Ingenieur warf einen ersten Blick in den Gang. »Na,

das sieht doch schon mal grundsolide aus. Von wann ist der Tunnel?«

»Schätzungsweise zwanziger Jahre«, erklärte Verena. »Ein Schwarzbau. Der Eigentümer wollte nicht nur eine Verbindung zwischen den Häusern, sondern auch einen Schutzraum. Für den nächsten Krieg.«

»Den es dann ja auch gab, in dieser Region zum Glück einigermaßen glimpflich. Aber man merkt gleich, dass der Bau auch als Schutzraum konzipiert war.«

»Weil es relativ wenig stinkt?«

»Ja. Der Bauherr hat auf die Belüftung geachtet. Ansonsten: gutes Mauerwerk.« Der Ingenieur klopfte die Wand ab. »Schon allein die Gewölbedecke. Sehr solide.«

»Und was passiert jetzt damit?«, fragte einer der Schutzpolizisten.

»Ach, wissen Sie. Wir gehen davon aus, dass es überall in Deutschland solche Schwarzbauten gibt. Was vor 1990 entstanden ist, unterliegt sowieso nicht dem gültigen Baurecht.«

»Das heißt, der Tunnel kann so bleiben?«

»Falls keine Gefahr davon ausgeht. Selbstverständlich brauchen wir ein statisches Gutachten.«

»Wer zahlt das?«, fragte Matthias.

»Die beiden heutigen Grundstückseigentümer. Das kostet nicht die Welt. Danach sehen wir weiter. Nageln Sie mich nicht drauf fest, aber ich denke mal, das können wir so lassen. Und jetzt gucke ich mir das noch ein bisschen genauer an.«

Die Polizisten besprachen sich. Zusammen mit dem Bauamtsleiter wollten die Schutzpolizisten im Tunnel bleiben und anschließend Segerts Haustür neu versiegeln. In der Zeit machten Verena und Matthias sich auf den Weg zu Heiko Raabe – nicht unterirdisch, sondern gesittet die Straße entlang.

»Eine Sache müssen wir noch überlegen«, meinte Verena. »Wollen wir Raabe jetzt auch zum Album befragen? Und zu dem Zettel?«

»Denkst du, er kennt Segerts Album?«

»Eher nicht. Die beiden waren nie befreundet. Auch wenn früher ihr Verhältnis besser war.«

»Stimmt. Und noch was. Raabe hat bei Segert in den letzten Jahren keinen Besucher gesehen, mal abgesehen vom Lieferanten aus dem Supermarkt. Kein Besucher bedeutet: auch kein Besucher mit polnischem Autokennzeichen.«

»Falls Raabe die Wahrheit sagt.«

»Hast du Zweifel?«, fragte Matthias.

»Nein, ich halte ihn für glaubwürdig. Also erwähnen wir das Album nicht. Dazu können wir ihn auch später noch befragen.«

Sie klingelten am Haupteingang. Heiko Raabe öffnete nach wenigen Sekunden, wie üblich trug er sein grünes Shirt mit Logo. Der erneute Polizeibesuch irritierte ihn nicht. Vielleicht hatte er schon die Streifenwagen vor Segerts Haus gesehen. Die Kommissare folgten ihm an einer kleinen Rezeption vorbei. Verena unterdrückte ein Grinsen. Sie musste daran denken, was Lilo über den Hausfriedensbruch erzählt hatte: *Alles tippitoppi in Heikos Pension, sogar im Keller.* Auch Heikos Büro wirkte pedantisch aufgeräumt, die Stifte auf dem Schreibtisch lagen in Reih und Glied.

Kaum hatten sie sich gesetzt und mit dem Tunnel den Grund für die erneute Befragung genannt, wechselte Heikos Gesichtsausdruck von freundlich-interessiert zu ängstlich-angespannt. Offenbar hatte er mit dem Thema Tunnel so gar nicht gerechnet.

»Herr Raabe?«, fragte Verena. »Fühlen Sie sich nicht gut?«

»Nein«, der junge Pensionsbetreiber war blass geworden. »Meine Existenz steht auf dem Spiel.«

»Erklären Sie uns das bitte?«

»Weil ich das Geld nicht habe.« Er richtete den Blick auf die Tischplatte. »Wenn Segert und ich den Tunnel zuschütten lassen müssen. Das würde ein paar zehntausend Euro kosten, das habe ich schon recherchiert. Und der Kreditrahmen bei meiner Bank ist ausgeschöpft. Die Glasveranda, die Modernisierung, überall neue Bäder.«

»Vielleicht sehen Sie das ja zu schwarz.« Verena erzählte, was sie soeben vom Bauamtsleiter erfahren hatte.

»Nur ein Statikgutachten?« Heiko atmete auf. »Das wäre ja prima. Da werde ich mich bestimmt mit Herrn Segert einigen. Aber wenn ich fragen darf: Wie haben Sie überhaupt vom Tunnel erfahren?«

»Fragen dürfen Sie«, entgegnete Matthias streng, »aber wir dürfen nicht antworten. Ermittlungstaktik, Sie verstehen. Aber warum haben Sie sich nicht längst nach den Bestimmungen für den Tunnel erkundigt? Dann hätten Sie sich doch viele Sorgen sparen können.«

»Wir wollten keine schlafenden Hunde wecken. Im Netz konnte ich keine klaren Angaben finden, die Sache ist zu kompliziert: ein achtzig Jahre alter Tunnel von vierzig Metern Länge zwischen zwei Häusern, nur einen halben Kilometer entfernt von einem UNESCO-Biosphärenreservat und einem Segelhafen auf einer Insel, die ehemals zur DDR gehörte.«

»Sieh an.« Matthias wurde ironisch. »Sie haben sich ja ausführlich damit beschäftigt. In nächster Zeit bleibt der Tunnel von beiden Seiten versiegelt. Das Bauamt wird Sie anschreiben.«

»Ja sicher.«

»Aber eine Sache noch«, bat Verena. »Wer hat den Tunnel zuletzt benutzt? Und vor allem: wann?«

Die Antwort kam prompt. »Segert und ich im letzten Mai.«

»Das wissen Sie so genau?«

»Ja. Immer im Frühling haben Segert und ich uns unten getroffen und sauber gemacht. Gründlich durchfegen und Spinnweben entfernen. Aber in diesem Frühjahr nicht mehr, da hatten wir ja schon Streit wegen der Katzen.«

»Haben Sie beide den Tunnel denn regelmäßig genutzt?«

»Nein, aber wir wollten ihn auch nicht verkommen lassen. Vielleicht hätten wir ihn irgendwann gebraucht. Zum Beispiel als Fluchtweg.«

Matthias zog die Brauen hoch. »Flucht wovor?«

»Zum Beispiel bei einem Brand. Da kann das doch sinnvoll sein.«

»Und im Mai 2015 waren Sie zuletzt da unten? Später ist keiner mehr durch den Tunnel gegangen?«

»Nicht, dass ich wüsste. Ob Segert von seiner Seite aus drin war, kann ich natürlich nicht sagen. Aber was meine Seite betrifft: Da ist seit letztem Mai keiner mehr unten gewesen.«

Wenn du wüsstest!, dachte Verena und frohlockte: Raabe hatte Lilos Eindringen tatsächlich nicht bemerkt.

»Herr Raabe«, fuhr Matthias fort, »unsere Kollegen haben vorletzte Woche eine Tote auf Herrn Segerts Grundstück gefunden. Dazu hat man Sie auch schon befragt. Ist Ihnen in der Zwischenzeit noch etwas dazu eingefallen?«

»Nein, leider nicht.«

»Und wenn die Frau nun durch Ihr Haus und den Tunnel zu Herrn Segert gelangt ist?«

»Davon weiß ich nichts.«

»Oder dass jemand anders diesen Weg genutzt hat?«

»Nein. Jedenfalls habe ich nichts beobachtet. Was sagt denn Herr Segert dazu?«

»Das müssen wir für uns behalten, Herr Raabe.« Verena lächelte ihm zu.

*

Die Rückfahrt nach Stralsund übernahm Matthias. Verena sah aus dem Fenster und versuchte, zwischen den Häusern hindurch einen Blick auf den Selliner See zu erhaschen. Es begann zu dämmern, auf der Wasseroberfläche spiegelten sich die Gartenlichter. Sie wäre gern ausgestiegen und eine Runde spazieren gegangen, doch die Zeit drängte.

»Was meinst du?«, fragte sie. »Irgendeine Verbindung zwischen Raabe und dieser Ewa?«

»Keine Ahnung. Aber selbst wenn: Bisher haben wir bloß Segerts Aussage und die Bestätigung der Rechtsmedizin. Demnach war es ein Suizid – mit oder ohne Tunnel.«

»Hoffen wir also auf die polnische Autonummer.«

Matthias seufzte. »So isses. Und dafür sollten wir deiner Mutter sogar dankbar sein.«

Eine halbe Stunde später übergaben sie das Album samt eingeklebtem Zettel der Kriminaltechnik.

Verena rief bei Lilo an.

»Alles in Ordnung, Mama. Du hast uns über das Album

in Segerts Barfach informiert, und wir haben es da rausgeholt. So steht es jetzt im Polizeiprotokoll.«

»Und was ist mit Heiko?«

»Der hat von deinem kleinen Hausfriedensbruch nichts gemerkt. Wenn du ihn Donnerstag beim Square Dance siehst, verhalte dich wie immer.«

»Mach ich, Kind. Danke dir. Und Matthias natürlich auch.« Lilo atmete tief durch.

Der Wagen

Am Mittwochmorgen stürmte Matthias mit einem Computerausdruck in Verenas Büro. »Die polnischen Kollegen haben sich gemeldet und die Übersetzung gleich mitgeliefert. Willst du dir das erst im Intranet ansehen, oder soll ich kurz zusammenfassen?«

Manchmal eifert er dem Chef etwas zu heftig nach, dachte Verena lächelnd. »Schieß schon los!«

Matthias zog einen Stuhl heran, nahm Platz, breitete die Unterlagen aus und referierte: »Beim Fahrzeug mit dem polnischen Kennzeichen *ZPL 23RC* handelt es sich um einen Kleintransporter der Marke Fiat Ducato, Baujahr 2002, angemeldet auf Andrej Wieczorek, geboren am 27. Mai 1981 in Stettin.«

»Andrej Wieczorek? Also sind *RC* nicht die Initialen des Halters?«

»Nein. Das Kennzeichen war vorher übrigens nie vergeben, eine Verwechslung mit einem anderen Fahrzeug ist damit ausgeschlossen.«

»Und was weiß man so über diesen Wieczorek?«

»Polizeibekannt ist er nicht, zumindest nicht im Sinne einer Vorstrafe.«

Verena verstand sofort: »Also kein offizieller Akteneintrag? Bloß ein Verdacht?«

»Und selbst der ist höchst vage. Was Offizielles hat gegen Wieczorek nie vorgelegen: Er handelt mit gebrauchten Ersatzteilen für Landmaschinen, auf einem alten Bauernhof am östlichen Stadtrand von Pölitz. Da hat er die Nebengebäude in Lagerhallen umfunktioniert. Und er wohnt auch da. Das Bauernhaus ist todschick restauriert. Mit allem Zipp und Zapp.«

»Zipp und Zapp? Hört sich nicht nach Polizeiprotokoll an.«

»Na ja, ist auch nicht die offizielle Amtssprache.« Matthias grinste. »Ich habe eben noch mal in Stettin angerufen. So direkt erfährt man ja meist mehr als aus dem Protokoll. Jedenfalls verdient Wieczorek mit seinem Ersatzteilhandel gutes Geld. Nur: Gemessen an der Betriebsgröße liegen die Gewinne reichlich hoch. Darum glauben die Kollegen, dass da irgendwas nicht stimmt. Aber man konnte ihm nie was nachweisen, seine Steuerunterlagen sind sauber.«

»Also ein heimlicher Nebenerwerb?«

»Vermutlich.«

»Und könnte uns das auf die Spur einer Frau führen? Die ganz zufällig Ewa hieß und sich gezielt per Kopfschuss ein Ende gesetzt hat?«

»Habe ich alles gefragt. Eine Ewa war unter Wieczoreks Adresse nie gemeldet. Nur zwei weitere Männer: Damian Korwin und Tomasz Mazur, Wieczoreks Mitarbeiter. Beide schon um die fünfzig, also deutlich älter als er. Zu dritt wohnen die auf dem Hof. Unsere Kollegen mailen noch die Ausweisfotos von den dreien.«

»Also kein heißer Verdacht?«, fragte Verena.

»Nein. Und auch nichts, was zur Toten in Segerts Garten passt. Übrigens: In Deutschland ist dieser Wieczorek noch nie aufgefallen. Zumindest taucht er in keiner einschlägigen Datei auf.«

»Man könnte trotzdem bei dem Kleintransporter weitermachen«, wandte Verena ein.

»Ja. Zuerst wollten die Kollegen den Ducato bei einer allgemeinen Verkehrskontrolle unter die Lupe nehmen. Aber es gibt noch eine bessere Idee: Die Autonummer klebt in Segerts Album. Wir wissen nicht, warum. Aber so viel können wir sagen: Die Spur führt über die polnisch-deutsche Grenze. Und darum beobachten wir jetzt, ob Wieczoreks Nebenerwerb vielleicht auch nach Deutschland führt.«

»Das heißt: geheimes GPS-Tracking?«

»Genau. Die polnischen Kollegen kümmern sich drum.«

»Und die Genehmigung bekommen sie dafür?«

»Der Verdacht reicht aus, sagen sie. Und ein praktisches Problem ist das wohl auch nicht. Dieser Ducato steht öfter mal im Stadtgebiet an der Straße. Oder die Kollegen fahren zu Wieczorek auf den Hof und geben sich als Interessenten für irgendein Ersatzteil aus. Dabei müssen sie ihn nur ablenken und den Sender anbringen.«

*

Am Donnerstagmorgen klopfte es an Lilos Terrassentür. Das Oberpfälzer Ehepaar war startklar für die Rückreise und bedankte sich überschwänglich. Sie hatten sich wunderbar erholt und versprachen, im nächsten Jahr wiederzukommen. Falls nichts Unvorhergesehenes passiere und man gesund bleibe: »Ma muass imma 's Beste hoffn.«

Lilo winkte ihnen nach. Schon für den Nachmittag waren die nächsten Gäste für das Mövennest angekündigt – wieder ein älteres Paar, diesmal aus Gundelfingen im nördlichen Breisgau. Manchmal wunderte Lilo sich, dass die Menschen so weite Reisen auf sich nahmen, um bei ihr Urlaub zu machen. Wenn sie dann aber auf einer der beiden Bungalowterrassen stand und in Richtung Bodden schaute, wenn frühmorgens im sonnigen Dunst die Wasserfläche das Spiel von Licht und Wolken spiegelte – dann wunderte Lilo sich nicht mehr. Dann wurde ihr klar, welch weite Reise sie selbst zurückgelegt hatte, um hier anzukommen. Das meinte sie im philosophischen Sinne – nicht im geografischen. Von Bielefeld nach Rügen war es immerhin näher als vom Breisgau.

Das Boddenhüsken bewohnten inzwischen vier Pensionäre aus der Nähe von Görlitz. In der Nebensaison urlaubten vor allem Menschen jenseits der fünfzig auf dem Mönchgut. Gereifte Naturliebhaber. Sie wussten die Ruhe zu schätzen, das Leben hatte ihnen genug Abwechslung zugemutet. Immer wenn Lilo die älteren Paare sah, musste sie an ihren Mann Robert denken. Wenn er nicht so früh gestorben wäre? Würden sie immer noch in Bielefeld leben? Und dann ihre Ferien auf Rügen verbringen? Oder planen, im Rentenalter ganz hierherzuziehen?

Lilo schob den Gedanken beiseite, die Endreinigung für das Mövennest stand an. Ohne Freude, dafür mit Routine brachte sie fünfzig Quadratmeter samt Terrasse auf Vordermann. Zwei Stunden später wechselte sie von der Haus- zur Gartenarbeit, bis zum Eintreffen des Breisgauer Ehepaars blieb noch Zeit.

Als sie vor fünfzehn Jahren hergezogen waren, hatte Verena sich sehnlichst ein paar Pfirsichbäume gewünscht. Lilo lehnte ab: So empfindliche Früchte im rauen Rüganer Klima – das passte nicht. Doch dann fanden sie eine robuste Sorte und pflanzten an der Südseite des Hauses ein halbes Dutzend Bäumchen. Verena fiel ihrer Mutter um den Hals, und Lilo konnte sich nur wundern, wie schnell die Gehölze wuchsen. Jahr für Jahr fiel die Ernte größer und süßer aus. Ende April wurde es höchste Zeit für den Baumschnitt. Lilo holte Leiter, Astscheren und Wundbalsam aus dem Schuppen. In der Wärme der letzten Wochen hatten sich reichlich Knospen gebildet. Selbst sie als Botanik-Dummie konnte erkennen, wo der Baum noch spross und wo nicht. Sie rückte den abgestorbenen oder zu dicht wachsenden Zweigen zu Leibe und bepinselte größere Schnittstellen mit dem Balsam. Schon bald darauf trafen die Gäste aus Gundelfingen ein.

Sie kehrte gerade in ihr eigenes Haus zurück, da rief Verena an. In den letzten Tagen hatten die beiden schon einige Male telefoniert. Lilos Hausfriedensbruch spielte keine Rolle mehr, jetzt ging es um die Zusammenhänge: das Album – der Zettel – die Autonummer – der weiße Lieferwagen – der dubiose Andrej Wieczorek.

»Wann genau hat Oskar den Termin bei Segert?«, fragte Verena.

»Morgen Nachmittag um drei.«

»Prima. Dann soll er vorher hier vorbeikommen, die KTU ist bis dahin fertig. Und mit dem Tunnel sieht es gut aus. Das Bauaufsichtsamt hat die Basisdaten: alles so weit stabil.«

»Aber ein statisches Gutachten brauchen die trotzdem noch?«

»Ja sicher, und dafür müssen Segert und Raabe sich die Kosten teilen.«

Lilo kicherte. »Damit ist Segert einverstanden?«

»Wissen wir nicht, ist aber auch egal. Er hat jetzt einen juristischen Betreuer, und der bekommt Zugriff auf Segerts Konten.«

»Habt ihr denn noch irgendwas gefunden im Tunnel?«

»Nein, Heiko Raabe liegt wohl richtig: Seit Mai ist keiner mehr da unten gewesen. Außer natürlich …« Verena räusperte sich ironisch. »Aber das wollten wir ja vergessen.«

»Und wenn er lügt? Wenn er an diesem Abend zu Segert rübergegangen ist? Oder jemand anders? Um Eva zu töten?«

»Wie kommst du da jetzt drauf, Mama?«

»Ich meine ja nur. Rein theoretisch.«

»Theorie nützt wenig. Bis jetzt haben wir keine Hinweise für Fremdeinwirkung. Alles sieht danach aus, dass sie sich selbst erschossen hat.«

»Und wenn jemand sie genötigt hat?«

»Auch dann wäre es zunächst mal egal, aus welcher Richtung dieser Jemand auf Segerts Grundstück gekommen ist. Durch den Tunnel oder die Haustür oder meinetwegen auch über dieses Monstrum von Zaun. Solange wir keine Anhaltspunkte für einen Fremdtäter haben, müssen wir uns darum keine Gedanken machen.«

»War denn die Spurensicherung im Tunnel?«

»Nein. Weil wir eben keinen Hinweis auf ein Verbrechen haben. Und ich kenne eine Person, die ganz froh sein sollte, dass die Spurensicherung nicht im Tunnel war.«

Lilo überging die Anspielung. »Also kommt ihr da erst mal nicht weiter?«

»Leider. Wir konzentrieren uns jetzt auf den Zettel mit dem Autokennzeichen. Die Kollegen in Stettin wollen morgen wieder anrufen.«

»Tja, Kind. Da kann ich euch nur die Daumen drücken. Übrigens: Es sieht nach einem guten Pfirsichjahr aus. Falls nicht noch ein Sturm kommt und die Knospen abreißt, darfst du im Sommer Marmelade kochen.«

»Das lässt hoffen.« Verena lachte. »Die erste gute Nachricht heute.«

*

»Habe ich das richtig mitgekriegt?«, fragte Verena am Freitagmittag. »Bis vorhin sind noch Anrufe reingekommen?«

»Bloß leider nichts Brauchbares: Eine ältere Frau meint, sie hat Ewa in Binz gesehen. Wir haben den Zeitpunkt überprüft, Ewa war da längst tot. Und ein Spinner behauptet, er ist ein Medium.« Matthias griente. »Er will in einer Séance den Kontakt zu Ewas Geist herstellen. Damit sie uns weiterhelfen kann.«

»Na, das ist doch was: Ewa als Geist erzählt uns ihre eigene Geschichte.«

»Ja. Dann fragen wir gleich mal, warum sie sich ins Gesicht geschossen hat. Schade, dass die Sache so ernst ist. Sonst könnte man fragen, ob sie mit der Schönheits-OP unzufrieden war.«

»Oder wir versuchen es ohne Geisterkontakt. Und überlegen, warum sich ihr Zahnarzt nicht bei uns meldet.«

»Vielleicht war Ewa in schmutzige Geschäfte verstrickt, und der Zahnarzt wusste davon.«

»Und Segert schweigt aus demselben Grund? Ist er etwa auch verwickelt? Oder will er Ewa schützen?«

»Oder beides.«

Verena wollte etwas entgegnen, da kam Theiß herein und brachte das Album in einer Asservatentüte.

»Schöne Grüße von der Technik: Der Zettel ist erst viel später ins Album gekommen, vermutlich erst vor ein bis zwei Jahren. Und die Handschrift auf dem Zettel stammt von Segert, Fingerabdrücke von jemand anderem sind nicht drauf, er hat die Autonummer also selbst notiert und wahrscheinlich auch eingeklebt. Darüber hinaus nichts Besonderes. Es ist das, wonach es aussieht: ein Fotoalbum von einer Mallorca-Reise im Juni 1980.«

»Dann darf er das Album jetzt zurückhaben?«, fragte Matthias.

»Darf er. Wir haben Kopien von sämtlichen Fotos. Und der Zettel klebt auch wieder an Ort und Stelle. Alles so wie vorher. Was machen die Kollegen in Stettin? Schon was gehört?«

»Wir warten drauf.«

»Gut. Dann geben Sie mir bitte sofort Bescheid.«

Theiß entschwand so schnell, wie er gekommen war. Keine fünf Minuten später klopfte Oskar an.

»Unseren ergebensten Gruß.« Matthias grinste. »Sie kommen genau richtig.«

»Ach so?«

»Lass dich nicht irritieren, Oskar.« Verena lachte. »Hier geht es zu wie im Taubenschlag. Aber ist ja besser, als sich zu langweilen«, sie überreichte ihm das Album samt Klarsichttüte. »Dann bring das heil in die Klinik. Von uns aus ist alles geregelt.«

»Du hast mit dem Oberarzt telefoniert?«

»Ja, er ist gleich beim Gespräch dabei.«

»Wie geht es Segert denn überhaupt? Hat Borbach was dazu gesagt?«

»Zumindest nichts Neues. Ich habe das Gefühl, die Psychiater kommen nicht weiter. Für meinen Geschmack schonen die ihn zu sehr.«

»Aber er soll jetzt erfahren, dass die Polizei Bescheid weiß.«

»Ja, und weil das ziemlich heikel ist, übernimmt Borbach die Erklärungen: Du hast dich wegen des Tunnels an die Kripo gewandt, und die hat das Album rausgeholt. Nur den Zettel mit der Autonummer erwähnt ihr nicht.«

»Wobei Segert sich ja denken kann, dass ihr den Zettel gefunden habt.«

»Vielleicht wollte er das ja sogar«, warf Matthias ein. »Wie Verenas Mutter schon gesagt hat: Er will nicht direkt mit der Kripo sprechen und benutzt Sie als Umweg. So sehen wir das, aber das reiben wir ihm selbstverständlich nicht unter die Nase.«

»Na gut. Dann wird er mir gleich wohl nicht an die Gurgel gehen.«

Verena klopfte Oskar mütterlich auf die Schulter. »Sicher nicht. Und ruf heute Abend mal durch, wie es gelaufen ist.«

Die Kommissare begleiteten ihn zur Tür. Kaum hatten sie wieder am Schreibtisch Platz genommen, klingelte das Telefon. Matthias erkannte die Nummer im Display. »Yes!«

Da war sie, die ersehnte Nachricht: Am weißen Ducato saß jetzt ein funktionierender GPS-Sender. In den letzten Stunden war Wieczorek zwar nur einige Male zwischen seinem Betrieb und der Pölitzer Innenstadt hin- und hergefahren, doch die polnischen Kripo-Kollegen blieben optimistisch. Vielleicht würde Wieczorek schon am Montag auf weite Strecke gehen.

*

Auf der akutpsychiatrischen Station war wieder die junge Krankenschwester im Dienst. »Herr Dr. Zillmann, wie nett.

Dann gebe ich dem Oberarzt Bescheid, der kommt dann gleich. Und ich habe das richtig verstanden? Sie wollen Herrn Segert ein Album bringen?«

Oskar wies auf seine Aktentasche. »Ja. Müssen Sic das kontrollieren?«

»Ach nein, ist alles mit Dr. Borbach besprochen. Herr Segert ist übrigens im Garten und spielt Boccia. Mit zwei anderen Patientinnen und einem Kollegen von mir.«

»Boccia?«, staunte Oskar.

Sie kicherte. »Er sagt immer, es müsste *Boule* heißen oder *Pétanque* und die Kugeln sollten aus Metall sein und nicht aus buntem Plastik. Aber es gefällt ihm, und er spielt ziemlich gut.«

Sie wies auf eine breite Glastür am Ende des Flurs.

»Da gehen Sie raus, dann einfach rechtsrum.«

Oskar bedankte sich. Der Stationsgarten bestand aus einer kleinen Grünflache, eingegrenzt von einem hohen Gitter, an dem dichter Knöterich rankte. Auf den Bänken rings um den Rasen saß niemand, vermutlich war es den meisten Patienten draußen noch zu kalt. Oskar ging um das Gebäude und traf auf Segert, zwei Frauen mittleren Alters und einen weißgekleideten Pfleger.

»Guten Tag«, sagte Oskar laut.

Segert winkte. »Willkommen, Herr Zillmann. Wie schön, Sie sind pünktlich.«

»Ich will aber nicht stören. Sie können gern noch weiterspielen.«

»Nein, wir sind sowieso gerade mit der Runde fertig.« Segert wandte sich an seine Mitspieler. »Das ist Dr. Oskar Zillmann. Ein fähiger Internist, leider schon im Ruhestand. Und dies, Herr Zillmann, sind meine Boule-Freunde. Die

Namen der beiden charmanten Damen nenne ich nicht. Das verstehen Sie sicher. Aus Gründen der Diskretion. Aber der Herr in Weiß ist Herr Schmiedinger, eine sehr versierte Pflegefachkraft.«

Die drei grüßten verhalten, offenbar fanden sie Segerts Auftreten etwas unangenehm. Den Exminister störte das nicht – oder er nahm es nicht wahr. Seine gelben Boccia-Kugeln drückte er dem Pfleger in die Hand. »Wenn Sie so freundlich sind, die beiseitezulegen, Herr Schmiedinger. Ich möchte mich um meinen Gast kümmern.«

Der Pfleger räumte für Segert die Kugeln weg. Oskar fiel ein, was Verena vor einer Stunde gesagt hatte: *Die Psychiater schonen Segert zu sehr*. Deswegen tolerierte man wohl seine Überheblichkeit. Er galt eben als schwer krank. Immerhin trug der Exminister heute Jeans und Pullover – und keinen schwarzen Anzug wie bei Oskars letztem Besuch.

Er wies auf die Aktentasche. »Da drin ist mein Album?«

»Ja, Herr Segert.«

»Gut. Aber die Übergabe machen wir im Zimmer.«

Sie gingen durch den Garten zurück zur Station. Segert folgte dem Besucher mit zwei Metern Abstand. Oskar wollte gerade die Tür aufziehen, da überholte Segert lachend, drängte ihn an die Hauswand und baute sich direkt vor ihm auf. »Das will ich Ihnen noch erzählen, Herr Zillmann: Ich habe so oft an Sie gedacht.« Er berührte Oskar nicht, doch sein Atem streifte Oskars Nase. Irgendwas mit Huhn, dachte Oskar.

Segert kicherte. »Ich habe mir vorgestellt, wie Sie in die Pension einbrechen, ganz leise natürlich, damit Raabe nichts merkt. Und wie Sie durch den dunklen Tunnel schleichen und Angst haben.«

Oskar versuchte es ruhig und freundlich: »Bitte, Herr Segert …« Doch der Exminister schwelgte in seinen Fantasien: »Und wie Sie in mein Wohnzimmer gehen und das Barfach aufmachen. Und die Bodenplatte anheben und mein Album finden. Und Sie sich freuen, weil ich Ihnen das Geheimnis verraten habe.« Er kicherte wieder. »Der Tunnel. Ein richtiger Geheimgang.«

Oskar wurde lauter. »Lassen Sie mich …«

Segert trat zwei Schritte zur Seite. »Aber jetzt gehen wir rein!«, sagte er streng. »Ich will endlich mein Album haben.«

Auf dem Stationsflur kam ihnen ein Mann in weißem Kittel entgegen: Anfang vierzig, leicht untersetzt, mit dunklem Kinnbart und Nickelbrille – und auf Anhieb sympathisch. Er strahlte Ruhe und Verständnis aus.

Gott sei Dank!, dachte Oskar.

»Herr Borbach!« Segert winkte ihn heran. »Darf ich Ihnen Ihren Kollegen Herrn Zillmann vorstellen? Telefoniert haben Sie ja schon.«

»Schön, dass wir uns jetzt persönlich kennenlernen.« Borbach schüttelte Oskar die Hand und meinte dann zu Segert: »Herr Dr. Zillmann und ich haben uns beraten. Ich werde dabei sein bei Ihrem Gespräch.«

»Wieso das denn?!« Segert verschränkte die Arme. »Vertrauen Sie mir nicht?«

»Aber ja. Herr Zillmann und ich erklären Ihnen alles. Aber bitte in Ihrem Zimmer.«

Die Situation schien Segert zu verwirren. Schweigend ging er voraus und öffnete die Tür zum Krankenzimmer.

Die Männer nahmen am Couchtisch Platz, Oskar überreichte das Album.

»Haben Sie reingeschaut?« Segert streichelte den Einband.

»Nur kurz«, log Oskar. »Es sind ja wohl Erinnerungen an eine Mallorca-Reise.«

»Ja. Direkt nach dem Abitur. Ganz allein war ich da, eine letzte schöne Zeit vor der Bundeswehr.« Er drückte das Album an die Brust und sah Oskar herausfordernd an. »Ich glaube Ihnen nicht, dass Sie nur kurz reingeschaut haben. Sie haben sich das doch sicher ganz ausführlich angesehen. Bild für Bild.«

Oskar warf Borbach einen flehenden Blick zu. Der Oberarzt übernahm: »Herr Segert, Sie haben Herrn Zillmann darum gebeten, Ihnen das Album zu besorgen. Das hat er getan. Allerdings mit einer kleinen Planänderung: Herr Zillmann ist nicht durch den Tunnel gegangen, denn wegen der polizeilichen Versiegelung hätte er sich damit strafbar gemacht.«

Segert verstand sofort. Wütend sah er zwischen Oskar und Borbach hin und her. »Also war die Kripo im Tunnel? Und die hat mein Album geholt?«

»Ja«, entgegnete Oskar. »Und die Polizei sagt: Sie dürfen das Album gern wiederhaben. Den Tunnel hat das Bauamt jetzt verschlossen, aber er kann stehen bleiben.«

Segert sprang auf. »Und Sie machen da auch noch mit!«, schrie er Borbach an und fügte leise hinzu: »Wir wollen unseren Gast zur Tür begleiten. Ich muss gleich zu Abend essen.«

»Abendbrot gibt es in zwei Stunden«, stellte Borbach klar. »Und Sie sollten Herrn Dr. Zillmann danken. Er hat

Ihnen auf legale Weise das Album verschafft, und mit der Polizei ist alles geregelt.«

Segert schloss die Augen. »Bitte gehen Sie. Ich möchte allein sein.«

»Ich habe Ihnen gern das Album gebracht«, besänftigte Oskar. »Aber ich konnte dafür keine Straftat begehen.«

Doch mit dem Exminister war nicht mehr zu reden. Oskar und der Oberarzt verließen etwas ratlos das Krankenzimmer.

*

Sosehr Oskar die Stadt am Strelasund auch mochte – als er an diesem Tag wieder seine Insel erreichte, fiel eine Last von ihm ab.

Abends saß er mit Lilo beim Bier.

»Und?«, fragte sie. »Wollte Segert, dass die Polizei das Album untersucht? Und den Zettel mit der Autonummer findet?«

»Vermutlich ja, aber sicher kann man sich da kaum sein. Segert ist derartig verschroben. Und wie war's bei dir? Was macht Felix?«

»Freundlich, charmant, kompetent, hilfsbereit und kollegial. Möchtest du mehr wissen?«

»Ja. Warum er zwei Tage nach der Katzenaktion mit dem Praktikum angefangen hat.«

»Angeblich reiner Zufall.«

»Aber das nimmst du ihm nicht ab?«

»Nein. Irgendwie ist er zu glatt. Wenn wir über sein Privatleben reden, windet er sich raus und wechselt das Thema.«

»In welche Richtung?«

»Er erzählt was über Tiere. Da weiß er ja viel. Meltem und Patrizia sehen ihn sowieso ganz unkritisch. Für die ist Felix der absolute Traumtyp.«

»Und was hast du jetzt vor?«

»Schauen wir mal.« Lilo nahm einen kräftigen Schluck.

Die Kontrolle

Für Verena war es das erste freie Wochenende seit langem. Ihr Freund Christoph hätte gerne das Frühstück ans Bett gebracht, doch das mochte sie nicht – wegen der Krümel. Also holte Christoph samstags frische Brötchen, deckte den Küchentisch und hatte eine ganze Liste von Vorschlägen parat. Verena entschied sich für eine Radtour mit anschließendem Besuch in der Sauna, einem Essen beim Spanier und eine höchst romantische Nacht – und trotzdem: Der polnische Transporter ging ihr nicht aus dem Kopf.

Christoph küsste sie. »Hoffentlich klappt das nächste Woche. Sonst wirst du ja noch unausstehlicher als sonst.«

»Genau. Und du allein musst es ausbaden«, Verena küsste zurück.

Doch die Sorge war unbegründet. Am Montag um acht Uhr zwanzig traf bei Theiß die Nachricht ein: Der weiße Ducato mit dem Kennzeichen *ZPL RC23* hatte soeben die Grenze nach Deutschland passiert und fuhr auf der B 104 Richtung Pasewalk.

»Und wer sitzt da drin?«, fragte Verena. »Dieser Andrej Wieczorek?«

»Wissen wir nicht, die polnischen Kollegen haben nur das GPS-Signal. Gut möglich, dass der Wagen bei Papendorf auf die A 20 will. Dann kann sich unsere Autobahnpolizei die Tracking-Daten auf den Rechner holen und an den Ducato dranhängen.«

»Und wir kriegen Bescheid?«

»Ja. Und wenn die noch weiter in unsere Gegend kommen, fahren Sie denen entgegen und machen beim Einsatz mit.« Theiß grinste. »Und nehmen Sie gefälligst den neuen Fünfer. Soll ja nicht aussehen wie bei armen Leuten.«

Keine halbe Stunde später traf die nächste Nachricht ein. Der polnische Kleinlaster fuhr auf der A 20 in Richtung Nordwesten – mit ein paar Kilometern Abstand folgten zwei Streifen der Autobahnpolizei.

Matthias stand in Verenas Bürotür und winkte mit dem Autoschlüssel. »Los geht's.«

»Wer hat denn die Einsatzleitung bei den Autobahn-Kollegen?«

»PHK Hollmeyer. Ich habe eben noch mit ihm telefoniert. Kennst du den?«

»Guter Mann. Besonnen, aber durchsetzungsfähig. Und sehr erfahren.«

Matthias nickte. »Er will die Sache so deichseln, dass wir bei der Kontrolle dabei sein können. Falls der Ducato weit genug in unsere Richtung kommt.«

Vor dem Dienstgebäude stand ein dunkelblauer BMW aus der Fünferreihe – das jüngste Glanzstück im Fuhrpark der Kripo Stralsund. Verena wusste, wie gern Matthias gefahren wäre. Andererseits war sie die Dienstältere – hatte also mehr Rechte. »Ich übernehme die Hinfahrt, okay? Und du machst den Rückweg?«

Seine Miene sprach Bände. Doch er sagte: »Ja klar. Du freust dich doch schon seit Freitag darauf.«

»Danke, Kumpel.«

»Ehrensache!«, er lächelte verhalten.

Verena fuhr los. Viel Verkehr herrschte nicht auf dem gut ausgebauten Abschnitt der B 96 zwischen Stralsund

und dem Anschluss an die A 20 in Süderholz. Kurz vor der Autobahnauffahrt bekamen sie neue Informationen: Der Ducato war an Neubrandenburg schon vorbei und kam ihnen weiter entgegen.

Matthias setzte dem BMW ein Blaulicht aufs Dach. »Ich schalte das aber noch nicht ein, oder?«

»Nein. Wäre zu früh«, Verena trat aufs Gaspedal.

Auf den nächsten Kilometern sprachen sie wenig, Matthias verfolgte die virtuelle Autobahnkarte auf seinem Handy. Als sie den Rastplatz Görmin in südöstlicher Richtung passierten, telefonierte er wieder mit der Einsatzleitung.

»Und?«, fragte Verena.

»Bis jetzt hält der Ducato stramm die Richtung. Wir sollen am Anschluss Gützkow die Richtung wechseln, aber vorm Beschleunigungsstreifen warten. Die Kollegen kommen mit zwei Streifenwagen, und wir schließen uns an. Dann winken wir den Ducato raus, und zwar auf den Rastplatz Görmin Nordwest. Da steht schon ein Kleinbus mit zwei Uniformierten und außerdem ein Team vom Zoll.«

Er schaltete das Blaulicht ein, souverän trieb Verena die Limousine über den Asphalt.

Es lief wie geschmiert: Bei Gützkow verließen sie die Autobahn und nahmen die Auffahrt in die Gegenrichtung.

»Wir warten am Ende der Beschleunigungsspur«, gab Matthias durch.

»Perfekt«, kam es zurück. »Der Ducato ist jetzt ein paar Kilometer vor eurer Anschlussstelle.«

»Danke. Bis gleich.«

Ein paar Minuten später kam Wieczoreks Kleinlaster vorbei.

»*ZPL RC23*«, registrierte Mathias. »Wieczorek fährt, Korwin sitzt daneben.«

»Das konntest du so schnell erkennen?«

»Ja klar. Ich habe mir vorhin noch die Fotos angesehen.«

»Und vorn in der Mitte?«, fragte Verena. »Saß da auch jemand?«

»Ich glaube nicht.«

»Also zwei Männer. Eventuell natürlich mehr.«

»Du meinst, da sind noch welche im Laderaum?«

»Könnte doch sein. Darum ist Hollmeyer mit sieben Kollegen unterwegs.«

Matthias nickte und rief kurz darauf: »Achtung!«

Die erste Streife der Autobahnpolizei näherte sich, gleich dahinter die zweite. Beide gaben Lichtzeichen und drosselten das Tempo.

»Na bitte!« Verena drückte aufs Gas. Innerhalb von Sekunden fädelte sie den BMW aus dem Stand in die rechte Spur, setzte ihn hinter die Streifenwagen und betätigte die Lichthupe. Die drei Fahrzeuge beschleunigten und zogen auf die linke Spur. Wenige Kilometer vorm Rastplatz Görmin Nordwest holten sie Wieczorek ein. Der erste Polizeiwagen setzte sich davor und schaltete die Leuchtanzeige ein: *BITTE FOLGEN*. Der Ducato bremste ab. Keine Minute später erreichten sie den Rastplatz. Dort standen schon der Polizeibus und die Streife vom Zoll.

Der Ducato war eingekesselt.

»Gut gemacht, Frau Kollegin.«

»Oha? Obwohl ich eine Frau bin? Oder gerade deswegen?« Grinsend drückte sie Matthias den Autoschlüssel in die Hand. »Du fährst zurück. Aber schön langsam. Ich will die Landschaft genießen.«

Sie stiegen aus. Einsatzleiter Hollmeyer kam ihnen entgegen, ein kleiner drahtiger Mann mit wachen Augen. »Herzlich willkommen am Tatort Deutsche Bundesautobahn.«

»Besten Dank.« Verena machte die beiden Kollegen miteinander bekannt.

»Dann sind wir zu zehnt«, meinte Hollmeyer zufrieden. »Also los.«

Gemeinsam mit den Kollegen umringten sie den Kleinlaster. Kein Zweifel: Bei den Männern in der Fahrerkabine handelte es sich um Andrej Wieczorek und Damian Korwin. Das Aufgebot der deutschen Beamten schien sie einzuschüchtern, angespannt starrten sie aus dem Fenster. Hollmeyer gab Wieczorek ein Zeichen, die Tür zu öffnen, aber noch sitzen zu bleiben.

»Guten Morgen. Personen- und Fahrzeugkontrolle. Sprechen Sie Deutsch?«

»Ich ja«, entgegnete Wieczorek mit kaum wahrnehmbarem Akzent, »mein Kollege nicht so gut. Aber er versteht viel.«

Korwin nickte. »Bitte langsam reden.«

Verena hatte eine deutlich kühlere Begrüßung erwartet. Doch dass die beiden so freundlich waren, musste nichts heißen. Sie hatte oft erlebt, wie eine gelassene Stimmung von der einen auf die andere Sekunde umgeschlagen war in rohe Gewalt.

»Gut«, sagte Hollmeyer. »Bitte Personalausweis, Führerschein und Fahrzeugpapiere.«

Wieczorek gab die Dokumente heraus. Hollmeyer warf einen Blick darauf und reichte sie an den Zollkollegen weiter.

»Und jetzt bitte Personalausweis oder Reisepass des Beifahrers.«

Korwin zückte seinen Ausweis. Für die Kontrolle ließ Hollmeyer sich Zeit. »Herr Wieczorek und Herr Korwin? Sie sind unter derselben Adresse gemeldet?«

»Wir sind Kollegen«, sagte Wieczorek rasch. »Selbe Adresse, aber zwei Wohnungen. Das Haus ist groß.«

»Gut. Ihre Dokumente geben wir jetzt in den elektronischen Datenabgleich. Sie bleiben bitte so lange im Wagen.« Der Einsatzleiter nickte Verena zu. »Begleiten Sie mich doch bitte. Vier Augen sehen mehr als zwei.«

Sie gingen zum Streifenwagen.

»Und, Frau Gondorf?«, fragte Hollmeyer, sobald sie außer Hörweite der anderen waren. »Was denken Sie? Was finden wir wohl gleich im Laderaum?«

»Sie ahnen ja wohl schon was.«

»Gut möglich.« Als Kavalier alter Schule zog Hollmeyer für Verena die Beifahrertür auf. Dann ging er um den Wagen und setzte sich neben sie. »Ja, Frau Gondorf, ich habe eine Ahnung. Eben am Ducato ist mir schon ein Wind um meinen altgedienten Riecher geweht.«

»Und?«

»Gemach, gemach. Wenn wir den Wagen gleich öffnen, sollen Sie ja Ihr Aha-Erlebnis haben.«

»Also nichts Gefährliches?«

»Wie man's nimmt. Gefährlich nicht im engeren Sinne. Weder Drogen noch Waffen. Und trotzdem äußerst unschön.« Seufzend betrachtete er die Ausweise von Wieczorek und Korwin. »Wir wissen ja: Gegen die beiden liegt nichts Offizielles vor. Ich rufe trotzdem mal unsere polnischen Kollegen an. Die freuen sich, wenn wir uns melden.«

In fließendem Polnisch gab er die Nummern der Personalausweise durch.

Verena lächelte. »Ich wette, Sie können noch mehr als bloß die Zahlen.«

»Ach ja. Gehört eben dazu hier im Grenzgebiet.«

Aus Stettin kam die Rückmeldung. Hollmeyer bedankte sich und beendete das Telefonat.

»Wie wir uns schon gedacht haben: Die Ausweise sind sauber. Dann wollen wir das Überraschungsei mal öffnen.«

Sie gingen zum Ducato zurück.

»Herr Wieczorek, Herr Korwin. Ihre Dokumente behalte ich, bis wir hier fertig sind. Jetzt kommen Sie heraus, jeder auf seiner Seite. Und Sie bleiben bitte neben den Türen stehen.«

Mit regungslosen Mienen stiegen die Männer aus.

Könnte schlimmer sein, dachte Verena, als sie ihnen gegenüberstand: schlank, sauber gekleidet in Hemd, Jeans und Lederjacke, ordentlich frisiert. Aber das waren Äußerlichkeiten. Sie machte ihren Job schon zu lange, um sich davon beirren zu lassen.

»Herr Wieczorek, Sie gehen bitte vorn um das Fahrzeug zu Ihrem Kollegen«, ordnete Hollmeyer an. »Dann machen Sie die Schiebetür auf und stellen sich neben den Wagen.«

Die beiden gehorchten. Regte sich da etwas in ihren Gesichtern? Nein. Sie wirkten so, als fügten sie sich ihrem Schicksal.

Wieczorek zog die Seitentür auf. Ein Gestank von Fäkalien, Moder und nassem Tierfell schlug aus dem Laderaum. Die Polizisten starrten auf eine Ansammlung dreckiger Plastikkäfige, aus denen erschrecktes Fiepen und Winseln drang.

Verena hatte das Gefühl, als ballten sich ihre Eingeweide zu einem harten Knoten. Sie hätte sich gern abgewandt, doch wie ihre Kollegen wahrte sie Haltung. Hollmeyer nickte ihr zu. Diesen Fund hatte er also erwartet. »Ich nehme mal an: Hundewelpen aus unkontrollierter Zucht. Ob die Einfuhr in die Bundesrepublik Deutschland rechtmäßig war, müssen wir noch klären. Möchten Sie etwas dazu sagen?«

Korwins Antwort kam rasch. »Nicht Züchter. Nur Händler. Handlu pośrednim. Zwischenhandel.«

»Und Sie, Herr Wieczorek? Wollen Sie uns auch erzählen, dass Sie nicht züchten, sondern nur mit den Hunden handeln?«

Hollmeyers Ton war eindeutig sarkastisch. Dennoch versuchte sich Wieczorek mit einer Erklärung. »Die Welpen sind zwölf Wochen alt. Alle vom Tierarzt untersucht«, aus seiner Jacke zog er ein Bündel nachlässig gefalteter Papiere. »Mit Attesten. Alle geimpft.«

Der Einsatzleiter nahm die Unterlagen, ohne einen Blick darauf zu werfen. »Zwölf Wochen sind die Welpen alt?! Und dann noch so klein?«

»Spezielle Züchtung. Mini-Rassen. Extra für Großstadtwohnungen.«

»Ach sicher! Die berühmten Mini-Boxer! Und wohin wollten Sie damit?«

»Nach Belgien«, erklärte Wieczorek ohne Umschweife.

»Belgien also. Kann man ja auch verstehen. Hier in Deutschland gibt es so unangenehm strenge Bestimmungen. Aber wir klären das in Ruhe. Und jetzt holen Sie die Käfige raus.« Hollmeyer wies auf den Grünstreifen neben der Straße. »Stellen Sie die bitte da rüber.«

Korwin und Wieczorek entluden acht Boxen. Der Zollbeamte verschaffte sich einen Überblick. »Zählen kann ich die Welpen jetzt nicht. Die sitzen so eng zusammen.«

»Leben denn noch alle?«, fragte seine Kollegin.

»Soweit ich das sehen kann, ja.«

Der Einsatzleiter wandte sich an die Händler. »Meine Kollegen begleiten Sie zum Polizeibus. Dort warten Sie bitte. Die Zollbehörde macht sich ein Bild vom Zustand der Hunde. Dann sehen wir weiter.«

Äußerlich ungerührt ließen sie sich von vier Uniformierten zum Bus führen. Verena und Matthias sahen ihnen hinterher.

»Und?«, fragte Hollmeyer. »Was sagen Sie als Kripo-Kollegen dazu? Die Öffnung der Grenze war eben auch eine Öffnung für kriminelle Machenschaften. Und diese Hundetransporte gehören zu den grausamsten. Glauben Sie bloß nicht, dass die beiden nur Zwischenhändler sind. Die züchten mit Sicherheit auch oder sind mit den Züchtern zumindest eng verbandelt. Wobei man hier von Zucht gar nicht sprechen darf. Das ist nichts als eine völlig rücksichtslose Vermehrung unter unwürdigsten und qualvollsten Bedingungen. Übrigens auch ganz stark in Irland, also nicht nur in Osteuropa. Hatten Sie schon mal zu tun mit so einem Fall?«

»Bis jetzt nicht«, sagte Verena, »aber schon oft davon gehört.«

Hollmeyer nickte. »Exakte Zahlen haben wir nicht, bloß Schätzungen: Zu Zehntausenden kommen die Welpen über die Grenze, und wir erwischen nur die Spitze des Eisbergs.«

»Und die werden jetzt beschlagnahmt?«, fragte Matthias.

»Ja. Die geben wir weiter an die Tierrettung.« Der Einsatzleiter wandte sich an seine Kollegin vom Zoll, eine hagere, etwas spröde wirkende Frau um die vierzig. »Marion, rufst du bitte die Wennemanns an? Und Sie, Frau Gondorf, kümmern sich bitte mit um die Hunde. Wir anderen unterstützen drüben die Kollegen.«

Zusammen mit den übrigen Männern ging er zum Einsatzbus. Verena blieb mit der Frau vom Zoll bei den Welpen.

»Da stehen wir nun neben dem Elend«, raunte Marion. »Was übrigens kein Zufall ist. Wir sind ja schließlich die einzigen Frauen hier. Hollmeyer mag ein prima Einsatzleiter sein. Aber manchmal nicht so fair, wie er selbst meint. Jedenfalls muss ich mich immer um die Hunde kümmern. Ganz egal, wie viele männliche Kollegen dabei sind. Na ja. Vielleicht denkt er, ich bin seelisch besonders stabil. Oder besonders mütterlich.« Sie zog ihr Handy heraus und informierte die Tierrettung.

»Und das sind diese Wennemanns?«, fragte Verena. »Von denen Hollmeyer eben sprach?«

»Ja, Ilko und Jacqueline, ein Ehepaar. Mit ihnen haben wir gute Erfahrungen gemacht. Die reden nicht viel und handeln schnell.«

»Und bis die da sind? Müssen wir die Hunde irgendwie versorgen?«

»Ist nicht so akut.« Marion wies auf die fast leeren Wasserspender an den Boxen. »Die hier hatten ja was zu trinken. Das ist nicht selbstverständlich bei solchen Transporten. Oft kriegen die Tiere überhaupt keine Verpflegung. Dann geht es beim Retten um Minuten.«

»Warum gibt man denen denn nichts unterwegs? Das ist doch kein Aufwand.«

»Für solche Leute schon. Den Händlern geht es um maximalen Reibach in minimaler Zeit. Wassernäpfe stören da nur. Erstens können die überschwappen, und zweitens scheiden die Tiere durchs Trinken mehr Urin aus. Zusammen gibt das eine Riesensauerei in den Boxen. Das Saubermachen kostet Zeit und ist zu viel Arbeit.«

Verena schauderte. »Also lässt man lieber ein paar Welpen krepieren?«

»So denken die. Man muss sich klarmachen, wie wenig Unkosten die mit der Aufzucht haben. Als Futter nehmen sie allerbilligste Schlachtabfälle. Und natürlich ist es völliger Quatsch, dass die Hunde geimpft sind. Da wird kein halber Cent in einen seriösen Tierarzt investiert. Diese angeblichen Atteste kursieren zu Tausenden. Stempel und Unterschriften sind allesamt gefälscht.«

»Wie oft greift ihr solche Transporte auf?«

»Unterschiedlich. Manchmal monatelang keinen und dann zwei pro Woche. Das Geschäft ist mindestens so einträglich wie Drogenhandel, aber fast risikolos. Erwischt wird bloß ein minimaler Bruchteil. Und selbst dann droht nur eine Ordnungsstrafe. Das Leid der Hunde interessiert dabei nicht. Guck mal.« Marion kniete sich vor eine Box. »Hier sind bloß zwei drin.« Durch die Öffnungen im Gitter streckten ihnen zwei winzige cremefarbene Welpen die Schnauze entgegen.

»Wie Wollknäuel«, meinte Verena. »Was ist das für eine Rasse?«

»Havaneser. Vor dreißig Jahren waren die kaum bekannt, jetzt sind es Modehunde.«

Verena warf einen Blick in die anderen Boxen. »Die sind alle so ruhig. Dabei ist es doch ziemlich laut hier.«

»Ja. Als wir eben den Transporter geöffnet haben, sind sie aufgeschreckt. Jetzt schlafen sie wieder. Meistens gibt man ihnen vorm Transport ein bisschen Valium. Und vorm Verkauf ein Aufputschmittel.«

»Damit sie wieder wach werden?«

»Sicher. Sie sollen ja schließlich schön lebendig wirken, wenn der Käufer sie besichtigt. Und die Hunde hier sind selbstverständlich noch keine zwölf Wochen alt, sondern höchstens vier oder fünf. Dann sind sie besonders knuddelig und sprechen den Beschützerinstinkt des Käufers an. Außerdem haben sie noch Immunzellen von ihrer Mutter. Trotzdem gibt man meist noch Antibiotika, damit keine Infektionen ausbrechen. Und dann muss es schnell gehen mit dem Verkauf. Wenn sie älter werden, sind sie nicht mehr ganz so niedlich, und die Krankheiten brechen aus.«

»Und wer sind die Käufer?«, fragte Verena.

»In Belgien weitere Zwischenhändler, die kaum kontrolliert werden. In Deutschland wird meist direkt an den Endabnehmer verkauft. Der Kontakt läuft fast immer über Kleinanzeigen: Rassewelpen zum Sonderpreis. Und den Rest erledigt das Mitleid. Ich zeig dir das mal.«

Muss nicht sein!, dachte Verena, doch da reichte Marion ihr schon ein paar Gummihandschuhe und holte die Havaneser aus der Box. Sie passten zu zweit auf Verenas Handteller.

»Das rührt einen zu Tränen. So winzig und schutzbedürftig. Und in so erbärmlichem Zustand.«

Mit gemischten Gefühlen betrachtete Verena die winzigen Kreaturen. Das Fell an den Hinterläufen verklebt von Kot und Urin, die Ohren voller Läuse, die Augenlider verquollen.

»Wenn man nicht total kaltherzig ist, muss man einfach Mitleid haben«, fuhr Marion fort. »Das bricht dir das Herz. Du willst sie unbedingt aus dem Elend befreien. Besonders, wenn du beim Kauf einen Tausender sparen kannst.«

Verena kämpfte gegen den Kloß in ihrem Hals. Wie sie in diesem Moment als Privatperson gehandelt hätte, wusste sie nicht. Vermutlich hätte sie die Welpen mit nach Hause genommen. Schweren Herzens setzte sie die beiden zurück in die Box und war froh, als kurz darauf ein dunkelroter Volvo Kombi mit der Aufschrift *Tierrettung Vorpommern* heranfuhr.

Jacqueline und Ilko Wennemann, beide Mitte fünfzig, entsprachen äußerlich dem Tierschützer-Klischee: Schlabberhose, Wollpullover und graumelierte Kurzhaarfrisur. So uneitel sie sich gaben, so engagiert waren sie. Lange Erklärungen brauchten sie nicht. Ilko ging von Box zu Box und machte sich Notizen, wahrend seine Frau Kanister und flache Blechnäpfe aus dem Volvo holte.

Er zeigte auf eine Box. »Die Cavaliers haben es am nötigsten.«

Die Welpen waren müde. Jacqueline kraulte ihnen die Nacken und stupste sie mit den Nasen in die Wassernäpfe. Endlich: Sie tranken, wenn auch träge.

»Und, Ilko?«, fragte Marion. »Was sagt die Aufstellung?«

»Insgesamt siebenundfünfzig: zwei Havaneser, sieben Labradore, zwölf Pudel, sieben Deutsche Schäferhunde, vier Möpse, sechs Französische Bulldoggen, acht Boxer, elf Cavalier King Charles Spaniel.«

»Das übertragen wir aufs Formular, dann könnt ihr los.«

»Gut. Aber noch eine Frage: Dürfen wir die Presse verständigen? Ohne Namensnennung natürlich, aber mit Spendenaufruf.«

»Macht das gern.« Marion füllte die Papiere aus.

Währenddessen half Verena, die Boxen im Kombi zu verstauen.

Eine Frage bewegte sie: »Werden die alle überleben?«

»Schwer zu beurteilen«, meinte Jacqueline. »Die Chancen sind relativ gut, die Auffangstation ist sozusagen um die Ecke.«

»Und da gibt's dann so was wie Erste Hilfe?«

»Ja. Von dort kommen die Welpen dann in die Tierheime ringsrum. Und werden aufgepäppelt.«

»Und dann vermittelt?«

»So gut es eben geht. Ein Teil bleibt meistens auf der Strecke. Vielleicht nicht bei diesem Transport hier. Da gibt es bedeutend schlimmere. Da können wir die Hunde oft nur noch erlösen.«

Verena nickte. Traurig. Sie hätte gern noch mehr gefragt, doch Marion gab grünes Licht für den Weitertransport. Siebenundfünfzig Welpen machten sich mit ihren Rettern auf den Weg, die Beamtinnen winkten hinterher.

»So.« Marion seufzte. »Die Opfer sind versorgt. Bleiben die Täter.«

Sie sah hinüber zum Polizeibus. Drei uniformierte Kollegen sicherten dort den Außenbereich. Durch die offene Tür schallte Hollmeyers Stimme: »Kommen Sie bitte rein, Kolleginnen.«

Im Bus saßen Wieczorek und Korwin mit unverändert reglosen Mienen auf der einen Tischseite. Ihnen gegenüber hatte Hollmeyer mit zwei Kollegen von der Autobahnpolizei Platz genommen, zwei weitere Beamte standen daneben.

Hollmeyer wandte sich an Marion. »Was sagt die Zollbehörde?«

»Die Hunde sind beschlagnahmt und an die Tiernothilfe überstellt.«

Er nickte. »Und die beiden Herren hier zahlen jetzt eine Ordnungsstrafe von fünftausend Euro und fahren auf kürzestem Weg zurück. Der GPS-Sender bleibt am Wagen, und die polnische Polizei nimmt ihn direkt an der Grenze in Empfang.«

Ohne sichtbare Regung zog Wieczorek eine Brieftasche hervor und blätterte fünftausend Euro vor Hollmeyer auf den Tisch: Hunderter, Zweihunderter, Fünfhunderter. Das Geldbündel war dick, er hätte leicht die doppelte Summe zahlen können. Verena überkam der blanke Hass. Wie viele Welpen hatte Wieczorek dafür gequält? Wie viele Muttertiere? Und warum trug er derartig viel Geld bei sich, wo die Hunde noch gar nicht verkauft waren? Hatte er mit einer Kontrolle gerechnet? Offenbar lohnte sich das Geschäft trotzdem.

»Sie wechseln an der nächsten Ausfahrt die Richtung«, mahnte Hollmeyer. »Sonst bekommen Sie richtig Ärger. Dann bleibt es nicht bei einer Ordnungsstrafe, das garantiere ich Ihnen.«

Wieczorek nickte. Ein paar Minuten später fuhr der Ducato auf die Autobahn.

»Und? Wie geht es mit dem Fall weiter?«

»Tja, Frau Gondorf. Das müssen wir den Kollegen in Stettin überlassen. Für uns ist die Sache abgeschlossen. Und was die ehrenwerten Händler betrifft: Fünftausend Euro sind für die gar nichts. Die Muttertiere kriegen künstliche Hormone. Die werden so oft trächtig, bis sie elend verrecken. Dann bringt man sie zum Abdecker und holt noch die letzten paar Cent raus.«

Jetzt wurde Verena endgültig schlecht.

Der Oberarzt

Am Abend telefonierte Verena mit ihrer Mutter.

»Billig-Welpen?«, fragte Lilo. »Darüber gab es neulich einen Bericht im Fernsehen. Aber so was ist in Polen doch auch nicht erlaubt?«

»Natürlich nicht. Seit 2012 haben die ein strenges Tierschutzgesetz. Aber die Kontrollen sind oft lasch, und für einen Strafprozess wegen Tierquälerei reicht es meist nicht. Laut EU-Gesetz gelten Tiere nicht als Lebewesen, sondern als Sache.«

»Als Sache?!«, hakte Lilo nach. »Ich dachte, hier in Deutschland heißt das: Lebendware.«

»Das soll einfach nur netter klingen. Jedenfalls: Die Rechtslage gibt kaum was her. Wieczorek hat ungeimpfte und zu junge Welpen ins europäische Ausland eingeführt. Mehr liegt offiziell nicht gegen ihn vor.«

»Geht es denn nur um den Transport? Er vermehrt die Hunde doch bestimmt auch.«

»Das können wir ihm nur nicht nachweisen. Wir hoffen, die polnischen Kollegen kriegen einen Durchsuchungsbeschluss für Wieczoreks Hof. Er hat ja bis zum Schluss behauptet, bloß Zwischenhändler zu sein.«

»Was keiner glaubt.«

»Nein, aber er muss ja nicht darlegen, woher er die Welpen bezieht. Jedenfalls nicht, wenn er deswegen nur ein einziges Mal auffällt.«

»Nur ein einziges Mal!«, empörte sich Lilo. »Das war doch nicht sein erster Welpentransport ins Ausland.«

»Aber wohl der erste, der aufgeflogen ist.«

»Und ihr meint, so schnell lässt der sich nicht wieder erwischen.«

»Natürlich nicht. Ist doch einfach: Die nächsten Male nimmt er andere Transporter. Irgendwelche Leihwagen, die die Polizei nicht mit ihm in Verbindung bringt.«

»Und Wieczoreks Autonummer in Segerts Album?«

»Alles zu vage. Es kann tausend Gründe geben, warum das Kennzeichen dort gelandet ist. Zumal Segert ja immer noch reichlich durch den Wind ist. Wer weiß, was ihn getrieben hat, die Nummer auf den Zettel zu schreiben und da einzukleben. Und eine Verbindung zwischen Ewa und der Autonummer ist noch immer nicht zu erkennen. Die Rechtsmediziner bleiben dabei: Es war Suizid, und wir haben nichts, was dagegen spricht.«

»Also wartet ihr, was die Kollegen bei Wieczorek rausfinden?«

»Genau. Und wir hoffen, dass Segert endlich mal den Mund aufmacht. Ich hake bei seinem Oberarzt nach, vielleicht kommen die da ja weiter bei ihm.«

»Das wünsche ich euch, Kind.« Lilo seufzte. »Und die Welpen werden auf die Tierheime verteilt? Also kommen auch welche nach Göhren?«

»Denke ich mal. Warum fragst du, Mama?«

»Na ja.« Lilo tastete sich vor. »Ich meine ja nur: Weil auch die Katzen von Segert nach Göhren gekommen sind.«

Verena stutzte. »Stimmt. Die Leute im Tierheim kriegen reichlich Arbeit. Aber das ist ja nun mal ihr Job.«

»Richtig«, sagte Lilo. Noch wollte sie Verena nichts vom Tierheimjob erzählen.

*

In der Stralsunder Kripo-Inspektion schlug der Welpentransport hohe Wellen – zum einen wegen der vielen gequälten Tiere, noch mehr aber wegen der Rechtslage.

Matthias schnaubte. »Wir reißen uns den Hintern auf. Dann erwischen wir diesen Wieczorek endlich, noch dazu auf frischer Tat. Und dann zahlt der nur lächerliche fünftausend Euro Ordnungsstrafe!«

Verena, die schon mehr Dienstjahre auf dem Buckel hatte, kannte die Widersprüche der Justiz. Doch auch sie beherrschte ihre Wut nur mühsam, als am Mittwochnachmittag die Nachricht aus Stettin eintraf: Die Richter in Stettin sahen keinen ausreichenden Grund für eine Durchsuchung von Wieczoreks Betrieb. Er hatte für den Handel mit gebrauchten Landmaschinen immer ordentlich Buch geführt und die Steuern gezahlt. Außerdem gelobte er Besserung. Nie wieder wollte er zu junge Welpen ohne amtliche Papiere ins Ausland transportieren.

»Kein Mensch glaubt, dass er bloß Zwischenhändler ist«, stöhnte Matthias. »Jede Wette, dass der die Hunde selbst züchtet.«

»Ja. Aber wir müssen es hinnehmen. Übrigens: Die polnischen Kollegen haben Wieczorek gefragt, ob er Hansjoachim Segert kennt. Oder ob er sich vorstellen kann, wie das Autokennzeichen in Segerts Album gekommen ist.«

»Lass mich raten: Er weiß nichts darüber.«

»Natürlich nicht. Genauso wenig wie er eine polnische Frau namens Ewa kennt, auf die die Beschreibung der Toten aus Segerts Garten passt. Im Klartext: Wir sind kein Stück weiter.«

Bei doppeltem Espresso und dreistöckiger Sahnetorte suchten sie ein Quantum Trost.

»Dann Plan B?«, fragte Verena.

»Was sonst?«

»Und? Haben wir schon einen Termin?«

»Noch nicht. Aber ich denke, du als Frau machst das bestimmt gut – du bist doch ein empathisches Spitzentalent.«

»Ah ja? Ich soll also in der Psychiatrie anrufen und Segerts Befragung anmelden?«

»Prima Idee.«

»Und dass ich mit meinen Fragen unseren lieben Segert vermutlich in die Tobsucht treibe? Soll ich das auch schon mal ankündigen?«

»Nein. Schließlich ist er psychisch krank. Da kannst du gar nicht wissen, wie er auf die Befragung reagiert. Vielleicht freut er sich sogar, weil er im Mittelpunkt stehen darf.«

»Meinetwegen soll er toben. Wenn er uns bloß mehr über diese Ewa erzählt.«

Verena rief in der Klinik an und brachte ihr Anliegen vor.

»Medizinisch spricht nichts gegen eine weitere Befragung«, meinte Oberarzt Borbach. »Aber Herr Segert ist nur eingeschränkt zurechnungsfähig. Das müssten Sie berücksichtigen.«

»Wir möchten trotzdem mit ihm sprechen.«

»Auch wenn die Aussage vor einem Gericht keine Relevanz hat?«

»Auch dann.«

Der Oberarzt versprach zurückzurufen. Keine halbe Stunde später kam die Nachricht. »Herr Segert ist gern zur Befragung bereit. Aber es sollen nicht die beiden Herren vom letzten Mal kommen, sagt er.«

Verena kannte die beiden Kollegen von der K-Wache gut. Erfahrene Beamte, die auch für schwierige Personen das richtige Händchen bewiesen. Zwar stand längst fest, dass Verena selbst mit Segert sprechen wollte, trotzdem fragte sie: »Was hat er denn gegen die Kommissare?«

»Die haben Herrn Segert zu uns in die Klinik gebracht. Als man ihm die Katzen wegnahm. Er hat schlechte Erinnerungen und möchte jetzt von jemand anderem befragt werden.«

Hm. Verena hakte nach: »Und Sie als Oberarzt? Wie bewerten Sie das aus psychiatrischer Sicht?«

»Ich halte das für nachvollziehbar. Die Beschlagnahmung der Katzen hat ihn seelisch sehr verletzt. Wollen Sie nicht selbst kommen, Frau Gondorf? Sie wirken sympathisch.«

Lernt ihr mich erst mal kennen!, dachte Verena und vereinbarte einen Termin für den folgenden Morgen. Vorerst widmete sie sich ihren Akten, ab und zu sah sie aus dem Fenster. Seit mehr als vier Wochen hielt das Hoch über der Ostsee, doch ausgerechnet für das Wochenende war ein Wetterumschwung angekündigt, Sturm und Hagel nicht ausgeschlossen.

Am nächsten Tag machten sie sich auf den Weg. Die Stralsunder Kripo-Inspektion lag in der Nähe des Hauptbahnhofs. Bis zum Krankenhaus West an der Rostocker Chaussee brauchte sie zu Fuß eine gute Viertelstunde. Wie die anderen sanierten Gebäude hier war auch Haus 4 in einem freundlichen Gelb gestrichen. Verena klingelte an, ein Krankenpfleger führte sie zu Borbachs Dienstzimmer. Zum ersten Mal stand sie ihm persönlich gegenüber. Oskars Beschreibung traf zu: Ein Psychiater wie aus dem Bilderbuch. Zumindest äußerlich.

»Herr Segert kommt gleich, und wir beide sollten uns kurz abstimmen: Er hat zwar nichts dagegen, mit Ihnen zu sprechen, andererseits ist er dem Behandlungsteam gegenüber weiterhin recht verschlossen.«

»Ach so? Das hatte ich gestern am Telefon ganz anders verstanden. Ich dachte, er spricht gern mit mir. Oder zumindest nicht unwillig.«

»Leider ändert sich seine Stimmung oft. Aber stellen Sie ruhig Ihre Fragen. Ob er antwortet, wird sich ja zeigen.« Borbach machte eine kleine Pause. »Dann hole ich ihn jetzt.«

»Ja bitte«, entgegnete Verena so höflich wie bestimmt.

Borbach ging hinaus und kehrte ein paar Minuten später mit seinem Patienten zurück. Ein wahrer Lichtblick: Nicht nur Segerts Freizeitkleidung wirkte gepflegt – auch seine Umgangsformen.

Er deutete eine Verbeugung an. »Willkommen, Frau Gondorf.«

Sie nahmen Platz, der Exminister ergriff das Wort. »Über meine Rechte müssen Sie mich nicht weiter belehren, es geht ja wohl um den Tunnel.« Er kniff kurz die Augen zusammen. »Die Kriminalpolizei weiß jetzt Bescheid, und alles steht in den Akten. So ist es doch, oder?«

»Das ist richtig. Und wenn es Sie beruhigt: Ein Rückbau des Tunnels ist unnötig. Sie teilen sich bloß mit Herrn Raabe die Kosten für ein statisches Gutachten. Das regelt Ihr juristischer Betreuer.«

Segert schwenkte ins Süffisante. »Wie erfreulich. Und wie schön, dass ich ein Vermögen habe und mein Betreuer es ausgeben darf. Was führt Sie nun zu mir, Frau Gondorf?«

»Es geht um das Fotoalbum aus Ihrem Wohnzimmerschrank. Besser gesagt: um ein Detail im Album.«

»Oh! Ein Detail! Und das in meinem Album! Wie kommt denn dort bloß ein Detail hinein?«

Sein Spott konnte Verena nicht provozieren. »Auf der Rückseite eines Fotos haben meine Kollegen einen gelben Zettel mit Ihrer Handschrift gefunden: eine polnische Autonummer, *ZPL RC23*.« Sie beobachtete ihn. Aufgeschreckt wirkte er nicht. Auch nicht wütend, eher wie gelähmt. Schweigend lehnte er sich im Sessel zurück. Sekunden vergingen. »Herr Segert? Können Sie mir bitte etwas zu dieser Autonummer sagen?«

»Nein«, presste er hervor. »Darüber weiß ich nichts.«

»Haben Sie den Zettel selbst auf die Fotorückseite geklebt?«

»Nein.«

»Haben Sie das Album jemand anderem überlassen? Wer hatte die Möglichkeit, dort ohne Ihr Wissen eine Notiz einzukleben, die Sie selbst geschrieben haben?«

Segerts Starre schlug in Wut um. »Ich weiß es nicht, Herrgottnochmal! Ich erinnere mich an keinen Zettel und keine Autonummer. Ich weiß auch nicht, wer da was irgendwo eingeklebt hat. Und Herr Zillmann hat mein Vertrauen missbraucht. Regelrecht verraten hat er mich an die Polizei. Richten Sie ihm das aus!«

Verena wagte sich vor. »Beim Fahrzeug mit diesem Kennzeichen handelt es sich um einen weißen Kleinlaster der Marke Fiat Ducato. Zugelassen auf einen Andrej Wieczorek in Pölitz. Kennen Sie diesen Mann?«

»Nein!« Mit beiden Fäusten schlug er auf die Armlehnen, dann sprang er auf. Einen Moment schien es, als wollte er hinauslaufen. Doch er blieb stehen und richtete den Blick auf Verena.

Auch sie erhob sich. »Am Montag hat die deutsche Polizei den Kleinlaster in der Nähe von Greifswald kontrolliert. Andrej Wieczorek hatte mehr als fünfzig Hundewelpen geladen. Kranke gequälte Tiere aus illegaler Zucht. Und nun vermuten wir eine Verbindung zwischen Wieczorek und Ihrer ehemaligen Geliebten Ewa, die sich in Ihrem Haus auf so tragische Weise das Leben genommen hat.«

Der Exminister rührte sich nicht.

»Sie kennen ja sicher die Berichte aus den Medien«, fuhr Verena fort. »Wir suchen nach Zeugen, aber bisher haben wir bloß einen: den Taxifahrer, der Ewa von Stralsund zu Ihnen nach Gager gebracht hat. Leider hat er sie nur mit einer Sonnenbrille gesehen. Die zahnärztlichen Fachzeitschriften in Deutschland und Polen haben aktuelle Röntgenbilder von Ewas Unterkiefer veröffentlicht, aber ihr Zahnarzt hat sich bis jetzt nicht gemeldet. Für uns kommt es auf jeden Tag an, Herr Segert. Darum unsere Bitte: Erzählen Sie uns mehr über Ihre tote Freundin.«

Er schaute Verena an, offen und scheinbar ohne Angst. »Es war doch Selbstmord«, sagte er leise.

»Zumindest sieht es danach aus. Haben Sie eigentlich mit Herrn Dr. Borbach darüber gesprochen? Dass Ewa sich in die Stirn geschossen hat? So eine grausame Art, sich umzubringen. Ausgerechnet ins Gesicht? Das wichtigste Erkennungsmerkmal eines Menschen. Warum hat Ewa das getan?«

Keine Antwort. Der Exminister starrte auf den Tisch.

Borbach übernahm: »Ihre beiden Kollegen von der Kripo haben mir über den Gesichtsschuss berichtet. Hier in der

Klinik herrscht darüber eisernes Stillschweigen. Herr Segert selbst hat das Thema mir gegenüber nicht angesprochen, und ich wollte ihn nicht bedrängen.«

»Ach so.« Mit letzter Kraft blieb Verena geduldig. »Wie ist es denn jetzt, Herr Segert? Möchten Sie jetzt mit mir darüber reden? Wo auch Ihr Oberarzt dabei ist?«

Segert schwieg.

»Ich habe mir auch so meine Gedanken gemacht«, versuchte Verena es weiter. »Wenn Sie Ewa schon so lange kennen, wissen Sie ja sicher: Sie hat sich vor einiger Zeit das Gesicht straffen lassen. Eine Schönheits-OP mit Wangenimplantaten.«

Segert schwieg.

Borbach kam ihm zu Hilfe. »Von der Operation Ihrer alten Freundin hatten Sie ja noch nichts erzählt, Herr Segert. Wollen wir jetzt darüber reden?«

Segert schwieg.

»Was ich auch überlege«, fuhr Verena fort. »Vielleicht mochte Ewa sich mit dem neuen Gesicht selbst nicht. Vielleicht hat ihr das Operationsergebnis nicht gefallen. Ist bei dem Eingriff etwas schiefgelaufen?«

»Nein! Ewa hatte einen guten Chirurgen. Den besten.« Segerts Stimme brach. »Die Kugel trifft!«, stieß er heiser hervor, dann flüsterte er in Borbachs Richtung: »Ich möchte zurück. Ich fühle mich nicht gut. Bringen Sie mich bitte auf mein Zimmer.«

»Wir müssen ja nicht länger über das Thema reden, Herr Segert. Aber wollen Sie sich nicht wenigstens in Ruhe von Frau Gondorf verabschieden?«

»Nein. Ich will zurück. Sofort.«

»Nun gut. Vielleicht hätten Sie der Kriminalpolizei helfen können, aber wenn Sie darauf bestehen, beenden wir das Gespräch.«

»Ich bitte darum.« Segert flüsterte immer noch.

Der Oberarzt telefonierte, kurz darauf kam ein Krankenpfleger herein.

»Bleiben Sie bei Ihrer Entscheidung?«, fragte Borbach.

»Ja doch!« Mit gequältem Lächeln wandte Segert sich an Verena. »Entschuldigen Sie bitte. Ich fühle mich der Unterhaltung nicht länger gewachsen. Außerdem bekomme ich gleich Besuch von Frau Onning, wir wollen eine Partie Boule spielen. Das beruhigt.«

Er verließ den Raum, der Pfleger schloss die Tür hinter sich.

Borbach nickte Verena zu. »Nun möchten Sie meinen Kommentar dazu.«

»Ja bitte.« Sie verbarg ihre Enttäuschung. Vom Oberarzt hätte sie sich mehr Unterstützung gewünscht. Warum hatte er so schnell eingelenkt, als Segert das Gespräch beenden wollte? Hätte Borbach nicht etwas mehr Überzeugungsarbeit leisten können? Doch sie wollte ihm keinen Vorwurf machen – die Kooperation zwischen Polizei und Klinik stand auf dem Spiel.

»Herr Segert steht unter dem Eindruck dieser schlimmen Begebenheit«, erklärte Borbach. »Eine Frau, die er früher geliebt hat, erschießt sich. Noch dazu ins Gesicht. Selbstverständlich war das hoch traumatisch für ihn.«

»Aber psychisch auffällig war er doch schon vorher. Hat das jetzige Trauma seine frühere Krankheit denn noch verstärkt?«

»Nicht unbedingt. Vielleicht hat die schon länger bestehende Symptomatik ihn sogar davor bewahrt, das Ereignis in der ganzen Tragweite zu erfassen. Das hat nicht unbedingt mit Abstumpfung zu tun. Auch sein Trotz und seine Arroganz sind ein seelischer Wall, hinter den er sich flüchtet.«

»Also leidet er an einer posttraumatischen Belastungsstörung?«

»Das wohl auch, aber nicht nur. Die Zusammenhänge sind vermutlich sehr komplex. Er war ja schon vor dem Suizid seiner ehemaligen Geliebten psychisch deutlich verändert. Sonst hätte er ja nicht in dieser extremen Weise Katzen gehortet. Wir können natürlich überlegen, ob auch dafür ein Trauma mitursächlich war. Also eine seelische Verletzung schon zu einem früheren Zeitpunkt.«

»Aber ist er wirklich krank? Könnte es nicht vielleicht sein, dass er die Symptome nur vorgibt?«

Borbach hob die Brauen. »Wie kommen Sie darauf?«

»Möglicherweise hat Herrn Segert ja darauf gehofft, dass die Autonummer gefunden wird. Und jetzt spielt er uns diese Szene vor. Angeblich weiß er nichts, aber mit seinem Verhalten zeigt er: Ich weiß mehr, als ich sagen will. Die Polizei muss an der Stelle weitersuchen.«

Borbach zögerte. »Herr Segert weiß selbstverständlich mehr, als er eben zugeben wollte. Aber in meiner fachlichen Beurteilung ist er kein Simulant, sondern psychisch wirklich stark beeinträchtigt. Was immer sich dahinter verbergen mag.«

Verena stand auf. Was sollte sie darauf noch erwidern? Sie bedankte sich, kehrte zurück an ihren Schreibtisch und grübelte: Wo verdammt nochmal war das Bindeglied? Ein Detail in Segerts Aussage? Ein Hinweis, mit dem die polnischen Kollegen den Durchsuchungsbeschluss für Wieczoreks Hof bekämen? Vorerst schien daraus nichts zu werden.

*

Es kam nicht oft vor, dass Verena ihre Mutter anrief, um sich trösten zu lassen. Doch an diesem Abend brauchte sie ein offenes Ohr und einen guten Rat.

»Und dieser Oberarzt?«, fragte Lilo. »Der ist zu rücksichtsvoll gegenüber Segert?«

»Ja. Oskar meint das doch auch, oder?«

»Schon: Wobei Oskar natürlich auch sagt, dass er von psychiatrischen Krankheiten nichts versteht. Vielleicht macht Borbach alles richtig. Nur wir sehen das falsch, weil uns das Fachwissen fehlt.«

»Aber dass er überhaupt nicht weiß, wie der gelbe Zettel ins Fotoalbum gekommen ist?«

»Das glauben wir ihm nicht. Er ist psychotisch oder dement oder traumatisiert oder was weiß ich. Und vielleicht tut er auch nur so, aber das können wir ihm nicht nachweisen. Also können wir seine Aussage in die Tonne kloppen. Dann müssen wir bei den Ermittlungen eben einen anderen Ansatz finden. Auch wenn wir da noch reichlich im Dunkeln tappen.«

Die Quittung

Lilo klopfte an die nachbarliche Küchentür und erzählte von Verenas Besuch bei Segert.

»Ach, min Deern. Sollen wir das nicht in Ruhe bereden? Mit einem Bierchen?«

»Wenn wir keins trinken, nützt das auch nichts.«

»Da sprichst du weise Worte.« Oskar holte eine Flasche aus dem Kühlschrank und füllte zwei Kelche. »Meine jüngste Entdeckung. Ein dunkles Weizenbock aus Oberbayern. Das Interessante daran: Es muss richtig kalt sein, so um die vier Grad. Dann kommt der komplexe Geschmack schön raus. Und es hat ordentlich Umdrehungen, immerhin zehneinhalb Prozent.«

»Bestens. Das lockert die Zunge und regt das Hirn an.«

Sie stießen an und tranken.

»Lecker!«, lobte Lilo.

»Ja. Am besten sind die Malzaromen, angenehm fruchtig.« Oskar machte eine nachdenkliche Pause. »Ist doch irgendwie seltsam: Ständig geht es um Tiere: Erst Segerts Mückenstiche, dann seine Katzensammelei und jetzt die Autonummer von einem Welpenhändler.«

»Er ist eben Tierfreund, darum schreibt er ja auch die vegetarischen Kochbücher. Mit den Katzen hat er es am Anfang bestimmt gut gemeint. Obwohl er da schon ziemlich durchgeknallt war. Und dann ist ihm alles aus dem Ruder gelaufen.«

»Und die Hundevermehrer stammen aus Polen, genau wie die tote Ewa.«

»Genau. Darum denke ich ja immer noch, im Tierheim müsste es eine Spur dorthin geben.«

Oskar stellte sein Glas ab. »Wir fassen das mal zusammen: Zuerst hast du überlegt, ob das Tierheim unlauteren Wettbewerb für Scholls Praxen macht. Was denkst du inzwischen?«

»Na ja, unlauter vielleicht nicht. Aber natürlich fragen die Leute, welcher Arzt bei uns zuständig ist. Und später gehen sie dann mit ihren Tieren zu Scholl.«

»Okay? Aber nichts Kriminelles?«

»Nein, das wäre übertrieben.«

»Gut. Und die Sache mit der Erbschleicherei?«

Lilo schüttelte den Kopf. »Ist nicht so dramatisch. Klar bekommt das Heim viele Spenden, aber alle freiwillig. Nora setzt die Leute nicht unter Druck.«

»Aha. Und irgendwelche Liebschaften? Hat Nora was mit Scholl? Oder mit Felix?«

»Nicht, dass ich wüsste.«

»Also, min Deern: Bleibt die Frage, was mit Felix los ist. Er hat zwei Tage nach der Katzenaktion mit dem Praktikum begonnen. Und er ist zuuu freundlich und zuuu charmant? Und bei privaten Fragen weicht er aus?«

»Darum würde ich da auch gern weiterforschen. Aber er sagt ja nichts.«

»Tja. Wenn er nicht reden will, dann müssen wir eben nach dem passenden Schriftstück suchen.«

»Will heißen?«

»Gegenfrage: Als du vorletzte Woche im Tierheim angefangen hast? Da hast du doch was unterschrieben?«

»Einen Vertrag, damit ich unfallversichert bin. Im Grunde nur eine Seite.«

»Und davon hast du einen Durchschlag bekommen?«

»Ja sicher.«

»Gut. Und darin stehen ja wohl deine Personalien: Name, Anschrift, Geburtsdatum?«

»Und Geburtsort.« Lilo schmunzelte. »Nora und ich haben gelacht. Weil es Bielefeld doch eigentlich gar nicht gibt.«

»Na also.« Oskar stand auf und schenkte nach. »Du hast den Durchschlag, und Nora Onning hat das Original. Wo wird das aufbewahrt?«

»In einem Ordner in einem Schrank in Noras Büro.«

»Das weißt du so genau?«

»Ich war ja inzwischen ein paarmal drin.«

»Und die Verträge von den übrigen Mitarbeitern? Sind die auch in dem Ordner?«

»Ich glaube schon. Der Schrank ist übrigens immer abgeschlossen. Nur Nora hat den Schlüssel.«

»Und was leiten wir daraus ab?«

»Dass wir uns was ausdenken müssen.«

Oskar hob das Glas. »Prost, min Deern.«

*

Am Freitagmorgen traf Lilo in der Katzenabteilung niemanden an. Die Näpfe waren gut gefüllt, Nora hatte ihre Tour hier also schon beendet. Lilo ging weiter.

Im Welpentrakt lächelte ihr eine abgekämpfte Tierheim-Chefin entgegen. »Schön, dass du kommst.«

»Ja sicher. Meine Güte. Ich habe das gelesen mit dem Welpen-Transport aus Polen. Ist ja grauenvoll.«

Nora nickte. »Siebenundfünfzig hat der Tierschutz insgesamt übernommen, und neununddreißig davon sind bei uns gelandet.«

»Neununddreißig! So viele? Und die übrigen?«

»Sind im Tierheim Greifswald. Für mehr war da leider kein Platz, die Kollegen haben noch reichlich Welpen aus einem anderen kriminellen Transport. Ist auch erst drei Wochen her.«

»Und unsere neununddreißig? Leben die alle noch?«

»Bis jetzt ja. Kai-Uwe war gestern noch da, und wir haben überlegt, ob wir welche einschläfern müssen. Aber er meint: Wir versuchen es. Elf sind drüben auf der Krankenstation. Und die anderen sind hier.«

Sie gingen an den Käfigen entlang. Noch nie hatte Lilo so kleine Welpen in so schlechtem Zustand gesehen. Es verschlug ihr die Sprache.

»Keins von denen ist gesund«, erklärte Nora. »Die sind schlecht ernährt und haben alle erdenklichen Parasiten. Läuse, Flöhe, Würmer und sonst noch was. Soll ich dir die nebenan auch zeigen? Ich weiß nicht, ob ich dir das zumuten kann.«

»Wenn ich hier schon arbeite, gehört das dazu.«

Nora drückte ihre Helferin kurz an sich. »Das ist die richtige Einstellung.«

Sie gingen hinüber zur Krankenabteilung. In einer Ecke lagen auf dicken Schichten Zeitungspapier elf Welpen, abgemagert und mit räudigem Fell. Alle atmeten flach und schnell.

»Die haben Parvovirose. Schon mal gehört?«

»Ja…« Lilo zögerte. »Aber erklär lieber.«

»Das ist eine Viruserkrankung mit vielen Symptomen. Vor allem mit schwerem Durchfall und Erbrechen. Die Tiere sterben an Austrocknung.«

»Und wie behandelt man das?«

»Wir geben viel zu trinken, eine Salz- und Zuckerlösung. Theoretisch könnte man eine Infusion legen. Aber das ist extrem kompliziert bei diesen Winzlingen. Manche müssen wir eben gehen lassen. So leid es uns tut.«

Lilo nickte gerührt. »Wann wisst ihr denn, ob die hier durchkommen?«

»Noch lange nicht. Auch wenn sie die akute Phase überleben: Oft sterben sie noch Monate später an den Spätfolgen. Die Hunde zahlen den Preis. Für die Gier der Vermehrer, aber auch für den Geiz der Käufer. Weil viele Leute unbedingt einen Rassehund wollen, einfach aus Prestige.«

»Auf Straßenmärkten darf man auch in Polen keine Hunde handeln, oder?«

»Offiziell nicht. Aber es gibt jede Menge Verstöße und kaum Kontrollen. Man geht als Käufer zu irgendeinem Stand, für Gemüse oder Zigaretten oder sonst was. Und fragt diskret nach Hunden. Dann wird man ein paar hundert Meter weiter geschickt. Und bezahlt da manchmal nur fünfzig oder hundert Euro für einen Welpen, in anderen osteuropäischen Ländern noch weniger.«

»Und bei diesen Billigtransporten? Von denen habt ihr öfters Hunde?«

»Im Grunde viel zu selten, wenn man überlegt, wie viele über die Grenze gebracht werden. Vor ein paar Wochen hat uns die Feuerwehr mal einen Pappkarton mit neun Mopswelpen gebracht. Die standen auf einem Rastplatz neben den Mülltonnen. Wahrscheinlich ist der Händler sie nicht losgeworden und wollte sie nicht mit zurücknehmen. Also, zehn bis fünfzehn haben wir eigentlich immer hier. Und wenn die Polizei oder der Zoll einen Großtransport aufgedeckt hat, bekommen wir eben besonders viele.«

»Und nach dem Aufpäppeln vermittelt ihr die?«, fragte Lilo.

»Ja sicher.«

»Aber wahrscheinlich nicht kostenlos?«

»Nein. Wir haben ja einen Riesenaufwand damit, allein die Tierarztkosten. Zwischen fünf- und siebenhundert Euro müssen wir nehmen. Immer noch preiswert für einen Rassehund. Aber diese Welpen sind oft seelisch traumatisiert und ihr Leben lang krankheitsanfällig. Manche bleiben extrem ängstlich oder bissig. Durch die frühe Trennung von Mutter und Geschwistern sind sie eben nicht richtig sozialisiert.«

»Und die neununddreißig Stück? Hattet ihr da genug Helfer? Sonst hättest du mich gern anrufen können.«

»Danke dir, Lilo. Zum Glück lief das ganz gut. Einige Leute sind bis spät abends geblieben. Und die Nacht stemmen wir jetzt zu zweit, Felix und ich. Er hat sich gerade ein bisschen aufs Ohr gelegt.«

Lilo hätte gern weiter über Felix gesprochen, doch in dem Moment kam Kai-Uwe herein und begrüßte die Frauen.

»Lilo, schaffst du die Nager allein?«, fragte Nora. »Das wäre prima, dann könnte Felix hier bei den Welpen helfen.«

»Ja sicher, gar kein Problem.« Sie ging hinüber zu den Meerschweinchen.

*

Um kurz nach elf betrat Oskar das Tierheim und folgte den Schildern zur Hunde-Abteilung. Dort würde Nora Onning sich höchstwahrscheinlich aufhalten, hatte Lilo am Telefon eben gesagt.

»Hallo?«, rief er, »Frau Onning?«

»Jaha!« Sie kam ihm entgegen, blass und erschöpft. »Ach, Sie sind das. Sind Sie nicht Lilos Nachbar?«

»Genau. Oskar Zillmann.«

»Richtig. Was kann ich denn für Sie tun, Herr Zillmann? Wollen Sie zu Lilo? Die ist im Garten bei den Nagern.«

»Nein, ich möchte Sie nicht lange aufhalten, bestimmt sind Sie im Stress mit den kranken Welpen.«

»Sie haben das auch in der Zeitung gelesen?«

»Ja. Lilo war ganz aufgeregt. Dass hier jetzt jede Menge zu tun ist.«

Nora lächelte. »Lilo ist ein Goldschatz. Wollen Sie die Welpen sehen?«

»Ach, da möchte ich lieber nicht stören. Das ist ja alles sehr tragisch, und Lilo erzählt mir bestimmt davon. Aber ich würde gern noch was spenden. Weil Sie hier so großartige Arbeit leisten. Und wenn ich dann bitte für alles eine Quittung haben kann. Also letztes Mal für die fünfzig und diesmal für hundert.«

»Ja sicher, gerne.«

Oskar nickte, als müsste er sich entschuldigen. »Natürlich könnte ich Lilo bitten, das für mich zu regeln. Aber um finanzielle Dinge kümmere ich mich lieber selbst.«

»Kein Problem. Wir danken Ihnen ganz herzlich. Und die Quittung mache ich sofort fertig, kommen Sie doch mit.«

Sie führte ihn den Flur entlang und schloss eine Tür auf. Hier war es: das Büro, von dem Lilo gesprochen hatte.

Zu Oskars Freude schob Nora die Schranktür auf, die Ordner standen neben einem hohen Stapel Spendenformulare.

»Wenn Sie es einfach ausfüllen auf Oskar Zillmann, Groß Zicker. Und ich hole schon mal das Geld … ach, der Vibrationsalarm … Verzeihung.« Umständlich nahm er sein Handy heraus und suchte nach dem Abstellmechanismus. Dabei nickte er Nora entschuldigend zu. Sie lächelte. Er schaute irritiert aufs Display. »Diese moderne Technik. Aber man braucht sie ja doch, falls mal …« Schließlich fand er den richtigen Knopf. »Das war nicht weiter wichtig. Jetzt aber Ihr Geld.« Er steckte das Handy umständlich zurück und suchte nach der Brieftasche. Endlich! Ein Hundert-Euro-Schein wechselte den Besitzer.

Nora wollte gerade die Quittung ausstellen, da stürmte eine aufgebrachte Lilo herein.

»Hier bist du, Nora. Gott sei Dank! Hallo Oskar, tut mir leid, dass ich störe. Nora: schlimmer Notfall, eins von den Meerschweinchen, ein braunes. Es atmet kaum. Ich glaube, es stirbt.«

Nora sprang auf. »Entschuldigen Sie, Herr Dr. Zillmann.«

Die Frauen hasteten hinaus zum Meerschwein. Reglos streckte es alle Pfoten von sich, das Mäulchen offen, die Augen fest geschlossen.

»Ach, das Arme«, entfuhr es Nora. Doch so schnell, wie sie wollte, konnte sie nicht einschreiten. Noch lag die Abdeckung über dem Gehege.

»Ich habe das Gitter unten gelassen«, erklärte Lilo. »Wegen der Fressfeinde hier, Felix hat mir das ja erklärt: die Greifvögel und Füchse hier. Da hatte ich Angst. Gerade bei so einem hilflosen Tier.«

»Schon gut. Es atmet ja noch.«

Gemeinsam stemmten sie das Gitter hoch. Nora hob

das Meerschwein aus dem Gehege und untersuchte es von allen Seiten.

»Sieht nach einer Art Narkose aus.« Sie hielt die Nagerschnauze vor die eigene Nase und nickte. »Riech mal.«

Vorsichtig näherte Lilo sich dem Maul und schnüffelte. »Irgendwas Chemisches.«

»Stimmt!« Nora lachte auf. »Das ist Alkohol. Ganz normales Ethanol in der Ausatemluft. Solche Fälle haben wir hier ab und zu. Normalerweise sind die harmlos.«

»Du meinst, es ist besoffen?!«

»Genau. Es hat was Verdorbenes gefressen, wahrscheinlich haben irgendwelche Besucher vergorenes Obst gefüttert.«

»Aber doch nicht absichtlich, oder?«

»Nein, aus purer Unvernunft. Da können wir noch so viele Schilder aufstellen und die Leute ermahnen, dass sie die Tiere nicht füttern sollen. Die bringen trotzdem was mit. Um diese Jahreszeit meist die ersten Erdbeeren aus dem Supermarkt. Da denken die Leute, sie tun den Nagern was Gutes. Und vergessen, wie schnell Obst verdirbt. Und dass sich dann Alkohol bildet.«

»Aber ich habe das schon überprüft: Im Gehege ist nur unser eigenes Obst. Was wir selbst füttern.«

»Dann war unser Schweinchen wohl verdammt schnell. Und hat das vergorene Obst schon weggeputzt. So verrückt es sich anhört: Alkoholische Früchte sind für die eine Delikatesse. Na ja. Das ist bei vielen Menschen ja auch nicht anders.«

»Und was machen wir jetzt?«, fragte Lilo. »Einfach schlafen lassen?«

»Ja. In ein paar Stunden hat es den Rausch überwunden.« Nora warf einen Blick in die anderen drei Gehege, den Tieren dort ging es offensichtlich gut. »Dann haben wir ja wohl nur ein einziges Alkoholopfer. Guck ab und zu nach ihm, ich würde jetzt gern wieder ins Büro.«

Nora ging zum Haus zurück. Sobald sie außer Sichtweite war, rief Lilo an.

In Oskars Hosentasche vibrierte das Handy. Er stellte den Personalordner zurück und setzte sich. Sekunden später kam Nora herein.

»Da sind Sie ja wieder, Frau Onning. Ich hoffe, es ist alles in Ordnung mit dem Meerschweinchen.«

»Ja, danke. Es wird sich erholen.«

»Das freut mich.«

Taktvoll verzichtete er auf weitere Nachfragen und nahm die Spendenquittung entgegen.

»Nochmals vielen Dank, Herr Dr. Zillmann.«

»Aber gern. Hauptsache, den Tieren ist geholfen«, sagte Oskar und hätte gern hinzugefügt: Das Vergnügen war ganz meinerseits.

*

Lilo schaute oft nach dem braunen Meerschwein. Sie hatte es in stabiler Seitenlage auf einen kleinen Heuhaufen gebettet, es atmete regelmäßig. Nein, in Ordnung war das nicht: Sie ermittelte hier wegen Tierquälerei und vergiftete dann selbst so ein armes kleines Geschöpf. Aber manchmal musste eben der Zweck die Mittel heiligen. Schlimmeres als einen kleinen Alkoholkater würde das Tier nicht erleiden, hatte Oskar gesagt. Wichtig war, dass der Nager-Organismus durch den alkoholbedingten Flüssigkeitsentzug nicht austrocknete. Lilo füllte die Wasserspender nach.

Am frühen Nachmittag beendete sie ihren Dienst und ging noch einmal in die Hundeabteilung.

»Tut mir leid, dass ich dir heute nicht helfen konnte«, meinte Felix. »Aber du weißt ja, was hier los ist. Und du hast prima reagiert bei dem Schweinchen.«

Lilo wies auf die Welpen. »Wie war's denn hier heute Morgen?«

»Ein Schäferhund mit Parvovirose ist gerade gestorben. Bei den anderen sieht's auch noch kritisch aus, aber wahrscheinlich kommen die durch.«

»Soll ich noch bleiben?«

»Lieb von dir, ist nicht nötig. Wir kriegen ja gleich Verstärkung. Mach dir ein schönes Wochenende, Lilo. Und grüß Herrn Zillmann ganz herzlich. Seine Spende war echt großzügig.«

Lilo strahlte. »Ja, er ist ein prima Kerl.«

*

Lilo legte die leere Spritze auf Oskars Küchentisch. »Wirklich einfach: Fell anheben, Nadel rein, und der Alkohol wirkt sofort. Die Dosierung war übrigens perfekt«

»Sag ich ja. Ein bisschen Wodka in der Bauchhöhle hat noch keinem Schwein geschadet. Und was ist mit Nora?«

»Steckt über beide Ohren in Arbeit. Bei den vielen Welpen kriegt die links und rechts nichts mehr mit. Außerdem hast du deine Rolle bestimmt sehr überzeugend gespielt.«

»Ja sicher: So ein seriöser älterer Herr kann schon mal ein paar Minuten allein im Büro bleiben. Der ist doch ein bisschen tüdelig. Der geht doch nicht heimlich an die Personalakten.« Oskar machte eine Kunstpause. »Du bist so ruhig, min Deern? Willst du denn gar nicht wissen, was ich rausgefunden habe?«

»Doch sicher.«

»Aha? Und warum stürzt du dich nicht auf mich und entreißt mir das Geheimnis?«

»Weil ich noch nicht mal weiß, ob es überhaupt geklappt hat.«

Er lachte. »Es hat, min Deern! Es hat!«

»Und?!«

»Euer Felix heißt mit vollem Namen Jan Felix Lubinski, geboren am 11.12.1996 in Berlin, Staatsangehörigkeit polnisch.«

*

Verena hob ab – und stöhnte, als sie die Stimme ihrer Mutter hörte: »Reg dich nicht auf, Kind. Ich habe noch mal hinter deinem Rücken ermittelt. Nur um euch zu helfen. Und es hat wirklich keiner gemerkt.«

Verena wollte losschreien, doch da sagte Lilo: »Hier im Tierheim gibt es einen Praktikanten. Felix, neunzehn Jahre alt, und er hat zwei Tage nach der Katzenaktion hier im Göhrener Tierheim angefangen. Er heißt mit vollem Namen Jan Felix Lubinski und ist Pole. Vielleicht könnt ihr ja mal was über ihn rausfinden. Oder eure polnischen Kollegen kümmern sich drum.«

Verena musste kichern, als sie die ganze Geschichte erfuhr: Lilo als Ehrenamtlerin im Tierheim und ein alkoholisiertes Meerschwein, damit Oskar im Büro schnüffeln konnte.

»Also vorsätzliche Körperverletzung an einem unschuldigen Nagetier«, stellte Verena fest.

»Alles im Sinne eines höheren Rechtsguts!«, konterte Lilo. »Irgendwie mussten wir Nora ja ablenken. Aber mehr mache ich nicht, absolutes Ehrenwort. Jetzt bist du dran. Rede mit deinem Chef und dann gib die Anfrage weiter.«

»Mach ich«, erwiderte Verena. »Was anderes bleibt mir sowieso nicht übrig. Wenn ich rausfliege, fütterst du mich durch.« Gleich darauf ging sie zu Theiß ins Büro.

Er lauschte Verenas Bericht, und weil er ein Mann der Tat war, nahm er keinen Anstoß daran, dass Lilo als ehemalige Kripo-Kollegin auf eigene Faust im Tierheim ermittelte. Viel mehr interessierten ihn die Resultate: »Na, das schauen wir uns doch mal näher an.«

»Wobei ich selbst dort nicht ermitteln sollte«, wandte Verena ein. »Wegen der Namensgleichheit mit meiner Mutter.«

»Aha. Weiß dort denn jemand, dass Lilo Gondorf eine Tochter hat, die Kriminaloberkommissarin ist?«

»Bis jetzt nicht. Und so soll es auch bleiben.«

»Machen Sie sich keine Sorgen«, meinte Theiß. »Es ist ja auch noch nicht so weit. Erst mal überprüfen wir diesen Praktikanten. Wie heißt der noch mal?«

»Jan Felix Lubinski.«

»Genau. Schauen Sie mal bei uns ins Melderegister. Und dann geben Sie das an die Stettiner Kollegen weiter.«

*

»Hallo, meine Schöne.« Kai-Uwe Scholl sprang vom Bootssteg auf den Bug seiner kleinen Segeljacht. »Da bin ich wieder.«

Dass er mit seinem Boot sprach, war kein schlechtes Zeichen. Im Gegenteil. Er freute sich, endlich wieder für ein paar Stunden aus dem Hafen zu kommen. Pfeifend schloss er die Schiebeluke auf und ging hinunter in den Salon. Seine Frau Diane hatte sich alle Mühe gegeben, den Raum wohnlich zu gestalten, und die dunkelbraunen Polster durch ein elegantes Terracotta ersetzt – fein abgestimmt mit Sofakissen in Naturtönen. Über der Lehne hing eine Krawatte, ein Weihnachtsgeschenk seiner Kinder. Auf den ersten Blick ein gewöhnliches Stoffmuster, dunkelblau mit türkisfarbenen Punkten. Doch wer genau hinschaute, erkannte: Die Punkte waren lauter kleine Kugelfische. Scholl hatte die Krawatte zuletzt am Mittwoch getragen, bei einem Empfang in der Landestierärztekammer. Anschließend war er nach Gager gefahren, um noch zwei Stunden zu segeln. Und hatte dann die Krawatte wohl auf dem Boot vergessen. Er würde sie heute Abend mit nach Hause nehmen.

Kai-Uwe Scholl hatte vieles richtig gemacht in seinem Leben, wahrscheinlich sogar das meiste. Er bildete sich nichts darauf ein – er hatte reichlich Glück gehabt. Gutaussehende Menschen haben es leichter, hieß es oft. Scholl konnte das nur bestätigen. Dabei war er nicht eitel. Vielleicht hätte er eine Schauspielkarriere machen können, doch er sah sich nicht als Darsteller und generell nicht als Künstler. Als seine Großmutter ihm sagte, bei so schönen Händen mit so langen Fingern solle er doch Pianist werden, lachte er nur. Dann eben Frauenarzt, meinte die Großmutter. Scholl fand den Vorschlag gar nicht so schlecht und wurde Tierarzt. Auch in diesem Beruf nutzten ihm seine schlanken Hände, damit konnte er wunderbar untersuchen und operieren.

Er hatte nach dem Studium lange in einer Tierklinik gearbeitet, erst als Assistent, später als Oberarzt. Mit Anfang dreißig heiratete er seine wunderbare Diane, sie bekamen Zwillinge: einen Sohn und eine Tochter. Zehn Jahre später erbte er von seinen Großeltern einen ansehnlichen Geldbetrag und beschloss, sich in eigener Praxis niederzulassen. Beim fleißigen Lesen der Annoncen stieß er auf ein Angebot: Ein Kollege in Binz suchte einen Nachfolger.

Kai-Uwe und Diane mussten nicht lange diskutieren: Allein die Hunde all der Kurgäste! Dann das Vieh von den umliegenden Höfen! Und obendrein ein ideales Segelrevier! Allerdings wollte der alte Tierarzt in seinem Haus bleiben, die Scholls konnten dort nicht wohnen. Vielleicht sollten sie nicht direkt nach Binz ziehen, überlegten sie. Der Ort war zwar wunderschön, aber im Sommer auch trubelig. Sie suchten ein paar Kilometer außerhalb und wurden fündig. In Baabe stand ein Haus zum Verkauf: sechs Zimmer, zwei Garagen, wunderschöner Garten. Solide Bausubstanz, wenn auch renovierungsbedürftig. Und weil es auch einen großzügigen Gewerbeanbau gab, eröffnete Scholl eine zweite Praxis, sogar mit Operationstrakt. Inzwischen beschäftigte er sechs Tierärztinnen und vierzehn Fachangestellte. Wenn er schon so viel Verantwortung tragen musste, dann wollte er auch etwas davon haben. Also pickte er sich die Rosinen heraus und übernahm nur solche Tätigkeiten, die ihm besondere Freude machten. Chirurgische Eingriffe gehörten dazu, außerdem die Betreuung von Schweinen, Kühen und Schafen auf den umliegenden Höfen und nicht zuletzt das Tierheim in Göhren. Zur Leiterin Nora Onning hatte er einen guten Draht. Sie empfahl ihn gern weiter, und so wurde seine Arbeit im Tierschutz zur besten Werbung für seine Praxen.

Natürlich pflegte Scholl ein anspruchsvolles Hobby.

Schon während des Studiums hatte er seinen Segelschein gemacht, jedoch nie ein eigenes Boot besessen. Das sollte sich in diesem Frühjahr ändern. Die beiden Praxen spielten zwar noch keine nennenswerten Überschüsse ein, doch die Bank lieh ihm das Geld für einen gebrauchten Motorsegler: tadellos in Schuss, ordentliche Mittelklasse, neun Meter achtzig Rumpflänge, gut geeignet für sportliche Manöver wie auch für längere Törns. Zwei Schlafräume boten ausreichend Platz für Eltern und Kinder. Sollten Gäste mitkommen, ließen sich auch die Sofas im Salon als Betten nutzen.

Die Vorbesitzer hatten das Boot *Keto* getauft. Kai-Uwe fand den Namen eines griechischen Meerungeheuers nicht gerade passend für eine harmlose kleine Ostsee-Yacht. Doch seine Kinder wollten ihn behalten. Er mietete für die *Keto* einen Liegeplatz im Hafen von Gager. Mindestens zwei Mal pro Woche machte er eine kleine Tour, und für den Hochsommer war eine richtig lange Reise geplant.

Auch an diesem Freitag wollte er nach getaner Arbeit ein paar Stunden aufs Wasser. Die Sonne schien, doch schon für den Samstag waren sinkende Temperaturen angesagt. Das Hoch über der Insel hatte wochenlang gehalten, selten hatte er einen so wunderbaren Segelfrühling erlebt. Nun noch ein kleiner Törn bis zur Dämmerung, und er wäre für den Rest des Wochenendes zufrieden gewesen.

*

An diesem Abend kam Lilo nicht zur Ruhe. Schon um neun war sie todmüde, doch der Schlaf wollte und wollte sich nicht einstellen. Kurz vor Mitternacht stand sie wieder auf, holte sich ein Glas Apfelschorle, ging damit in den

Garten – nach weit hinten, wo das Grundstück an den Bodden grenzte – und lauschte dem leisen Schlagen des Wassers. Ein abnehmender Dreiviertelmond stand so klar umrissen am Himmel, als hätte man ihn aus vanillegelber Pappe geschnitten und aufgeklebt. Der letzte Tag einer langen Schönwetterphase. Morgen sollte es regnen, den Feldern würde es guttun.

Lilo dachte an Felix. So ein netter Kerl. War es richtig gewesen, hinter ihm herzuschnüffeln? Und seinen Namen an die Polizei zu geben? Hatte sie ihm vielleicht unrecht getan? Während sie noch überlegte, klingelte das Telefon.

»Sorry für die Störung«, sagte Verena. »Aber du willst es bestimmt sofort wissen: Die Stettiner Kollegen haben angerufen. Die Eltern von Jan Felix Lubinski sind schon lange geschieden. Und die Mutter heißt Ewa.«

Das Boot

Diane Scholl wünschte ihren Kindern eine gute Nacht und löschte das Licht. Rituale waren wichtig, genau wie Grenzen. Eine Stunde später ging sie selbst zu Bett, denn sie war ein Morgenmensch. Frühes Aufstehen machte ihr nichts aus, doch sie hielt sich strikt an eine Nachtruhe von mindestens sieben Stunden. Vorm Einschlafen las sie eine halbe Stunde, legte das Buch beiseite und stopfte sich die Wachswatte in die Ohren. Kai-Uwe schnarchte manchmal, doch am gemeinsamen Schlafzimmer wollten sie festhalten. Dianes Schlaf war zwar fest und gesund. Doch wenn Kai-Uwe spät nach Hause kam, machte er sich im Badezimmer bettfertig und schlüpfte dann lautlos und im Dunkeln unter die breite Decke. Diane dankte es ihm.

Diesen Mann hast du nie für dich allein, hatten ihre Freundinnen gesagt, als sie ihnen Kai-Uwe damals vorstellte. *Helle Augen, markantes Kinn, breite Schultern, groß, schlank, muskulös. Charmant und intelligent ist er auch. Und jetzt stell dir mal vor, mit der Zeit kriegt er noch graumelierte Schläfen. Auf den fliegen die Frauen doch nur so, gegen derartig viel Versuchung kommt kein Mann an, und wenn er es noch so gut mit dir meint.*

Diane ließ ihre Freundinnen reden und heiratete ihn trotzdem. Anfangs quälte sie die Frage nach seiner Treue, später fand sie eine Antwort: Vielleicht war es besser, wenn sie es nicht so genau wusste. Vermutlich hatte es in der ersten Zeit ihrer Ehe tatsächlich eine andere Frau gegeben, doch mit der Geburt der Zwillinge verschoben sich seine

Interessen. Er hatte nur noch Augen für die Familie, außerdem arbeitete er viel. Oft war er bis spät in die Nacht auf den Mönchguter Höfen unterwegs. Das wusste sie sicher – schließlich schrieb sie den Bauern die Rechnungen.

Als Kai-Uwe das Segelboot kaufte, stand für Diane fest: Er war endgültig in seinem Leben angekommen. Das Segeln erfüllte ihn – für andere Frauen war da gar kein Platz. Diane gönnte ihm die Stunden auf dem Boot von Herzen. Umso mehr Zeit hatte sie für ihre eigenen Hobbys: Literatur und Malen. Wenn die beiden nach einem seiner Segeltörns abends noch zusammensaßen, fühlten sie sich wie frisch verliebt und genossen ihren zweiten Frühling.

Auch an diesem Freitag wollte er nach Feierabend segeln. Es würde spät werden, hatte er angekündigt, er müsse noch die Kajüte putzen. Diane sah keinen Grund, sich dabei etwas zu denken. Beim Lesen fielen ihr die Lider zu. Doch als sie um sechs Uhr fünfzehn aufwachte, lag Kai-Uwe nicht neben ihr. Sie griff sofort zum Telefon und rief die Polizei.

*

Verena wälzte sich zwischen Traum und Tag. Christoph schlief fest, wie meistens am Wochenende um diese frühe Uhrzeit. Sie hätte gern noch neben ihm gedöst, doch dafür fühlte sie sich zu wach. Seit einigen Jahren nahm ihr Schlafbedürfnis immer weiter ab – ob ihr das guttat, stand auf einem anderen Blatt.

Nein, ein freier Samstag würde das heute nicht werden. Um halb neun würde Matthias sie abholen und mit ihr nach Göhren ins Tierheim fahren. Höchstwahrscheinlich handelte es sich bei dem Praktikanten Felix um Ewas

Sohn. Und Ewa hatte sich suizidiert – das war weiterhin der Stand der Ermittlungen. Aber aus welchem Grund? Was hatte Segert in Gager damit zu tun? Und warum arbeitete Ewas Sohn jetzt fünfzehn Kilometer weiter im Tierheim von Göhren? Genau in der Einrichtung, die die meisten von Wieczoreks Billig-Welpen aufgenommen hatte. Verena sah auf die Uhr: Viertel nach sieben, also noch Zeit für ein halbwegs entspanntes Frühstück. Nach dem Duschen kam sie in den Flur zurück. Ihr Handy auf der Kommode klingelte.

»Moin«, sagte Matthias. »Wir fahren heute nicht ins Tierheim.« Und ehe sie sich wundern konnte, setzte er nach: »Diane Scholl hat vorhin auf der Wache in Sellin angerufen, ihr Mann Kai-Uwe ist letzte Nacht nicht nach Hause gekommen.«

»Kai-Uwe Scholl!« Von der einen auf die andere Sekunde war Verena hellwach. »Der Tierarzt?«

»Genau. Eine Selliner Streife hat ihn gefunden: mausetot auf seinem Boot. Die Kollegen von der Insel sind im Einsatz, und wir beide müssen auch los.«

Verena stutzte. »Und das Tierheim?«

»Darum kümmert sich die K-Wache. Ist ja wohl kaum Zufall. Gestern erfahren wir, Ewa und der Praktikant sind Mutter und Sohn. Und ein paar Stunden später wird der zuständige Tierarzt erdrosselt. Theiß bestellt uns nach Gager in den Hafen. Ich bin gleich bei dir.«

*

Verena legte auf und sammelte sich. Zum einen störte sie, dass der Tag mit einem Toten begann. Zum anderen musste sie zugeben: Ihre Mutter lag mal wieder richtig. Der Gang durch den Tunnel und der Blick in die Personalakte – Lilo hatte ein Näschen für heiße Spuren. Doch leider kamen die Ermittlungen zu spät. Zumindest für Kai-Uwe Scholl.

Verena trank eine halbe Tasse Kaffee und biss in einen Käsetoast, kurz darauf rollte Matthias im koreanischen SUV heran. Er gab sich alle Mühe, die Kollegin charmant zu begrüßen: »Wie du aussiehst, hast du heute noch viele Entfaltungsmöglichkeiten.«

»Tja, so ist das eben: Leiche am Morgen bringt Kummer und Sorgen.« Verena wurde ernst. »Und jetzt willst du wissen, was meine Mutter über diesen Scholl erzählt hat.«

»Das auch. Aber vor allem, wann sie den nächsten Einsatz im Tierheim hat.«

»Erst nächste Woche. Heute jedenfalls nicht.«

»Gut. Dann musst du ihr ja nicht sofort Bescheid geben. Und was hat sie nun über Scholl gesagt? Oder lass mich lieber raten: Er hatte eine edle grundgütige Seele und sah dazu noch blendend aus?«

»Ob du's glaubst oder nicht, so war das wohl wirklich.«

»Ach? Und warum hat man ihn erdrosselt? Irgendwelche Feinde?«

»Du meinst, der Praktikant? Scholl hat irgendwas mit Ewa Lubinskis Tod zu tun, und ihr Sohn rächt sich jetzt?«

»Keine Ahnung. Wir gehen bei Ewa doch immer noch von Suizid aus.«

»Ja. Aber vielleicht hat Scholl sie in den Selbstmord getrieben. Oder Jan Felix glaubt das zumindest.«

»Wissen wir denn irgendwas über eine Verbindung zwischen Scholl und Ewa?«

»Nein.«

»Oder Scholl und Jan Felix?«

»Die waren gut befreundet, sagt meine Mutter. Felix hat sich Scholl zum Vorbild genommen, und Scholl hielt große Stücke auf den Jungen.«

»Also hat Felix die Tat kaum begangen?«

»Wäre unwahrscheinlich«, meinte Verena. »Aber noch mal deine Frage: Welche Feinde hatte Scholl?«

Matthias nickte. »Was wir wissen ist: Er hat sich um Segerts Katzen gekümmert und neuerdings auch um neununddreißig Welpen aus Wieczoreks Welpentransport.«

»Hm. Traust du Segert zu, dass er einen Auftragsmörder auf den Tierarzt hetzt? Und das alles organisiert? Von der geschlossenen Psychiatrie aus?«

»Eher nicht. Zum Tierheim hat Segert doch inzwischen einen guten Draht. Dann denke ich eher an Wieczorek als Täter. Der hat auch mehr kriminelle Energie.«

»Bloß: Was ist sein Motiv? Okay, er konnte siebenundfünfzig Welpen nicht verkaufen, und ein Teil davon ist nach Gager ins Tierheim gegangen. Aber warum sollte Wieczorek deshalb was gegen den Arzt dort haben? Der hat schließlich nicht die Welpen beschlagnahmt.«

»Stimmt. Das hat die Polizei erledigt, beziehungsweise der Zoll. Wobei wir ja davon ausgehen: Wieczorek ist nicht nur Händler, sondern auch Züchter. Und diese Leute sind mafiamäßig organisiert. Das ist ein großes Netzwerk, jeder kennt jeden.«

»Immer noch kein Grund, den Tierarzt umzubringen.«

»Vielleicht doch«, wandte Matthias ein. »Eine Sache müssen wir nämlich noch rausfinden.«

»Aha?«

»Ob Scholl aktiv gegen die Welpen-Mafia gekämpft hat. Die Tierheim-Chefin wollte diese armen Viecher doch aufpäppeln? Mit Scholls medizinischer Hilfe? Und dann vermitteln? An ganz normale Hundehalter?«

»Ja sicher.«

»Wahrscheinlich erzählen die Tierheim-Leute doch überall rum, woher die Welpen stammen. Also warnen sie vor Wieczorek und Konsorten.«

»Und Scholl mit seinen zwei Praxen hatte viel Einfluss. Er kannte jede Menge Hundehalter. Und konnte denen ins Gewissen reden. Dass man bloß keinen Welpen bei diesen Tierschändern kaufen soll.«

»Für Wieczorek ein starkes Motiv, Scholl aus dem Weg zu räumen.« Matthias nickte. »Mal gucken, was der Tatort hergibt.«

Während der restlichen Fahrt sprachen sie nicht viel. Verena schaute in die Landschaft. In den letzten Wochen hatte sie diese Strecke oft zurückgelegt und sich beim Anblick der beginnenden Baumblüte jedes Mal ein bisschen mehr auf den Sommer gefreut.

In Gager parkten sie an der Kurverwaltung und gingen weiter zum Hafen. Ihre Kollegen hatten ganze Arbeit geleistet: die komplette Marina war mit Polizei-Banderolen abgesperrt.

Ein paar Leute standen in sicherer Entfernung vor den Absperrungen und beobachteten das Treiben, doch viele Zuschauer gab es nicht. Die Fischbuden am Hauptweg der Marina waren noch geschlossen, genau wie das Restaurant Alte Werft mit seiner großen Terrasse.

»Was hast du vorhin gesagt?«, fragte Matthias. »Ab Mittag soll ein Tief hereinbrechen? Also genießen wir so gut es geht noch die Morgensonne.«

»Wir sollen uns Polizeiwagen, Flatterband und mies gelaunte Kollegen wegdenken? Und uns stattdessen an milder Luft und blauem Himmel erfreuen?«

»Nicht zu vergessen die im Wind sanft schaukelnden, schneeweißen Yachten und die darüber kreisenden Möwen, deren Gefieder im Sonnenlicht leuchtet.«

»Alles klar.« Verena steuerte auf eine Streifenpolizistin zu, die sie von der Wache in Baabe kannte. »Tachschön, Silke. Wo die Kollegen rumstehen, ist vermutlich auch die Leiche?«

»Genau. Frau Professor Volmitz aus der Rechtsmedizin war übrigens schon da.«

»Und ist wieder weg?«

»Ja. Die Leiche wird aber erst in einer halben Stunde abgeholt, so lange sollen unsere Spurensicherer noch Fotos machen.« Silke öffnete die Absperrung und ließ die Kollegen durch.

Schon aus einiger Entfernung las Verena den Bootsnamen.

»*Keto*. Sagt dir das was?«

»Um ein bisschen klugzuscheißen: Keto war ein weibliches Meerungeheuer aus der griechischen Mythologie. Hat viel Schaden angerichtet, ist aber längst besiegt.«

»Gut zu wissen.« Verena griente.

Auf dem Steg vor Scholls Boot standen zwei Beamte der Rüganer Kripo.

Mit dem Satz »Sieh an, die Mitstreiter vom Mutterland« begrüßten sie Matthias und Verena und gaben gleich darauf die wichtigste Information: »Da drin herrscht Chaos.«

»Ihr habt euch die Leiche angeguckt?«, fragte Verena.

»Nur kurz, die Spurensicherung ist längst nicht fertig. Sieht übrigens nach Raubmord aus.«

»War denn was Wertvolles an Bord?«

»Neben dem Toten lag seine Brieftasche. Mit allen möglichen Papieren, aber ohne Geld. Handy und Armbanduhr sind auch weg. Und dann gibt es auf einem Boot natürlich nautische Instrumente. Nicht superteuer, schon gar nicht im gebrauchten Zustand. Aber wer Geld braucht, nimmt so was eben mit.«

»Also Beschaffungskriminalität?«

»Wäre möglich.«

»Was ist denn mit Einbruchsspuren?«, fragte Matthias.

»Das Schloss von der Luke ist intakt, zumindest auf den ersten Blick. Das guckt sich unser Techniker noch genauer an.«

Kaum hatte der Kollege aus Bergen den Satz beendet, da kam ein Spurensicherer vom Heck an den Bug und präsentierte ein nasses Stück Stoff, dunkelblau mit türkisfarbenen Punkten. »Haben wir hinterm Boot gefunden. Rausgeweht oder rausgeworfen. Oder einfach bloß verloren.«

»Das Tatwerkzeug?«, fragte Verena.

»Ich bin hier nur für die Spuren zuständig. Aber wenn meine bescheidene Meinung gefragt ist: Breite und Tiefe der Drosselmarken kommen hin.«

»Die Krawatte trieb also im Wasser?«

»Ja. Kunstfaser. Saugt sich nicht voll und schwimmt schön weit oben. Die Kriminaltechnik wird sich freuen. Da sind wahrscheinlich kaum noch Spuren drauf.«

»Wann können wir denn an Bord?«

»Dauert noch. Ist reichlich viel zu dokumentieren da unten. Wir geben Bescheid.«

Verena bedankte sich und wandte sich an ihren Kollegen. »Warten wir im Wagen?«

Er nickte, sie gingen zurück.

»Was hältst du von der Raubmord-These?«, fragte Matthias. »War Scholl unten im Boot, und der Täter ist durch die offene Luke gekommen und hat Scholl getötet und ausgeraubt?«

»Aber wenn man eine offene Luke sieht, denkt man doch: Da ist jemand an Bord. Als Beschaffungskrimineller suche ich mir viel eher ein Boot mit verschlossener Luke und setze kurz den Hebel an. Zumal diese Schlösser alle kein Problem sind. Da gehe ich doch nicht das Risiko ein und kämpfe mit dem Bootsbesitzer.«

»Normalerweise nicht. Aber bei dem Drogenzeug, das die Süchtigen oft im Blut haben, weiß man nie. Die sind zu allem fähig.«

»Und wenn es umgekehrt war? Scholl merkt, dass jemand Fremdes auf dem Boot ist, und will ihn überwältigen?«

»Dann wäre Scholl verdammt dumm gewesen«, meinte Matthias. »In der Situation kämpft man doch nicht mit dem Einbrecher, sondern ruft die Polizei. Außerdem müssten wir fragen: Wo war Scholl dann vorher? Und warum hat er die Luke offen gelassen, wenn er selbst nicht auf dem Boot war? Denn das Schloss ist ja vermutlich intakt.«

»Vielleicht hatte jemand einen Zweitschlüssel? Jemand aus Scholls Familie?«

»Guter Punkt. Allerdings denke ich eher, Scholl hat den Täter ganz bewusst an Bord gelassen, und der Raubmord ist bloß vorgetäuscht.«

»Und du denkst: Scholl kannte den Täter?«

»Oder hat ihm zumindest vertraut. Ein vorgetäuschter Raubmord würde auch zur Welpen-Mafia passen. Die wollten Scholl aus dem Weg haben und uns auf die falsche Fährte locken.«

Verena setzte zur Antwort an, doch in dem Moment rollte ein dunkelblauer Dienstwagen der Kripo Stralsund heran. In Sekundenschnelle stieg Theiß aus dem BMW und wechselte auf die Rückbank von Matthias' Kia.

»Schönen guten Morgen. Nora Onning und Jan Felix Lubinski sind vorübergehend festgenommen und fahren jetzt aufs Festland, und im Tierheim warten die Kollegen von der Selliner Wache auf unsere Unterstützung. Und wie weit sind Sie?«

Verena und Matthias schilderten den Stand der Dinge. Gleich darauf folgte die Entscheidung: »Herr Weber, dann gehen wir beide jetzt zum Boot. Ewig kann das ja nicht mehr dauern mit der Spurensicherung. Und Sie, Frau Gondorf, nehmen den BMW und lassen sich von Ihrer Mutter eine schöne Tasse Kaffee kochen. Sie möge Ihnen alles erzählen, was sie über Kai-Uwe Scholl weiß. Danach melden Sie sich kurz bei mir oder Herrn Weber. Anschließend fahren Sie bitte nach Binz und Baabe zu den Praxen und helfen unseren Kollegen bei der Befragung von Scholls Mitarbeitern. Herr Weber und ich kümmern uns ums Tierheim, und wir alle treffen uns heute Nachmittag zur Soko-Sitzung. Die Uhrzeit gebe ich noch durch.«

Also dann. Verena setzte sich in den Fünfer und fuhr nach Groß Zicker. Den Schlüssel zu Lilos Haus hatte sie immer behalten. Aus Höflichkeit schellte sie an, schloss aber gleich danach auf.

»Hallo Mama?«, rief sie in den Flur.

Keine Antwort.

»Mama?!«

Wieder nichts. Verena erschrak. Seltsame Bilder schossen ihr durch den Kopf: War ihre Mutter das nächste Opfer? Lag Lilo erdrosselt in der Küche? Verena riss sich zusammen. Vielleicht war Lilo bloß im Garten. Verena wollte schon ins Wohnzimmer gehen, da hörte sie oben die Schlafzimmertür. Im Bademantel kam Lilo die Treppe herunter.

»Guten Morgen, Süße.«

Verena schloss sie in die Arme. »Ist schon nach zehn. Bist du krank?«

»Bloß Kopfschmerzen, seit gestern Abend schon.« Lilo musterte ihre Tochter. »Was ist los?«

»Erzähle ich dir in Ruhe.«

Sie gingen in die Küche. Verena drückte ihre Mutter auf einen Stuhl und setzte die Kaffeemaschine in Gang. Dann berichtete sie von den Ereignissen im Segelhafen.

»Scholl?!«, rief Lilo entsetzt.

»Leider ja. Wobei er den Täter wohl selbst an Bord gelassen hat.«

Lilo atmete durch. Sie hätte ein paar Minuten gebraucht, um den ersten Schock zu verwinden, doch sie begriff: Verena war im Stress. Für die Befindlichkeiten ihrer Mutter blieb keine Zeit. Sachlich fragte Lilo: »Und jetzt willst du meine Meinung dazu hören?«

»Ja. Zunächst mal: Siehst du eine Verbindung zwischen Scholls Tod und Jan Felix Lubinski?«

»Du meinst, ob Felix der Täter ist?«

»Zum Beispiel.«

»Das kann ich mir beim besten Willen nicht vorstellen. Felix hielt so große Stücke auf Scholl. Und umgekehrt ja auch.«

»Wenn du mal weiter denkst? Vielleicht waren die beiden ja nicht nur Tierarzt und Praktikant? Vielleicht gibt es ja noch eine Verbindung darüber hinaus. Und jemand anders hat Scholl getötet, aber das Motiv hat auch irgendwie mit Felix zu tun?«

Lilo nickte lebhaft. »Deswegen fand ich den Zeitpunkt doch so verdächtig: Warum fängt Felix sein Praktikum direkt nach der Katzenaktion an? Zwei Tage, nachdem seine tote Mutter gefunden wurde?«

»Aber eine Antwort darauf hast du immer noch nicht, oder?«

»Nein. Felix und Nora haben ja immer gesagt, dieser Zeitpunkt war reiner Zufall.«

»Wusste Nora denn, dass er der Sohn von der Toten aus Segerts Garten ist?«

»Keine Ahnung.«

»Und falls Felix was mit Scholls Tod zu tun hat, steckt Nora dann auch mit drin?«

Lilo stutzte. »Das hieße ja: Felix und Nora machen gemeinsame Sache. Aber Nora hat Scholl angehimmelt. Die tötet ihn doch nicht, das wäre völlig absurd.«

»Und Felix allein als Täter? Ein junger Mann, der Geld braucht? Vielleicht für Drogen? Oder weil er Schulden hat?«

»Kann ich mir nicht vorstellen.«

»Na gut.« Verena schenkte Kaffee ein und setzte sich. »Und jetzt zu den Billig-Welpen: Wieczorek hatte letzte Woche einen Verlust von siebenundfünfzig Tieren, davon sind neununddreißig bei euch im Heim gelandet. Und Scholl hat sie medizinisch versorgt.«

»Du meinst, die Hundevermehrer haben ihn umgebracht? Aus Rache?«

»Könnte doch sein. Wenn Scholl diese Mafia regelrecht bekämpft hat? Wenn er vielleicht ein ganz engagierter Aktivist war?«

»Habe ich zumindest nicht gemerkt. Natürlich mahnt Nora Onning die Besucher im Tierheim, sie sollen keine Welpen von diesen grauenvollen Züchtern kaufen. Kein noch so niedriger Preis ist das wert. Dann besser kein Rassehund, sondern eine Promenadenmischung aus liebevollen Händen. Und das hat Scholl den Leuten in seinen Praxen bestimmt auch gesagt.«

»Also gar nicht abwegig: Scholl hat den Tierquälern das Geschäft vermasselt, und die haben sich gerächt.«

Lilo seufzte – und wechselte das Thema. »Hast du überhaupt was Anständiges im Magen? Wir könnten Brunch machen.«

»Danke, aber heute Abend gehe ich mit Christoph essen. Und jetzt muss ich telefonieren.«

»Tu das, Kind.« Lilo ließ sich die Enttäuschung nicht anmerken.

*

Verena nahm ihre Tasse mit ins Wohnzimmer, schloss die Tür hinter sich und ließ sich aufs Sofa fallen. Wenigstens hier hatte sie ein paar ruhige Minuten. Ihr Blick glitt durch die Terrassentür über die besonnten Rasenflächen. Der Himmel über dem Bodden strahlte in klarem Azur, doch der Dienstplan scherte sich nicht ums Wetter. Vom ursprünglich freien Wochenende war kaum was geblieben. Und ob der Restaurantbesuch heute klappen würde, stand noch dahin.

Sie rief Matthias an, er brachte sie auf den neusten Stand:

»Scholls Familie ist einigermaßen gefasst und wird jetzt psychologisch betreut. In der Brieftasche fehlen Bargeld und Bankkarten. Und auf dem Boot ist die halbe Technik futsch: ein Funkgerät, ein GPS-Gerät, ein Karten-Plotter und eine kleine Stereoanlage.«

»Was ist mit Kampfspuren?«

»Die Rechtsmediziner sagen, Scholl hatte keine Hautpartikel unter den Fingernägeln. Die obduzieren gerade und legen sich zur Todesursache noch nicht fest. Viel spricht für Erdrosselung. Wohl mit einer Krawatte, die im Wasser trieb. Todeszeitpunkt zwischen zwanzig Uhr dreißig und zweiundzwanzig Uhr.« Matthias holte Luft. »Und wie läuft's bei dir?«

»Erst mal nichts Neues. Ich fahre jetzt in Scholls Praxen. Bis später dann.«

Sie ging zurück in die Küche. »Ich muss los, Mama. Heute Abend melde ich mich wieder.«

Lilo winkte dem BMW hinterher, und Verena wusste: Dies war einer der Momente, in denen ihre Mutter sie heiß beneidete.

*

Endlich gaben die Spurensicherer das Segelboot frei. »Ihr dürft rein, liebe Kollegen. Verderben könnt ihr jedenfalls nichts mehr.«

Matthias und Theiß stiegen durch die Luke in den Salon.

»Wir machen schnell, Herr Weber. Ist ja alles gesichert. Und bei dem Chaos hier schauen wir uns das lieber auf den Fotos an.«

Matthias nickte dankbar. Denn trotz des kühlen Morgens begann die Leiche zu riechen. Außerdem war es bei diesem Anblick schwierig, seine Gedanken zu ordnen. Der Täter hatte den Inhalt sämtlicher Schubladen und Schrankfächer über den Boden verstreut: Haushaltswaren, Kleidung, Bücher, Lebensmittel, Papiere und mittendrin der tote Kai-Uwe Scholl in Bauchlage – die Drosselmarken an seinem Hals deutlich erkennbar.

»Und, Herr Weber? Möchten Sie noch was Sachkundiges beitragen?«

»Eher nicht. Ist doch dokumentiert.«

»Eben.«

Sie sprangen zurück auf den Steg und besprachen sich mit den Vertretern der Kripo Bergen.

»Der Bestatter ist ja unterwegs«, meinte Theiß. »Kümmert euch bitte, damit die Leiche heile in Greifswald landet. Besten Dank, Kollegen.«

Auf dem Weg nach Göhren telefonierte Theiß mit der Dienststelle in Stralsund.

»Onning und Lubinski wandern erst mal in unseren Zellentrakt«, gab er an Matthias weiter. »Und im Tierheim sind Daniel Beer und Julia Räker auf dem Posten. Die treffen wir gleich.«

Ein paar Minuten später erreichten sie das Tierheim.

»Laut hier«, beschwerte sich Theiß. »Das Gekläffe würde mir schwer auf die Nerven fallen. Ein Glück, dass die nächsten Häuser hundert Meter weit weg sind.«

»Haben Sie eigentlich einen Hund, Chef?«, fragte Matthias behutsam. »Oder hatten Sie mal einen?«

»Nein. Und damit das klar ist: Wer Haustiere nicht mag, ist noch lange kein schlechter Mensch.«

Im Foyer trafen sie auf die Kollegen von der Selliner Wache.

»Und ich habe das richtig verstanden?«, fragte Theiß. »Sie sind schon seit heute früh hier?«

»Ja. Wir sind zeitgleich mit Ihrer K-Wache angekommen.« Julia Räker klimperte mit einem Schlüsselbund. »Von Nora Onning, den hat sie anstandslos rausgegeben. Sie meint, die Polizei soll ruhig alles durchsuchen, sie selbst will nicht dabei sein. Der Kollege und ich haben uns eben schon umgesehen, aber nur kurz.«

»Wie ist denn die Stimmung?«

»Sehr bedrückt. Alle sind traurig und fassungslos.«

»Auch die Heim-Chefin und ihr Praktikant?«

»Die haben wir doch ganz früh aus dem Bett geklingelt und die Nachricht überbracht. Die waren völlig fertig mit den Nerven.«

»Aus getrennten Betten übrigens«, ergänzte Beer. »Wir hatten nicht den Eindruck, dass die beiden was miteinander haben. Jedenfalls: Über Scholls Tod waren sie schockiert, und das wirkte glaubhaft. Wir haben jetzt eine Liste mit Leuten, die angeblich bezeugen können, dass Onning und Lubinski zur Tatzeit hier im Tierheim waren. Aber dazu werden Ihre Stralsunder Kollegen ja bestimmt noch was berichten.«

Theiß nickte. »Wer sorgt denn im Moment für die ganzen Tiere hier?«

»Zwei Praktikantinnen. Meltem Yildirim und Patrizia Knoop. Die haben auch beim Einsatz in Gager mitgemacht. Jetzt kümmern die sich weiter um Segerts Katzen. Gehen wir mal hin.«

Patrizia und Meltem – beide mit hochrot verquollenen Gesichtern – waren dabei, die Näpfe zu befüllen.

Theiß stellte sich und Matthias vor, sein Blick streifte

an den Boxen entlang. »Und das sind die Katzen aus Gager?«

Patrizia fasste sich als Erste: »Ja, Herr Kommissar. Viele haben wir schon vermittelt. Und es gibt noch jede Menge Interessenten.«

»Immerhin eine gute Nachricht. Und Sie beide bekommen noch Unterstützung? Oder müssen Sie das alles hier allein machen? Und das dann auch noch an so einem schlimmen Tag?«

»Nein.« Meltem schluckte gegen ihre Tränen an. »Wir haben schon rumtelefoniert. Gleich kommen ein paar Leute zum Helfen.«

»Gut. Und wir sehen uns noch ein wenig um. Lassen Sie sich nicht stören. Wenn wir Fragen haben, melden wir uns bei Ihnen.«

Er ging mit den Kollegen zurück in den Flur. »Hier gibt es bestimmt ein Büro?«

»Kommen Sie mit«, Julia ging voraus.

Beim Anblick des Regalschranks musste Matthias an die seltsame Aktion denken: Hier hatte Oskar heimlich die Personalakten gelesen, während Lilo die Tierheim-Chefin ablenkte und ein Meerschwein einen Alkoholrausch durchlitt. So war der Zusammenhang zwischen Felix und der toten Ewa ans Licht gekommen. Und nun ging es um die Frage, ob es auch eine Verbindung zur Bluttat an Kai-Uwe Scholl gab.

»Und?«, fragte Theiß, »irgendwas Auffälliges hier?«

»Auf den ersten Blick nicht«, entgegnete Beer.

»Gut. Also weiter. Wo hat dieser Jan Felix eigentlich geschlafen?«

»Im Personalhaus gibt es ein Gästezimmer.« Beer wies

in Richtung Garten. »Wir haben eben schon kurz reingeschaut.

In Nora Onnings Wohnung waren wir auch, die ist in einem der anderen Gebäude.«

Theiß ließ sich die Räume zeigen und entschied: »Ich versuche, schnell einen Durchsuchungsbeschluss zu kriegen, und schicke die Kollegen vorbei.« Er nickte den Schutzpolizisten zu. »Wenn Sie beide bitte hier die Stellung halten, dann können Herr Weber und ich alles in die Wege leiten.«

*

Auf dem Weg nach Stralsund telefonierte Theiß – mit Erfolg: Als er die Inspektion betrat, lag der Durchsuchungsbeschluss für das Tierheim schon unterschrieben auf dem Schreibtisch.

»Alle Achtung! Flotter Richter. Und das an einen Samstag.«

»Tja, wenn's einmal läuft.« Hauptkommissarin Tappe von der K-Wache informierte über den neusten Stand: »Der Hafttermin für Onning und Lubinski ist um achtzehn Uhr geplant.«

»Aha. Dann können wir den beiden ja ausführlich auf den Zahn fühlen.«

»Eher nicht. Zumindest Nora Onning hat sich vorgenommen, eisern zu schweigen.«

»Wie geht's ihr denn?«

»Heult still und leise vor sich hin, macht aber einen psychisch stabilen Eindruck.«

»Und Lubinski?«

»Strotzt vor Selbstbewusstsein.«

»Also ist er tief drinnen ganz unsicher.«

»Könnte sein. Jedenfalls will er Ihnen was erklären.«

*

»Ich bin der Sohn von Ewa Lubinski, der Toten aus Herrn Segerts Garten. Und bei nahen Verwandten muss man doch nicht aussagen, oder?«

»Stimmt. Und zwar nicht nur, weil es sich um Ihre Mutter handelt, sondern weil Sie in diesem Ermittlungsstadium grundsätzlich ein Verweigerungsrecht haben. Doch da Sie Ihrer Mutter ohnehin nicht mehr schaden können, wäre es schön, wenn Sie Licht in die Sache brächten.«

»Aber ich möchte, dass Sie meine Grenzen respektieren.«

»Was meinen Sie damit?«

»Ich entscheide, was ich sage und was nicht.«

»Das tun Sie in jedem Fall, Herr Lubinski, schließlich werden wir Sie nicht foltern. Aber Sie wollen doch helfen, ein Tötungsdelikt aufzuklären.«

»Ich werde trotzdem nicht alles erzählen.«

»Dann wenigstens etwas«, seufzte Theiß und ließ sich berichten:

Ewa stammte aus einer Familie, in der seelische und körperliche Gewalt an der Tagesordnung war. Mit achtzehn zog sie von Stettin nach Warschau und flüchtete sich in eine Ehe. Der Mann erwies sich als spielsüchtig, Ewa ließ sich scheiden. Bald darauf heiratete sie Frederic Lubinski, einen Metallfacharbeiter. Doch auch hier hielt der schöne Schein nur kurz, das Paar stritt, ein Kind sollte die Wogen glätten: 1996 kam Jan Felix zur Welt, doch das konnte die Ehe nicht retten. Ewa verfiel dem

Alkohol, nach der Scheidung erhielt Frederic das Sorgerecht für den Sohn. Er zog mit Jan Felix zu seiner zweiten Ehefrau nach Berlin. Die zurückgelassene Ewa ging in eine Entwöhnungsklinik und rührte ab sofort keinen Tropfen mehr an. Doch sie litt unter Depressionen. Um Jan Felix öfter zu sehen, zog sie auch nach Berlin. Ihr Leben stabilisierte sich. Mit ihrem Exmann und seiner neuen Frau verstand sie sich gut, schließlich fand sie eine Stelle als Bürogehilfin bei einer deutsch-polnischen Handelsgesellschaft. In einem Café unweit des Regierungsviertels lernte sie den Bundeslandwirtschaftsminister Hansjoachim Segert kennen und wurde seine Geliebte. Sie half beim Probekochen und beim Verfassen der vegetarischen Kochbücher. Dass er 2005 sein Ministeramt verlor, störte sie nicht. Geld hatte er genug, und die Buchreihe verkaufte sich gut. Mit aller Kraft unterstützte sie ihn bei den Vorbereitungen auf sein neues Leben: Ruhig und beschaulich sollte es zugehen in dem Häuschen auf Rügen. Hier wollte Hansjoachim mit Ewa wohnen, und auch Jan Felix sollte ein Zimmer bekommen für seine Besuche. Doch in den Monaten vorm Umzug wurde Segert immer wunderlicher. Er plante, sich mit Ewa so weit wie möglich von der Außenwelt zurückzuziehen. Sie bräuchten auf der Insel keinen Bekanntenkreis. Er wollte einfach nur kochen und die Bücher schreiben, und sie sollte die Korrespondenz mit dem Verlag erledigen. Zum Einkaufen gäbe es ja auch Lieferdienste. Da könnten sie einfach zu Hause bleiben und sich alles bringen lassen. Das wäre doch prima. Als Ewa widersprach, machte Segert mit ihr Schluss. Ein, zwei Mal im Jahr schrieben sie sich noch. Ewas Depressionen wurden schlimmer – sie lehnte jede Behandlung ab. Sie sprach davon, nicht mehr leben zu wollen, doch sie ließ sich nicht helfen. Dann entschied sie sich zu einer Gesichtsoperation: nicht ganz straff, aber ein paar Falten weniger, und die Wangen glatter. Das würde sie aufmuntern, meinte sie. Die Operation verlief gut. Wenn man sie auf ihr jugendliches Aussehen ansprach, redete sie sich heraus: Sie mache mehr Sport und gehe öfter zur Kosmetik. Aber gegen die Depression halfen weder ein glattes Gesicht noch künstlich erhöhte Wangenknochen.

Theiß hakte ein. »Sie haben etwas vergessen, Herr Lubinski: Wo hat Ihre Mutter in diesen Jahren eigentlich gelebt? Und vor allem: Wovon hat sie gelebt?«

»Das möchte ich nicht sagen.«

»Und warum nicht? Müssen Sie sich selbst schützen? Oder jemand anderen?«

»Jedenfalls schütze ich nicht den Mörder.«

»Ach?« Theiß beugte sich weit in Felix' Richtung. »Dann wissen Sie also, wer es ist?«

»Zumindest weiß ich, wer es *nicht* ist. Nora und ich. Wir sind unschuldig.«

»Aha. Und wie haben Sie vom Tod Ihrer Mutter erfahren?«

»Auch das möchte ich erst mal für mich behalten.«

Nach einem Blickwechsel mit Theiß wurde Matthias energisch.

»Sie erzählen uns hier so einiges, Herr Lubinski. Aber die entscheidenden Fakten lassen Sie weg. Obwohl Sie sie kennen. Juristisch ist das korrekt. Aber nicht unbedingt fair gegenüber uns Ermittlern.«

»Okay«, entgegnete Felix ruhig. »Dann gehe ich eben in Untersuchungshaft.«

»Sie sehen das ja ziemlich entspannt, wie schön. Aber jetzt noch mal zum Tod Ihrer Mutter: Sie denken, dass sie sich selbst getötet hat.«

»Ja.«

»Warum sind Sie sich so sicher?«

»Weil sie depressiv war und oft gesagt hat, sie will nicht mehr leben.«

»Und wenn es jemand anders war?«, fragte Theiß. »Jemand, der aktiv Ihre Mutter getötet hat? Oder sie genötigt hat, sich zu suizidieren?«

Ohne Scheu sah Felix den Ersten Hauptkommissar an. »Ich weiß doch noch nicht mal, wie sie ums Leben gekommen ist. Darf ich das endlich erfahren?

»Noch nicht, Herr Lubinski. Aber vielleicht möchten Sie uns ja erzählen, seit wann Sie Nora Onning kennen. Wirklich erst seit Ihrer Bewerbung für das Praktikum?«

»Auch dazu möchte ich nichts sagen.«

»Aha. Und wie Sie sich mit Ihrer Mutter verstanden haben? Ob Sie tief getrauert haben? Oder weniger tief? Möchten Sie uns darüber was verraten?«

Felix nickte. »Das Verhältnis war nicht besonders eng. Ich hatte ja auch viel Schlimmes mitgekriegt: Die Trennung meiner Eltern, dann die Alkoholabstürze, wo sich meine Mutter nicht mehr um mich kümmern konnte. Lange habe ich mich mit meiner Stiefmutter besser verstanden als mit Ewa. Wenn ich sie in Polen besucht habe, war es einigermaßen harmonisch. Aber eben immer bloß für ein paar Tage, länger konnte ich das nie ertragen. Sie hat mir ja leidgetan mit ihrer Depression. Nur: Sie wollte sich ja absolut nicht helfen lassen. Zuerst fühlte ich mich deswegen schuldig, aber später hat es mich genervt.«

»Also waren Sie nicht sehr traurig?«

»Nicht besonders.«

*

Verena fuhr erst nach Baabe, dann nach Binz. In beiden Praxen dieselben Szenen: weinende Mitarbeiterinnen, die den Kripo-Beamten bereitwillig Auskunft gaben. Nein, der Chef hatte sicher keine Feinde. Nein, niemand habe ihn bedroht. Nein, man könne sich beim besten Willen nicht vorstellen, wer das getan hat. Mit der Welpen-Mafia hatte Herr Scholl doch gar nichts zu tun. Natürlich hat er die Frauchen und Herrchen seiner Patienten davor gewarnt. Aber doch nur ganz allgemein. Wie es sich eben gehört für einen anständigen Tierarzt. Aber Feinde?! Niemals!

Das gesamte Praxispersonal war weiblich, jung und hübsch. Verena musste an Lilos Worte denken: verdammt attraktiv dieser Kai-Uwe, ein Provinz-Clooney. Ehefrau Diane, eine studierte Kauffrau, hatte die Betriebswirtschaft der Praxen gemanagt. Ob sie eifersüchtig gewesen war auf Scholls schöne Helferinnen? Verena hätte gern mit ihr gesprochen, doch Dianes Befragung fand in ihrem Privathaus statt. Darum kümmerten sich Kripo-Kollegen gemeinsam mit einer Psychologin.

Verena fuhr zurück aufs Festland. Das Wetter schlug um. Von Westen zog ein angekündigtes Tiefdruckgebiet heran, eine Böe nach der anderen jagte über die Felder. Am Horizont verschwammen Himmel und Asphalt grau in grau.

Für sechzehn Uhr war die Besprechung in der Inspektion angesetzt, es blieb Zeit für eine verlängerte Mittagspause in der eigenen Wohnung. Christoph war nicht da, wie so oft am Samstagnachmittag hatte er sich mit Freunden zum Sport verabredet. Verena nahm einen halben Liter Joghurt aus dem Kühlschrank, setzte sich aufs Sofa und begann zu löffeln. Ihre Müdigkeit nahm überhand. Sie streckte sich aus und gönnte sich eine halbe Stunde Schlaf. Bevor sie wieder losfuhr, schrieb sie Christoph einen Zettel: *Bin bis acht zurück (hoffentlich), freue mich aufs Essen.* Für die i-Punkte setzte sie kleine Herzen.

»Alle beide wollen keinen Anwalt«, berichtete Theiß. »Ganz bewusst nicht, sagen sie, weil sie unschuldig sind. Eben beim Richter haben sie sich verhalten wie angekündigt: Nora Onning schweigt vor sich hin, und Jan Felix Lubinski sagt exakt aus, was wir vorhin schon protokolliert haben. Kein Wort zusätzlich. Beide fahren noch heute Abend in die JVA.«

»Also Untersuchungshaft?«

»Erstaunt Sie das, Frau Gondorf?«

»Ja. Die beiden haben doch Alibis.«

»Solange der Zusammenhang mit unserer Leiche derartig unklar ist, geht die Staatsanwaltschaft lieber auf Nummer sicher. Lubinski hat kurz nach dem Fund seiner toten Mutter das Praktikum im Tierheim angefangen. Onnings Rolle in der ganzen Geschichte kennen wir auch noch nicht. Immerhin kassiert sie für die Katzenpflege reichlich Steuergelder. Der Staatsanwalt will sich kein Versäumnis vorwerfen lassen, also argumentiert er mit Verdunklungsgefahr. Und der Richter sieht das auch so.«

Verena nickte. »Und wie haben Onning und Lubinski das aufgefasst?«

»Äußerst diszipliniert. Und ich werde ein bestimmtes Gefühl nicht los: Die haben Angst und gehen gar nicht so ungern in Haft. Weil sie sich da sicherer fühlen als auf freiem Fuß.«

»Das würde die beiden als Täter ausschließen.«

»Nicht unbedingt, Herr Weber. Vielleicht haben Onning

oder Lubinski die Tat gegen Scholl ja angezettelt. Und fürchten jetzt die Rache.«

»Und was hat die Durchsuchung im Tierheim ergeben?«, fragte Verena.

»Die Kollegen sind gerade fertig. Nichts Verdächtiges, auch nicht auf den Rechnern.« Theiß blätterte in einem Stapel Unterlagen. »Ach, das hier noch: wasserdichte Alibis. Die Zeugen sind juristisch unbelastete Bürgerinnen und Bürger: Hausfrauen, Berufstätige, Rentner, ein paar Jugendliche. Gute Menschen, die ihre Freizeit dem Tierschutz widmen. Sämtliche Aussagen stimmen überein. Onning und Lubinski haben Freitagabend ununterbrochen im Tierheim gearbeitet, und zwar bis Mitternacht.«

»Und dass die Alibis gefälscht sind? Als kleiner Freundschaftsdienst unter Tierliebhabern?«

»Halte ich für unwahrscheinlich. Was wir aber noch machen könnten: den Vater von Jan Felix in Berlin anrufen. Frederic Lubinski.«

»Aber der darf doch die Aussage verweigern.«

»Darum schien mir das auch nicht so wichtig. Und, Frau Gondorf«, Theiß nickte ihr zu, »Sie schreiben jetzt bitte noch Ihr Protokoll und machen dann Schluss für heute. Man hat mich unterrichtet, dass Sie mit Ihrem Freund ins Restaurant wollen.«

»Danke, Chef! Und dir natürlich auch, Matthias.«

Gerade wollte Verena aufstehen, da steckte die Sekretärin den Kopf herein. »Gehen Sie doch mal an den Rechner. E-Mail aus Stettin, gerade gekommen, ein Foto und ein Bericht. Genau, wie wir schon vermutet haben.«

Theiß bedankte sich, öffnete die Mail – und pfiff durch die Zähne.

»Ewa und dieser Wieczorek?«, fragte Matthias. »Die hatten was miteinander zu tun?«

»Und wie! Sie hat über Jahre bei ihm gelebt. Und wegen der möglichen Verbindung zu Scholl dürfen die Kollegen endlich Wieczoreks Hof durchsuchen. Die fangen heute schon an.«

»Es geschehen noch Wunder.« Mit gespieltem Pathos legte Verena beide Hände aufs Herz.

»Wohl wahr. Und nun raten Sie mal: Womit hat Ewa Lubinski ihren Lebensunterhalt verdient?«

»Etwa Hundevermehrung?«

»So ist es. Und zwar in ganz großem Stil. Vermutlich stammen die Welpen vom illegalen Transport letzte Woche aus ihrer Vermehrer-Station. Alle Hunde sind inzwischen im Tierschutz. Und den Hof dürfen wir besichtigen. Also Sie beide. Gleich morgen. Und jetzt haben wir zu unserer Leiche auch endlich ein Gesicht.« Theiß rief das Foto auf. »Das behördlich gespeicherte Lichtbild aus Ewa Lubinskis Personalausweis.«

Sie starrten auf den Monitor: gleichmäßige Gesichtszüge, große braune Augen, eine schmale Nase, ein wohlgeformter Mund.

Matthias fand als Erster die Sprache wieder: »So eine hübsche Frau. Warum hat die sich denn liften lassen?«

»Auf dem Foto ist sie Mitte dreißig«, meinte Verena. »Und das Facelifting war ja erst letztes Jahr.«

»Du meinst, sie hat ihr Altern nicht ertragen?«

»Keine Ahnung. Vielleicht sagt Felix ja jetzt was dazu.«

*

»Ist das Ihre Mutter, Herr Lubinski?«

»Ja. Aber das Foto ist schon alt. Hat die polnische Polizei Ihnen das geschickt? Und deswegen wollen Sie schon wieder mit mir reden?«

»Steter Tropfen höhlt den Stein.« Theiß lächelte lakonisch. »Das gilt auch für Vernehmungen. Wissen Sie, wann und wo die Aufnahme entstanden ist?«

»Kurz nach der Trennung von meiner Mutter und Herrn Segert. Da war ihr alter Personalausweis abgelaufen.«

»Daran erinnern Sie sich so gut? Sie waren doch noch ein Kind.«

»Ja, aber sie hat das so betont: Dass sie nach zehn Jahren in Deutschland zurück nach Polen zieht. Damit fängt dann für sie ein neuer Lebensabschnitt an. Und sie braucht demnächst einen neuen Ausweis. Dieses Foto hat sie dafür machen lassen. In Warschau.«

»Okay«, meinte Matthias. »Und so viel verraten wir Ihnen: Der Ausweis wurde tatsächlich 2007 in Warschau ausgestellt. Fragt sich nur, ob Ihre Mutter tatsächlich dort gelebt hat. Und für wie lange?«

Felix zögerte.

»Sagen Sie es uns ruhig. Den Rest wissen wir nämlich schon. Ihre Mutter war offiziell in Warschau gemeldet, unter der Adresse einer Schwester. Da hat sie allerdings nur kurz gelebt und ist dann nach Pölitz gezogen. Ohne sich umzumelden.« Theiß hob die Stimme. »Wir wissen es zu schätzen, dass Sie aussagen. Aber wenn Sie schon Angaben machen, dann bitte vollständig. Sie merken ja: Mit unseren Stettiner Kollegen stehen wir in engem Kontakt.«

»Darf ich trotzdem noch was fragen? Haben Sie mein Alibi überprüft? Und das von Nora auch?«

Das binde ich dir bestimmt nicht auf die Nase!, dachte der Erste Hauptkommissar und bluffte: »Wir sind dabei. Das geht nicht so schnell. Darum seien Sie bitte so gut und erzählen uns was über den Hof in Pölitz. Wo Ihre Mutter in großem Stil Hunde vermehrt hat. Und Andrej Wieczorek hat die Tiere verkauft. Zusammen mit Tomasz Mazur und Damian Korwin. Und einer gewissen Agata Klysz.«

»Das wissen Sie schon?«

»So ist es, Herr Lubinski. Und nun hängen wir an Ihren Lippen. Bitte schön!«

Felix nickte. »Als Schluss war zwischen Herrn Segert und meiner Mutter, ist sie erst zu ihrer Schwester nach Warschau gezogen. Aber da fühlte sie sich eingeengt, die beiden verstanden sich nicht so gut. Schließlich kam sie auf die Idee, reich zu werden. Möglichst viel Geld wollte sie verdienen. Und endlich das Leben führen, nach dem sie sich immer gesehnt hatte. Sie ging zurück nach Stettin, da war sie ja aufgewachsen. Ihr Cousin Tomasz Mazur arbeitete auf dem Hof von Andrej Wieczorek. Die beiden überließen ihr eine Lagerhalle, und sie begann mit der Vermehrer-Station. Die Männer haben die Hunde über die Grenze gebracht, das lief alles ganz prima. Nach einiger Zeit wurden meine Mutter und Wieczorek ein Paar. Dabei war er ja acht Jahre jünger als sie – also nicht so einfach. Sie hatte immer Angst, er verlässt sie für eine Jüngere. Darum schenkte sie ihm zweihunderttausend Euro. Er wollte das Haus unbedingt restaurieren.«

»Und Sie haben Ihre Mutter dort besucht?«

»Nicht besonders oft. Drei, vier Mal im Jahr bin ich von Berlin mit dem Zug hingefahren.«

»Und wie fanden Sie das so?«

»Na ja. Ich hatte eben schon viel miterlebt. Wie meine Eltern sich getrennt hatten und dann die Sache mit Segert. Ich dachte: Meine Mutter hat eben nicht viel Glück mit den Männern. Darum war ich eigentlich ganz froh, als sie Andrej Wieczorek gefunden hatte. Das wurde immer ernster mit den beiden. Die sprachen sogar von Hochzeit und Kindern.«

»Für Sie als Tierfreund muss das doch furchtbar gewesen sein«, wandte Matthias ein. »Wie Ihre Mutter mit der Hundequälerei so viel Geld verdient hat.«

»Das war absolut grauenvoll. Ich wollte, dass sie damit aufhört. Aber das Geld hat sie verdorben. Ihr Vermögen ist das Einzige, worauf sie sich hundertprozentig verlassen kann, hat sie gesagt.«

»Erzählen Sie uns noch was über Agata Klysz? Wieczoreks neuer Lebensgefährtin?«

»Die beiden haben sich vor ein paar Jahren kennengelernt. Sechsundzwanzig war Agata da und total hübsch. Und sie hat eine klasse Art, man muss sie einfach mögen. Für Wieczorek die absolut große Liebe. Deswegen hat er mit meiner Mutter Schluss gemacht.«

»Also ist das passiert, wovor Ihre Mutter solche Angst hatte«, bemerkte Theiß. »Und sie ist trotzdem dort wohnen geblieben?«

»Ja. Sie hatte keine Kraft mehr zu kämpfen. Und ob sie es glauben oder nicht: Die beiden Frauen haben sich relativ gut verstanden. Meine Mutter hat ihren Platz für Agata geräumt. Dann wird das eben nichts mehr mit dem Mann fürs Leben, meinte sie. Damit müsse sie sich wohl abfinden. Aber mit den Hunden wollte sie weitermachen. Wenn schon nicht die große Liebe, dann wenigstens das große Geld.«

»Die Vermehrer-Station hätte sie doch auch woanders betreiben können. Warum ist sie denn auf dem Hof geblieben?«

»Weil alles so praktisch war. Vorne der Ersatzteilhandel und weiter hinten die Halle mit den Hunden. Natürlich wussten viele davon, aber die Leute schweigen, wenn sie selbst mit drinhängen. So gute Bedingungen waren nicht einfach zu finden. Und die Sache lief ja bestens. Natürlich wollte meine Mutter nicht mehr mit Wieczorek und Agata unter einem Dach leben, aber auf dem Hof bleiben, das wollte sie schon. Die haben eine Halle umgebaut, und meine Mutter bekam eine eigene kleine Wohnung.«

»Hm«, meinte Theiß. War das tatsächlich so einfach gewesen? Wieczoreks Wechsel von der älteren Ewa zur jungen Agata? Und alle hatten sich trotzdem lieb und machten beruflich weiter? Nun gut. Wenn es um viel Geld ging, schien manches vorstellbar. Damit besänftigte man auch lodernde Eifersucht. »Noch mal zur Gesichtsoperation: Die fand erst letztes Jahr statt? Als Ihre Mutter schon keinen Partner mehr hatte?«

»Ja. Sie hat gesagt, das Facelifting mache sie allein für sich selbst. Sie möchte sich gern ihre Schönheit bewahren. Und höhere Wangenknochen haben, das fand sie schon immer schick. Deswegen hat sie sich da Silikonpolster einsetzen lassen.«

»Und einen anderen Mann wollte sie nicht?«

»Angeblich nein. Ich hatte natürlich gehofft, das glatte Gesicht verbessert ihre Laune und hilft gegen die Depression, aber das war ja nicht so.«

»Und wenn Segert nicht psychisch krank gewesen wäre?

Und Ihrer Mutter angeboten hätte, zu ihm zurückzukehren?«

»Ich weiß nicht, wie sie sich entschieden hätte. Aber das spielt doch auch keine Rolle mehr.«

»Da haben Sie natürlich recht, Herr Lubinski. Angesichts der Fakten …« Theiß verstummte bedeutungsvoll. Vielleicht zeigte Felix ja doch eine gewisse Trauer über den Tod seiner Mutter.

Aber er meinte nur: »Jetzt habe ich Ihnen alles gesagt.«

»Haben Sie nicht, Herr Lubinski! Wie war das denn nun? Kannten Sie Nora Onning schon vorm Tod Ihrer Mutter? Ja oder nein?«

Felix schwieg.

*

Am Sonntagmorgen zog Verena ihre Gummistiefel über und steckte Feuchttücher ein. Sie ließ Matthias ans Steuer des BMW – ganz ohne Diskussion. Während der Fahrt starrte sie aus dem Fenster. Die Bilder von letzter Woche gingen ihr nicht aus dem Kopf. Siebenundfünfzig winzige Welpen in gotterbärmlichem Zustand. Die polnische Kripo hatte Ewa Lubinskis Betrieb inzwischen stillgelegt, hier gab es keine Hunde mehr. Trotzdem machte es Sinn, den Hof zu besichtigen.

Nach zwei Stunden erreichten sie die Pölitzer Außenbezirke: unübersichtliche Siedlungen von Plattenbauten und Reihenhäusern.

»Da fahren wir nur durch«, erklärte Matthias mit einem Blick in Verenas mürrische Miene. »Wieczoreks Hof liegt weiter draußen.«

Er hatte recht. Jenseits einer Industriebrache taten sich

beidseits der Straße weite Felder auf. Das Navigationsgerät führte sie auf einen Teerweg zwischen Raps und Hafer. Matthias folgte den Anweisungen: erst rechts, dann zweimal links, dann fünfhundert Meter geradeaus. Hinter Hecken tauchte ein Bauernhaus auf: roter Backstein mit weißen Fensterläden, buntem Polizei-Flatterband in der Hofeinfahrt und einem halben Dutzend Streifenwagen vor dem Gartentor.

»Samstags im Segelhafen, sonntags auf dem Landgut. Überall verderben Kollegen die Idylle.« Grinsend parkte er den BMW.

Kaum waren sie ausgestiegen, kam in dunkler Lederjacke ein Mann auf sie zu: etwa vierzig und für seine Größe bemerkenswert breitschultrig. Er sprach mit leichtem polnischen Akzent. »Ich bin Lukasz Glawicki. Wir duzen uns hier alle.«

Verena stellte sich und Matthias vor. »Danke für die Einladung. Ihr habt hier ja sicher viel Arbeit.«

»Und wie!« Lukasz boxte mit kleinen Bewegungen in die Luft. »Gestern bis es dunkel wurde, heute Morgen wieder seit sieben Uhr. Jetzt sind wir fast fertig.« Er wies auf den Ziegelbau. »Unser Schmuckstück: das alte Bauernhaus. Innen und außen perfekt restauriert. Na ja. Im Hof sieht es anders aus. Dann starten wir mal.«

Verena und Matthias folgten ihm. Hinter dem Wohnhaus lag ein zweiter Garten, eine Hecke aus Thuja-Pflanzen grenzte die Rasenfläche vom übrigen Hof ab. Um eine gepflasterte Fläche gruppierte sich ein halbes Dutzend schmuckloser Gebäude.

»Lagerhallen und Garagen, alles Fertigplatten. Anfang der Neunziger standen da noch Scheunen und Ställe aus

Ziegelstein. Die konnte man nicht mehr retten, total zerfallen. Insgesamt sind das zehntausend Quadratmeter, früher waren hier Felder.« Lukasz wies auf den hinteren Teil des Grundstücks. »Da sind noch mehr Hallen. Der Bauernhof stammt von Wieczoreks Urgroßeltern, vor zwölf Jahren hat er das geerbt und die Firma gegründet: gebrauchte Teile für Landmaschinen. Er ist Autoschlosser. Und das Geschäft lief gut.« Lukasz lächelte böse. »Aber das reichte ihm ja nicht. Zusätzlich kamen die Hunde.«

»Und Wieczorek ist weiter in Untersuchungshaft?«, fragte Matthias.

»Ja, zusammen mit Korwin und Mazur. Und Agata Klysz, Wieczoreks Freundin. Die erzählen uns viel, alle dasselbe. Natürlich ist das abgesprochen. Die konnten sich denken, dass wir kommen.«

»Habt ihr mit denen auch über unseren toten Tierarzt geredet?«

»Ja. Angeblich kennen sie das Tierheim in Göhren nicht. Und auch keinen Kai-Uwe Scholl. Für die Nacht von Freitag auf Samstag haben alle vier Alibis. Da waren sie vom Nachmittag bis zum frühen Morgen auf einer großen Hochzeit. Und das stimmt wohl auch. Es gibt viele Zeugen.«

»Und über die Hunde, die wir letzte Woche beschlagnahmt haben? Was sagen sie dazu?«

»Immer dasselbe: Sie waren nur Zwischenhändler. Ewa hat die Hunde vermehrt, sie hat Schuld an der Tierquälerei. Für die anderen ist das praktisch. Jetzt ist Ewa tot, und die Polizei kann nichts beweisen.«

Verena verzog das Gesicht. »Was ich nicht verstehe: Wieczorek und Co. wussten angeblich nichts von Ewas

Tod? Und haben das erst von der Polizei erfahren? Als ihr zur Hausdurchsuchung kamt?«

»So behaupten die das. Und so haben sie sich gestern auch verhalten. Total geschockt, als wir von Ewas Tod erzählt haben. Sogar geweint. Alles geheuchelt. Und dann meinten sie: Jan soll Bescheid bekommen. Die Polizei soll ihn anrufen. Wir haben nicht verraten, dass er bei euch in U-Haft sitzt und vom Tod seiner Mutter längst weiß.« Lukasz zeigte auf die Hallen. »Jetzt guckt euch den offiziellen Betrieb an. Ist aber nicht besonders interessant.«

Matthias und Verena folgten ihm in das Ersatzteillager und staunten nicht nur über die Größe der Halle, sondern auch über das Ordnungssystem: Bleche, Reifen, Lampen, Motoren – zigtausend Teile für Hunderte verschiedener Fabrikate. Jedes einzelne Stück war mit einem Strichcode versehen.

»Wieczorek kennt sich aus mit den Maschinen«, erklärte Lukasz. »Und ganz moderne Logistik. Er hat einen guten Ruf bei den Bauern.«

»Aber warum hat er dann auch mit den Welpen gehandelt?«, fragte Verena.

»Wer viel hat, will noch mehr. Mit den Ersatzteilen konnte er nicht viel verdienen, das ging mit den Hunden leichter. Und Ewa brauchte ihn. Die Welpen mussten ja über die Grenze.«

Die deutschen Kommissare streiften an einigen Regalen vorbei, doch weil sie agrartechnische Laien waren, hatten sie sich bald sattgesehen.

»Und jetzt?«, fragte Lukasz. »Die schöne Wohnung oder die schrecklichen Ställe?«

»Das Schlimmste zuerst«, beschloss Matthias. Verena nickte.

Lukasz führte sie zu einer Halle weit hinten auf dem Grundstück. Verena rümpfte die Nase, ein ähnlicher Gestank war ihnen vor zwei Wochen aus Wieczoreks Lieferwagen entgegengeschlagen: eine Mischung von Moder, Fäkalien, nasser Pappe und abgestandenem Fett.

»Ihr müsst nicht rein. Wir haben ja alles schon protokolliert. Wollt ihr wirklich?«

»Ach doch«, meinte Matthias. »Wenn wir schon hier sind.«

Verena verteilte Feuchttücher. »Einfach vor die Nase pressen und durch den Mund atmen.«

»Na dann.« Lukasz ging vor. »Sagt aber Bescheid, wenn ihr rauswollt.«

In der Halle reihte sich Verschlag an Verschlag, auf dem Boden lagen dicke Pappschichten, alle durchweicht von Dreck und Futterresten. Dass sich in der ekelerregenden Atemluft auch nur ein einziges Sauerstoffmolekül befand, erschien Verena fast unvorstellbar. Aber bis vor kurzem hatten hier Tiere gelebt. So schlimm konnte es also nicht sein, sie riss sich zusammen.

Lukasz zeigte auf einen Treppenabgang im hinteren Teil der Halle. »Alles unterkellert, insgesamt rund fünfhundert Quadratmeter. Zweihundert Hündinnen haben wir rausgeholt, viele trächtig. Und ungefähr auch zweihundert Welpen. Keiner älter als fünf Wochen, denn dann werden sie ja verkauft.«

Wieder hatte Verena einen Kloß im Hals. »Und die sind jetzt alle im Tierheim?«

»Ja, in Stettin und Umgebung. Unsere Tierschützer waren heftig gestresst, aber sie haben es geschafft. Und jetzt sollten wir raus hier. Lieber zu Ewas Wohnung. Ganz vorn im Hof.«

Sie folgten Lukasz über den gepflasterten Platz zu einer Lagerhalle nah am Wohnhaus. Er schloss die Tür auf, der schmale Raum war bis zur Decke gefüllt mit Aktenordnern.

»Kein Flur?«, fragte Verena. »Gleich das Büro?«

»Nur die Ablage. Und eine gute Tarnung. Kaum einer wusste, dass Ewa hier ihre Privaträume hatte. Sie war unter dieser Adresse ja auch nicht gemeldet.«

»Sondern wo?«, fragte Matthias.

»In Warschau bei einer Schwester. Da hatte sie tatsächlich ein paar Monate gewohnt. Als sie aus Berlin weggezogen war.«

»Aber Ewa hat hier auf dem Hof doch auch gearbeitet«, wandte Verena ein. »Sie musste doch von ihrer Wohnung zu den Hunden gehen und auch wieder zurück.«

Lukasz nickte. »Vielen Leuten war klar, dass sie hier lebte. Aber keiner hat gefragt. Das spielte keine Rolle. Einige wollten es bestimmt auch nicht so genau wissen. Die Sache mit der Hundevermehrung. Da sind viele verwickelt. Viele schmutzige Kanäle.«

»Und darum hat sich wohl auch niemand gemeldet?«, fragte Matthias. »Als wir Bilder von Ewas Kleidung veröffentlicht haben?«

»Ja sicher. Und jetzt zeige ich euch die Wohnräume.«

Hinter einer Holztür lag ein schmaler Korridor, dann erst standen sie in Ewas Wohnung: Ein großer Raum, zweckmäßig eingerichtet, mit Küchenzeile, Esstisch, Couchgarnitur, hinten in einer Nische ein Bett. Deckenhohes Glas gab den Blick frei auf eine kleine begrünte Terrasse.

»Die Fenster hat Ewa nachträglich einbauen lassen. Dusche und Toilette gab es auch.« Lukasz wies auf eine schmale Tür.

»Wirkt irgendwie zusammengesucht«, meinte Verena. »Ewa hätte sich doch bestimmt was Besseres leisten können.«

»Hätte sie. Aber dafür wollte sie kein Geld ausgeben. Ich zeige euch was.« Lukasz öffnete einen Küchenschrank. »Ein Tresor, eingemauert in die Hauswand. Den Schlüssel haben wir im Kühlschrank in einer Käseschachtel gefunden. Im Tresor lauter Goldbarren und Bargeld. Alles zusammen fünfhunderttausend Euro. Man verdient gut mit gequälten Hunden. Und steuerfrei.«

Matthias presste Luft zwischen den Lippen hervor. »Eine halbe Million? Und Ewa wollte trotzdem nicht mehr leben?«

»Leider. Wir haben überlegt, ob die Summe was mit dem Suizid zu tun hat. Vielleicht hat sie gedacht: Wenn ich eine halbe Million habe, mache ich noch mal was ganz Neues in meinem Leben. Nur das hat nicht funktioniert.«

»Wussten Wieczorek und die anderen, dass Ewa nicht mehr leben wollte?«

»Ja klar. Aber das geben die nicht zu. Und bestimmt wussten die auch von Ewas Pistole und haben ihr die Waffe nicht abgenommen. Bei solchen Leuten sind gute Freunde selten. Na ja. Die halbe Million ist immerhin noch da.«

»Dann hatte sie also nicht viel mitgenommen«, überlegte Verena. »Wollte sie denn hierher zurückkommen?«

»Wissen wir nicht: Vielleicht hatte sie schon bei der Abreise ihren Selbstmord geplant. Und das Geld wollte sie ihrem Sohn vererben.« Lukasz zog Fotoausdrucke aus seiner

Jackentasche. »Hier bitte. Von Ewas Computer. Wieczorek hat was dazu gesagt: Dieses Jahr Ostern war Jan Felix zu Besuch, da haben Mutter und Sohn sich gegenseitig fotografiert. Zusammen mit Branka.«

»Branka? Eine Freundin von Ewa?«

»Absolut.« Lukasz lächelte süßsauer. »Ewas große Liebe. Allerdings keine Frau, sondern eine Hündin. Ein dunkler Labrador.«

Verena und Matthias starrten auf die Fotos. Nein, der Ewa vom Passbild ähnelte diese Frau kaum. Jung sah sie aus – und strahlend. So hatte sie ausgesehen, als sie mit der großen Sonnenbrille ins Taxi gestiegen und eine halbe Stunde später bei Segert aufgetaucht war. Ein hübsches Gesicht. Trotzdem hatte sie es zerschossen und sich ausgelöscht.

»Tja.« Verena räusperte sich. »Da sieht man mal, was ein Facelifting bringen kann.«

Matthias nickte. »Ist doch ziemlich gelungen. Nicht so straff gezurrt wie bei manchen Filmstars. Wo du denkst, wenn die den Mund breitziehen, fallen denen die Augäpfel aus den Höhlen.«

Lukasz zeigte noch mehr Fotos, eine ganze Serie: Ewa mit Branka auf der kleinen Terrasse, Jan Felix mit Branka auf den Feldern. »Nicht gerade ein schönes Tier, die Macken im Fell sieht man immer noch. Branka gehörte früher zu Ewas Muttertieren. Nach drei Würfen wurde sie nicht mehr trächtig. Trotz der ganzen Hormone. Normalerweise schläfert man solche Hündinnen ein. Aber Ewa hat sie vergöttert.«

»Und warum?«

»Keine Ahnung. Wieczorek hat das so erzählt. Branka wurde Ewas Kindersatz.«

»Aber als sie vor vier Wochen von hier weggefahren ist?«, fragte Verena. »Da hat sie Branka nicht mitgenommen?«

»Nein. Deswegen denken wir, Ewa hatte den Suizid schon vor der Abreise geplant. Branka ist jetzt übrigens auch im Tierheim.«

Matthias hakte nach: »Und Wieczorek hat sich um die Hunde in der Halle gekümmert? Vertretungsweise?«

»Genau so sagt er das: bloß als Vertretung. Darauf legt er Wert, das schützt ihn vor Strafe.«

»Warum hatte er die Hunde denn nicht schon längst weggeschafft? Er konnte sich doch denken, dass die Polizei zur Durchsuchung kommt.«

»Stimmt«, meinte Lukasz, »aber das wäre auch riskant gewesen. Bei einer Durchsuchung hätte die Polizei die Hundehalle entdeckt. Auch wenn kein einziger Hund mehr da gewesen wäre. Allein wegen des Gestanks. Darum hat Wieczorek die Halle so gelassen, wie sie war. Mit den Hunden. So konnte er behaupten, er hat auf Ewa gewartet. Sie ist weggefahren und wollte wiederkommen. Wo sie ist, weiß er nicht. Also weiß er auch nicht, dass sie nicht mehr lebt.«

Die deutschen Kollegen nickten ernst.

»Jetzt zu unserem toten Tierarzt«, sagte Verena. »Da habt ihr keine Hinweise?«

»Die Durchsuchung hat dazu nichts gebracht. Und eine Nora Onning kennt hier angeblich auch keiner. Wir geben euch Bescheid, wenn wir mehr wissen. Die Protokolle und Fotos mailen wir gleich. Dann habt ihr schon mal was in der Akte.«

*

Verena sank in den Beifahrersitz.

»Lass mich raten.« Matthias lächelte. »Es war nicht so schlimm, wie du befürchtet hattest? Sondern viel schlimmer?«

»Ja.«

»Aber es hat sich doch gelohnt. Für die Geschichte allein hätten ein paar Telefonate gereicht. Aber wenn man so was persönlich in Augenschein nimmt, kann man sich die Zusammenhänge viel besser vorstellen.«

Matthias startete den Motor. Sie grüßten ein letztes Mal zu den polnischen Kollegen hinüber und nahmen den Weg in Richtung Landstraße. »Und was halten wir von alldem?«, fragte Verena.

»Tja.« Er wiegte den Kopf hin und her. »Sagen wir mal so: Bei Wieczorek ist nicht alles gelogen. Die Geschichte mit Ewa finde ich plausibel.«

»Auch dass sie auf dem Hof geblieben ist? Obwohl ihr genau da eine Jüngere den Mann weggeschnappt hat?«

»Das passt«, entgegnete Matthias. »Immerhin hat Ewa mit den Hunden verdammt viel verdient. Aber das Geld hat sie nicht glücklich gemacht. Sie war ja schon länger psychisch labil. Das polnische Jugendamt wusste das doch auch, immerhin hat Felix' Vater das Sorgerecht für den Jungen bekommen, und nicht Ewa.«

»Seltsam ist ja auch die Sache mit ihrer Hündin. Sie verhätschelt ihre Branka und macht trotzdem bei den anderen Hunden mit der grausamen Vermehrung weiter. Ist doch verdammt widersprüchlich.«

»Aber so gehen wir doch alle mit Tieren um, mal abgesehen von strengen Veganern: Wir verwöhnen unsere Haustiere und beuten die Nutztiere aus. Bei Ewa war das eben extrem: Sie hat Branka vergöttert. Das war die eine Seite. Und mit der Welpenfabrik hat Ewa Geld gescheffelt. Aber ich gebe dir schon recht: Einen einzigen Hund derartig zu lieben und auf der anderen Seite tausend andere so zu quälen – das ist schon schräg.«

Verena nickte. »Ich überlege ja oft, was die Leute an ihren Haustieren finden.«

»Sie schützen vor Einsamkeit.«

»Und sind manchmal Ersatzfamilie, wie bei Segert. Aber ich denke, es geht noch tiefer: Tiere geben uns auf einfache Weise das Gefühl, liebenswert zu sein.«

»Du meinst: Wer gut zu einem Tier ist, ist automatisch ein guter Mensch?«

»Nein, das wäre zu simpel. Aber wer sich liebevoll um ein Tier kümmert, bekommt ja nicht nur vom Tier Anerkennung. Sondern auch von anderen Leuten. Jedenfalls bei artgerechter Haltung.«

»Segert ist ein gutes Beispiel für den umgekehrten Fall. Er hat über hundert Katzen absolut nicht artgerecht gehalten. Und das hat er nun davon. Eine Leiche im Garten und eine Einweisung in die Psychiatrie.«

»Ich kann jetzt zumindest verstehen, dass Segert und Ewa damals als Paar zusammengekommen sind. Beides Persönlichkeiten mit heftigen Macken. Daran sind sie letztlich auch gescheitert.«

»Bloß: Was nützt uns diese Erkenntnis? Und was hat das alles mit Scholl zu tun?«

*

Am Spätnachmittag trafen sie auf der Dienststelle ein.

»Aus Stettin ist schon alles gekommen«, grüßte Theiß

die jungen Kollegen. »Protokolle und Fotos. Das bringt uns ein ganzes Stück weiter. Die vier Hofbewohner sind übrigens wieder auf freiem Fuß.«

Verena konnte sich nur wundern: Andere Chefs hätten vielleicht gefragt, ob sie und Matthias nach so einer Fahrt eine Verschnaufpause brauchten. Nicht so Theiß. Vermutlich war er der Ansicht, dass die Reise allein schon ein Privileg war. Aber nun gut. Mit sich selbst ging er auch nicht rücksichtsvoller um.

»Dass Wieczorek und Co. schnell wieder freigelassen werden, war schon zu vermuten«, meinte Matthias. »Die können einfach behaupten, mit der Hundevermehrung nichts zu tun zu haben. Eine Strafanzeige wegen Tierquälerei mussten die also nicht befürchten.«

»Aber das nehmen Sie denen nicht ab?«

»Natürlich nicht. Die waren mit Sicherheit an allem beteiligt.«

Theiß schenkte den jungen Kollegen Kaffee ein, immerhin so weit ging seine Fürsorge. »Und jetzt bitte mal von vorn. Wie war's denn in Pölitz?«

Verena berichtete. Abschließend meinte sie: »Der Tod von Ewa Lubinski ist wohl geklärt. Bleibt die Tat an Scholl. Und dazu haben wir noch keine Hinweise.«

»Na gut.« Theiß zog Unterlagen von einem Stapel. »Die ersten Ergebnisse von Spurensicherung und Rechtsmedizin: Das Schloss zur Einstiegsluke in den Bootssalon war weder beschädigt noch manipuliert. Schränke und Türen waren aufgerissen. Es fehlen Bargeld, Kreditkarten, Funkgerät, Stereoanlage und verschiedene nautische Instrumente. Tatwerkzeug war höchstwahrscheinlich die hinterm Heck treibende gepunktete Krawatte, darauf deuten

Fasern am Hals der Leiche hin. An der Krawatte selbst ließen sich wegen der Salzwassereinwirkung keine Fremdfasern, Fingerabdrücke oder sonstigen Spuren nachweisen. Auch auf dem Boot keine verdächtigen Fuß- oder Fingerspuren.«

»Was ist mit Fremd-DNA?«

»Keine Anhaftungen, die auf den Täter schließen ließen. Es liegen noch nicht alle Ergebnisse vor, aber allzu große Hoffnungen sollten wir uns nicht machen.«

»Insgesamt aber wohl mehr Hinweise für Totschlag als für Mord«, überlegte Matthias. »Von Scholls Frau wissen wir, dass Scholls Krawatte wohl irgendwo im Salon rumlag. Das heißt doch: Der Täter hat sie zufällig gegriffen. Das hört sich nicht nach langer Planung an.«

Verena nickte. »Also eher eine Tat im Affekt? Und dann hat der Täter alles verwüstet? Damit es nach Raubmord aussah?«

»Wäre für mich plausibel.«

»Diane Scholl sagt, ihr Mann hat ungern Fremde an Bord genommen«, warf Theiß ein. »Nicht mal für einen kurzen Schwatz im Hafen. Demnach kannte er den oder die Besucher.«

»Oder sie waren sogar verabredet.«

»Wovon er seiner Frau dann vorher nichts erzählt hätte. Aber das allein muss ja nichts heißen.« Theiß seufzte.

»Fragt sich also, wen Scholl freiwillig auf sein Boot gelassen hat. Und ob er in Kreisen verkehrte, von denen wir noch gar nichts wissen.«

»Vielleicht hat er den Täter gar nicht freiwillig an Bord gelassen«, bemerkte Verena. »Sondern der Täter hat ihn bedroht.«

»Mit einer vorgehaltenen Waffe, meinst du? Und danach hat er Scholl nicht erschossen, sondern erdrosselt?«

»Stimmt. Das ist eher unwahrscheinlich.« Sie wandte sich an Theiß. »Was wissen wir denn noch über den Tathergang? Lässt sich der Personenkreis eingrenzen?«

»Eher nicht. Der Täter hat wohl einen Überraschungsmoment genutzt, zumindest gab es keinen längeren Kampf. Die Schlinge wurde am Nacken geschlossen, wahrscheinlich ohne Knebel, also reine Zugkraft. Scholl war mittelgroß, der Täter war demnach nicht viel größer, aber auch nicht viel kleiner.«

»Und der Kraftaufwand?«, fragte Matthias.

»Nicht so erheblich.« Theiß warf einen Blick in den Bericht. »Die Erdrosselung ist wohl relativ rasch verlaufen. Wenn man einen günstigen Moment erwischt und das Opfer schnell bewusstlos wird, muss man nur ziehen. Dann ist Kraft nebensächlich. Wichtiger ist Kaltblütigkeit.«

»Also eine völlig gefühlskalte Persönlichkeit?«, fragte Verena.

»Oder eine extrem aggressive«, entgegnete Theiß. »Oder beides.«

»Was wäre mit einer schmal gebauten Frau?«

»Durchaus. Aber warum fragen Sie, Frau Gondorf? Weil Sie Nora Onning ins Auge fassen?«

»Vielleicht. Aber die hat ein Alibi. Außerdem haben wir bei ihr noch gar keine Hinweise für ein Motiv.«

Theiß nickte. »Und ehe wir uns in Theorien verzetteln, mal Folgendes: Ich habe eben die erste Information an die Presse rausgegeben. Allerdings nur das Nötigste: *Einen Tierarzt aus dem Rüganer Südosten hat die Polizei tot in seinem Boot aufgefunden. Er wurde Opfer einer Bluttat.*«

»Also nichts über den möglichen Zusammenhang mit der Toten im Garten eines Exministers?«, fragte Matthias.

»Nicht bevor wir wissen, was Segert zu alldem meint. Jetzt sollten wir uns Ruhe gönnen. Bis morgen also, derselbe Ort, dasselbe Team. Und tun Sie sich was Gutes.«

»In Ordnung, Chef.« Verena war da optimistisch – ihr Lieblingsmann wartete auf sie.

Christoph hantierte noch zwischen Herd und Arbeitsplatte. In spätestens zehn Minuten ist die Lasagne fertig, versprach er. Verena nutzte die Zeit für ein Telefonat.

So erstaunt wie entsetzt lauschte Lilo dem Bericht. »Und was leitet ihr jetzt daraus ab?«

»Das wissen wir noch nicht. Dafür ist das alles zu verwickelt. Kurz noch mal zu diesem Felix. Was denkst du, wie das Verhältnis zu seiner Mutter war?«

»Wohl nicht besonders eng.«

»Hat er dir das so gesagt? Oder den anderen im Tierheim?«

»Jedenfalls hat er von der frühen Trennung seiner Eltern erzählt. Und dass er mit seinem Vater und dessen zweiter Frau aufgewachsen ist. Seine Kleinkindzeit in Polen hat er überhaupt nicht erwähnt. Wir dachten alle, er hat sein ganzes Leben in Berlin verbracht.«

»War er wütend auf seine Mutter?«

»Tief im Innern bestimmt. Schließlich ist er engagierter Tierschützer, und sie hat ein Vermögen damit gemacht, Hunde zu quälen.«

»Aber das hat er im Tierheim nie erwähnt?«

»Nein«, sagte Lilo. »Er hat ja so getan, als würde seine Mutter nicht leben.«

»Und Nora Onning hat so getan, als würde sie ihm das glauben?«

»Zumindest hat sie nicht offen daran gezweifelt. Oder die beiden hatten sich in dem Punkt abgesprochen.«

»Das hältst du für möglich?«

»Ja sicher. Felix behauptet, er kennt Nora erst seit ein paar Wochen. Er hatte noch ein paar Monate Zeit bis zu seinem Freiwilligen Sozialen Jahr in Berlin. Und da hat er beschlossen: Ich mache noch ein Tierheim-Praktikum. Aber ein gutes Heim sollte es sein. Mit einer kompetenten Leitung und in einer schönen Gegend. Er hat sich umgehört und dann in Göhren angerufen. Nora hatte eine offizielle Stelle frei, und er hat losgelegt. Das alles hatte angeblich nichts mit der Katzenaktion bei Segert zu tun. So sagt Nora das ja auch.« Lilo stutzte. »Apropos Nora. Hat die denn inzwischen irgendwas ausgesagt?«

»Nein. Sie schweigt vor sich hin, und wir behalten sie in U-Haft wegen Verdunklungsgefahr. Aber noch mal zu Scholls Tod: Abgesehen von den Welpenhändlern – wer hatte sonst noch ein Motiv?«

»Keine Ahnung. Scholl sah ja gut aus. Vielleicht irgendwas mit einer Frau? Eifersucht?«

»Haben wir überlegt. Seine Frau sagt, dass er früher wohl das eine oder andere Techtelmechtel hatte, in den letzten Jahren aber nicht mehr. Wie siehst du das? Was war mit Nora Onning? Bestand da mehr als Freundschaft?«

Lilo schüttelte den Kopf. »Die lebt nur für die Tiere. Da ist irgendwie gar kein Platz für jemand anderen. Übrigens will ich morgen im Heim anrufen und Bescheid geben, dass ich nicht mehr komme. Weil mir die Sache mit Scholl zu sehr an die Nieren geht.«

»Was ja nicht gelogen ist. Weiß da eigentlich irgendwer, dass du vor vierzig Jahren bei der Kripo warst?«

»Ich glaube nicht. Zumindest habe ich es nie erwähnt, und mich hat keiner drauf angesprochen. Mir fällt nur gerade ein: Ich habe da noch Sachen im Spind, aber die kann ich ja demnächst abholen.«

»Bei der Gelegenheit guck mal nach den beiden kleinen Havanesern. Ich hoffe, sie bekommen ganz liebe Herrchen oder Frauchen. Falls ich morgen in der Nähe zu tun habe, komme ich kurz rein. Nachmittags oder abends.«

»Prima. Und ich mache mir noch ein paar Gedanken über alles.«

»Tu das. Damit du beruhigt bist: Ich esse jetzt was Anständiges. Christoph hat gekocht.«

»Lasst es euch schmecken. Bis dann.« Lilo legte auf.

*

»Guten Morgen, Frau Gondorf«, sagte Oberarzt Borbach. »Ich habe Ihren Anruf schon erwartet. Wir haben hier schon die *Ostsee-Nachrichten* gelesen. Diese schreckliche Tat in Gager. Auch Herr Segert war ganz bestürzt.«

»Ach ja?«, fragte Verena. »Kannte er den Tierarzt denn?«

»Nicht persönlich, nur indirekt über Frau Onning. Sie hatte ihm einiges über die medizinische Versorgung im Tierheim erzählt. Herr Segert schätzt Frau Onning sehr.«

Na ja, dachte Verena. So eng scheint der Kontakt zwischen Segert und der Onning wohl nicht zu sein. Sonst wüsste die Klinik von ihrer Untersuchungshaft. Verena verkniff sich die Bemerkung und fragte: »Und Herr Segerts Mitgefühl für den Tierarzt? Ist das glaubhaft?«

»Herrn Segerts Emotionen wirken echt. Offenbar geht ihm die Tat wirklich nahe.«

»Weil Herr Scholl seine Katzen behandelt hat?«

»Das auch. Und weil er ein Kollege von Frau Onning war.«

»Ah ja. Und zum Zeitpunkt der Tat, also am späten Freitagabend, war Herr Segert da ganz bestimmt in der Klinik?«

Verenas Frage schien Borbach nicht zu kränken. »Keine Sorge«, meinte er mitfühlend. »Herr Segert hat die Klinik seit seiner Einweisung keine Sekunde verlassen. Wir erfüllen mit Sorgfalt die Auflagen der Staatsanwaltschaft. Zu besagter Zeit hat er mit anderen Patienten im Aufenthaltsraum ferngesehen, das können die pflegerische Nachtwache und der Bereitschaftsarzt bezeugen.«

»Gut. Und würde Herr Segert mir das auch in einem persönlichen Gespräch bestätigen?«

»Ach, Frau Gondorf.« Der Oberarzt lächelte durch die Leitung. »Da muss ich Sie leider enttäuschen. Herr Segert hat mit Ihrer erneuten Anfrage schon gerechnet. Zurzeit lehnt er aber jede polizeiliche Befragung ab.«

Verena stutzte. »Es wäre wichtig. Wir haben neue Erkenntnisse.«

»Ist es denn dringend?«

»Selbstverständlich.«

»Das ist bedauerlich. Doch die Bluttat am Tierarzt hat Herrn Segert verängstigt. Er will sich zu nichts mehr äußern und nicht diskutieren. Und wenn wir ihn bedrängen, blockiert er erst recht.«

»Dann möchte ich kurz mit ihm telefonieren.«

»Ich rede noch mal mit ihm«, versprach Borbach. »Gern auch schon in der nächsten halben Stunde. Wenn er will, kann er sich ja bei Ihnen melden.«

Verena blieb verbindlich. »Richten Sie ihm bitte aus, ich freue mich auf den Rückruf.«

Wäre ihr Diensttelefon ein altmodisches Gerät gewesen – sie hätte den Hörer auf die Gabel geknallt. Hinter Borbachs Höflichkeit steckte nichts als Arroganz. Doch sie durfte ihn nicht verärgern.

Zwanzig Minuten später rief Segert tatsächlich an – allerdings höchst ungehalten: »Ich bin krank und will nicht von Ihnen befragt werden. Sie drangsalieren mich und gefährden meine Heilung.«

»Es geht um Ewa Lubinski.«

»Interessiert mich nicht. Lassen Sie mich in Ruhe.«

Es knackte in der Leitung. Segert hatte aufgelegt.

*

So oft schon hatte Verena beschlossen, sich im Job weniger zu ärgern, und fast genauso oft war es ihr nicht gelungen. Dass Segert nicht mit ihr sprechen wollte – nun gut. Er war psychisch krank. Aber dieser Borbach! Hatte er wirklich so wenig Einfluss auf seinen Patienten? Schützte er ihn mehr als nötig? Oder hatte er sogar ein Interesse daran, dass Segert nicht aussagte?

Verena ging zu Theiß und schilderte den Vorgang. »Ich könnte trotzdem in die Klinik fahren und versuchen, mit Segert zu reden. Oder wir reden mit dem Staatsanwalt über Borbachs Verhalten.«

Doch der Leitende Hauptkommissar winkte ab. »Das können wir immer noch tun. Und was Segert betrifft: Möglicherweise macht der dann erst recht falsche Angaben. Schon aus Trotz. Nein, lassen Sie das erst mal auf sich beruhen.«

»Und was ist mit Jan Felix? Versuchen wir es bei dem noch mal? Vielleicht verrät er uns wenigstens, woher er vom Tod seiner Mutter wusste.«

»Auch das eilt nicht, weglaufen kann er uns ja schlecht. Machen Sie doch bitte bei der Zeugensuche in Gager weiter. Sie hatten doch schon mit diesem Pensionsinhaber zu tun, Segerts Tunnelbruder.«

»Sie meinen Heiko Raabe?«

Theiß nickte. »Vielleicht kennt der ja Ewas Sohn. Oder ihren Lieblingshund. Legen Sie dem doch mal die Fotos aus Polen vor.«

Im ersten Moment wollte Verena widersprechen, ihre Wut über Borbach ließ ihr keine Ruhe. Aber vermutlich hatte Theiß recht. Sie ging zurück in ihr Büro und gab Matthias Bescheid. Gerade wollten die beiden nach Rügen aufbrechen, da rief Lilo an.

»Nur ganz kurz, Kind. Damit ich die Zusammenhänge richtig verstehe: Alle Hunde aus Ewas Vermehrer-Station sind jetzt im Tierheim?«

»Richtig. In Stettin und Umgebung.«

»Machen Wieczorek und Konsorten denn mit neuen Hunden weiter?«

»Natürlich nicht in denselben Hallen. Da müssten sie ja mit Kontrollen rechnen. Aber bestimmt woanders. Ich kann mir nicht vorstellen, dass die mit der Hundevermehrung aufhören. Bringt doch ohne Risiko einen Riesenreibach.«

»Und was ist mit Nora und Felix?«

»Die sind weiter in U-Haft.«

Lilo räusperte sich. »Glaubt ihr, die beiden sind gefährdet? Ich meine: Wenn die wieder frei wären, könnten sie dann die nächsten Opfer werden?«

»Lass uns später darüber reden. Ich muss jetzt los. Ob ich bei dir vorbeikommen kann, weiß ich noch nicht.«

»Dann pass auf dich auf, Kind.«

»Mach ich, Mama. Ausnahmsweise.«

*

Verena und Matthias schellten am Haupteingang der Pension.

Heiko Raabe öffnete und schien sich nicht zu wundern.

»Bestimmt wegen der schrecklichen Sache in Gager. Suchen Sie weiter nach Zeugen? Kommen Sie durch.«

Ohne erkennbare Anspannung führte er die Kommissare durch den Flur. Das Büro hinter der Rezeption war so penibel aufgeräumt wie beim ersten Besuch. Verena begann mit einer einfachen Frage. »Kannten Sie den Tierarzt Kai-Uwe Scholl persönlich?«

»Nein, nur dem Namen nach. Aber ich wusste, dass er sich im Tierheim um die Katzen von Herrn Segert kümmert. Das haben die Nachbarn hier erzählt.«

»Waren Sie selbst auch mal dort?«

»Lieber nicht. Ich hatte die Katzen ja lange genug vor der Nase, die musste ich ja nicht noch im Tierheim besuchen. Nach all dem, was meine Gäste und ich mitgemacht hatten.«

»Kann man ja verstehen.« Verena griff in ihre Aktentasche. »Und nun schauen Sie mal bitte: Dies ist die Frau aus Herrn Segerts Garten.«

»Sie meinen die Leiche?«

»Natürlich. Die Aufnahme ist sechs Wochen alt. Haben Sie die Frau schon mal gesehen? Oder die Hündin? Ein Labrador übrigens, sie heißt Branka. Vielleicht haben Sie ja gehört, wie jemand den Namen rief?«

Heiko nahm sich Zeit. »Nein«, meinte er schließlich, »ganz sicher nicht.«

Verena legte das nächste Foto auf den Tisch: Jan Felix mit Branka. »Es handelt sich um dieselbe Hündin. Haben Sie diesen Mann schon mal gesehen?«

Wieder schaute er genau hin. »Bestimmt nicht. Ist das der Sohn von der Frau?«

»Finden Sie, die beiden sehen sich ähnlich?«

»Nicht unbedingt. Aber ich dachte: Weil es derselbe Hund ist. Da gehören die ja irgendwie zusammen.«

Verena ging nicht auf die Bemerkung ein und steckte die Fotos zurück in die Tasche.

»Herr Raabe«, übernahm Matthias. »Uns geht es vor allem um den Freitag zwischen zwanzig und dreiundzwanzig Uhr. Waren Sie zu der Zeit unten am Segelhafen?«

»Nein. Wir hatten an dem Abend jede Menge zu tun.«

»Wer ist *wir*?«

»Meine Wirtschafterin und ich.«

»Wie heißt die Dame?«

»Maria Stoth. Ich habe sie letztes Jahr eingestellt. Als meine Eltern starben.«

Verena nickte ernst. »Und wie war das nun an diesem Freitag?«

»Wir haben uns um die anreisenden Gäste gekümmert, Frau Stoth und ich. Dann kam gegen neun noch eine Großlieferung Lebensmittel. Die mussten wir einräumen. Erst gegen halb zwölf waren wir mit allem durch.«

»So spät noch eine Lieferung?«

»Ist eben Gastronomie. Da gibt es ja keinen geregelten Feierabend. Auch nicht für die Lieferanten. Schon gar nicht zum Wochenende.«

»Und Ihre Gäste? War von denen vielleicht jemand am Hafen und hat etwas Verdächtiges beobachtet?«

»Nicht dass ich wüsste. Ich war jedenfalls den ganzen Abend hier.«

»Sie haben das Haus nicht verlassen?«

»Nein, viel zu viel Arbeit.«

»Okay«, meinte Verena. »Uns interessiert: Wie viele Gäste sind an dem Abend zwischen zwanzig und dreiundzwanzig Uhr angekommen? Und welche wohnen zurzeit noch hier? Einige waren ja sicher bloß übers Wochenende da? Und sind schon wieder abgereist?«

»Das stimmt. Ich könnte eine Aufstellung machen: Alle Ab- und Anreisen. Und auch, wer schon seit Freitag bei uns ist. Gern mit Adresse und Telefonnummer.«

»Wie lange brauchen Sie dafür?«

»Mit unserer Software ein paar Minuten.«

»Sehr gut. Und drucken Sie bitte auch noch die Daten von diesem Lieferanten aus.« Verena nickte Matthias zu. »Und wir unterhalten uns schon mal mit Frau Stoth. Wo finden wir die?«

Heiko Raabe wies in den Flur. »Im Wirtschaftstrakt. Nach links und immer geradeaus.«

*

Es fiel Lilo nicht leicht, sich im Tierheim abzumelden. Aber die Vernunft siegte. Scholls Mörder lief noch frei herum, und außerdem: Niemand sollte erfahren, dass die Ehrenamtlerin Lieselotte Gondorf eng verwandt war mit der ermittelnden Kriminaloberkommissarin Verena Gondorf.

Lilo rief in Göhren an und hätte gern mit Denis gesprochen. Doch weil der stellvertretende Heimleiter erst am nächsten Tag aus dem Urlaub kommen sollte, nahm Meltem die Nachricht entgegen.

»Mach dir keine Vorwürfe, Lilo. Das ist hier alles total schlimm. Wenn die Tiere nicht wären, würden wir ständig heulen. Es haben schon mehrere Leute gekündigt. Trotzdem sind noch genug Freiwillige da, wir kriegen das schon irgendwie hin.«

»Danke, Meltem. Ich komme in den nächsten Tagen vorbei und räume meinen Spind.«

Lilo legte auf. Und was nun? Wie sollte es weitergehen? Die Kripo kam nicht voran, und Lilo waren die Hände gebunden – jedenfalls im übertragenen Sinne. Wie so oft bei schlechter Laune stürzte sie sich in die Gartenarbeit. So konnte sie die überschüssige Energie wenigstens produktiv nutzen. Außerdem sollte es an diesem Vormittag trocken bleiben, ideale Bedingungen also.

Sie holte den Mäher aus dem Schuppen und begann an der Terrasse. Je länger die Bahnen wurden, die sie mit dem knatternden Gerät zog, je näher sie dem hinteren Rasenteil am Bodden kam und je öfter sie in das dunstige Grau des Himmels blickte, umso stärker wuchs in ihr die Ahnung: Da war noch was! Es grummelte in ihr. Da gab es etwas, das sie übersehen hatte. Ein Detail. Im Tierheim. Aber was? Sie grübelte. Und mähte. Und grübelte. Der Fangkorb füllte sich mit Rasenschnitt, doch ihr Kopf blieb leer. Abwarten!, sagte sie sich. Die Idee wird schon noch kommen.

Sie stellte den Mäher zurück und machte im Vorgarten weiter. Vor drei Wochen hatte sie hier zum letzten Mal Unkraut gejätet. Oskar hatte frisches Immergrün gebracht und von der Katzen-Aktion bei Segert erzählt. So hatte dieser Fall für Lilo begonnen. Und jetzt? Sie legte eine Pause ein und schaute zur Straße. Auf dem gegenüberliegenden Bürgersteig kamen ein Mann und eine Frau vorbei, ein mittelaltes Paar, an der Leine zwei mittelgroße Hunde. Die Rassen konnte Lilo nicht zuordnen, vermutlich Mischlinge. Was hatte Verena gestern am Telefon gesagt? Irgendwas über Tiere? Genau! Das war es: *Guck im Tierheim nach den beiden Havanesern.* Die Hunde aus dem illegalen Transport. Die Billig-Welpen von Ewa Lubinski!

In Lilo rasten die Gedanken. Sie stellte die Harke beiseite, gab Oskar Bescheid und holte den Ford aus der Garage. Auf der Fahrt nach Göhren überlegte sie, wie sie vorgehen sollte. Für die entscheidende Frage brauchte sie einen Vorwand. Sie würde lügen müssen. Sei's drum! Hauptsache, niemand schöpfte Verdacht.

Im Hundetrakt war eine auffallend blasse Meltem dabei, die Welpen zu versorgen.

»Hallo«, grüßte Lilo. »Ich komme doch schon heute und räume den Spind. Vielleicht braucht den ja jemand anders.«

»Danke«, sagte Meltem knapp. Offenbar war ihr nicht nach einem Gespräch. Schon gar nicht über Schränke.

Lilo lächelte. »Was machen denn die Sorgenkinder? Die mit der Parvovirose?«

»Sind noch nebenan. Seit letzter Woche ist keiner mehr gestorben.«

»Wie schön. Und wer übernimmt jetzt die medizinische Versorgung?«

»Eine Ärztin aus Kai-Uwes Praxis in Binz. Die ist sehr nett.«

Lilo seufzte traurig. »Immerhin eine gute Nachricht. Wenn sonst alles ganz schrecklich ist.« Sie wandte sich zur Tür. »Den Spindschlüssel bringe ich dir. Bis gleich dann.«

Eigentlich wollte sie den Besuch so schnell wie möglich

hinter sich bringen, doch als sie in den Garten trat, überkam sie die Wehmut, und sie machte einen Abstecher zu den Nagergehegen. Das braune Meerschwein von letzter Woche saß am Futternapf, den Alkoholrausch hatte es unbeschadet überstanden. Auch Arnie und Gerd, die schwarzen Böckchen, mümmelten einträchtig vor sich hin. Lilo ging weiter. Im Umkleideraum war sie allein. Sie packte die Sachen aus dem Spind in eine Plastiktüte und brachte Meltem den Schlüssel.

»Mit Dank zurück, und ich möchte noch was fragen. Nur wenn du Zeit hast, geht auch schnell. Du hast doch so viel Ahnung von Hunden.«

Meltem rang sich ein Lächeln ab. »Schieß los.«

»Mein Sohn Jonas und seine Freundin überlegen, sich einen kleinen Hund zuzulegen«, log Lilo. »Am liebsten einen Havaneser.« Sie schaute an den Zwingern entlang. »Da wollte ich einfach nur wissen, ob ihr auch welche habt.«

»Ja, wir haben fünf Stück. Aber die sind schon alle reserviert.«

»Nein, ’tschuldigung. Ich habe mich blöd ausgedrückt. Jonas will ja keinen von hier. Ich dachte nur: weil ich von der Rasse vorher noch nie was gehört hatte. Da kann ich mir die hier schon mal angucken.«

»Zeige ich dir.«

Sie gingen zu einem Käfig auf der anderen Seite des Raums. Fünf weiß-beige gescheckte Welpen schliefen eng aneinandergekuschelt auf einer Wolldecke.

»Ach, sind die niedlich«, freute Lilo sich. »So schön wuschelig. Und denen geht’s gut?«

»Ja. Sie haben sich schnell erholt von diesem schlimmen Transport.«

»Weil ihr euch so wunderbar um die kümmert.«

»Das Wichtigste hatte die Tierrettung schon erledigt.«

»Ach ja.« Lilo tat, als würde sie sich erinnern. »Von denen habt ihr ja viele übernommen. Insgesamt neununddreißig, oder?«

»Genau.«

»Und die Havaneser-Rasse stammt aus Kuba?«

»Ja, deswegen der Name, von der Hauptstadt eben. Havaneser sind ideale Wohnungshunde. Sie haaren kaum, sind anpassungsfähig und haben keinen allzu großen Bewegungsdrang.«

Lilo nickte. »Jonas' Freundin hat in Gütersloh einen Havaneser-Züchter. Der macht das zwar bloß als Hobby, aber sehr gut und seriös. Da kommt bald ein neuer Wurf, und die Mutterhündin ist topfit. Sollte also alles gutgehen. Und ich freue mich natürlich auch, wenn eure Hunde zu lieben Menschen kommen. Ach, Meltem.« Lilo schloss sie in die Arme. »Du schaffst das schon. Du bist so eine starke junge Frau. Und die Hunde werden es gut haben. Ihr sucht bestimmt die richtigen Familien für die aus.«

Die Praktikantin löste sich aus der Umarmung. »Dir auch danke. Du hast uns toll geholfen.«

»Und ich habe viele schöne Dinge erlebt. Und viel gelernt. Liebe Grüße an die anderen, vor allem Patrizia. Haltet die Ohren steif.«

»Mach es auch gut, Lilo. Und vielleicht laufen wir uns ja noch mal über den Weg.«

Aha! Endlich! Auf diese Bemerkung hatte Lilo gewartet. Sie wagte sich vor: »Wenn Kai-Uwes Mörder gefasst ist, komme ich noch mal vorbei. Dann sind Nora und Felix bestimmt auch aus der Untersuchungshaft entlassen.«

Offenbar traf diese Bemerkung bei der Praktikantin die richtige Saite. Meltems Rührung schien wie weggeblasen, sie nickte entschieden. »Nora und Felix sind schließlich unschuldig. Und sie haben ein Alibi. Ich war Samstag dabei, wie sie die Namensliste geschrieben haben. So viele Leute, die alles bezeugen können.«

Lilo gab sich unwissend. »Ach so? Aber warum sind die beiden dann noch in Haft?«

»Weil sie nichts sagen wollen. Aus Angst. Die Polizei ist hier reingestürmt, und dann kamen noch zwei Männer von der Kripo. Da hätte ich auch Angst gekriegt.«

»Aber wenn Felix und Nora nicht in die Tat verwickelt sind, müssen sie doch keine Angst haben.«

Meltem kniff kurz die Lippen zusammen. »Das kapiere ich ja auch nicht.«

*

Schon von weitem erkannte Lilo den Honda. Wie schön! Verena war gekommen, trotz der vielen Arbeit. An der Haustür klebte ein Zettel: *Bin bei Oskar.* Lilo ging hinüber und traf die beiden beim Kaffeeplausch.

»Wie war's im Tierheim?«, fragte Verena. »Du bist vorhin einfach losgebraust? Ohne Kommentar?«

»Stimmt. Und jetzt wollt ihr wissen, was ich rausgefunden habe?«

Oskar stellte Lilo eine Tasse hin. »Wollen wir gar nicht. Im Gegensatz zu dir sind wir ja nicht neugierig.«

»Prima, dann kann ich ja die Ermittlung leiten.« Sie nickte ihrer Tochter zu. »Was hast du denn heute noch so vor?«

»Schön, dass dich das interessiert, Mama. Ich muss zurück nach Gager. Matthias und ich befragen Raabes Pensionsgäste.«

»Lass Matthias das allein machen. Und du fährst zur *Tierrettung Vorpommern*. Zum Ehepaar Wennemann in der Nähe von Greifswald.«

*

Endlich!, dachte Verena. Endlich ging es voran. Der Besuch bei der Tierrettung Vorpommern hatte nicht lange gedauert.

Das Ehepaar Wennemann führte präzise Listen über die beschlagnahmten Hunde und ihre Weitergabe in die Tierheime der Umgebung.

Sie telefonierte mit der Dienststelle.

»Nur Nora Onning?«, fragte Matthias. »Und was ist mit Lubinski?«

»Den können wir später noch vernehmen. Erst mal nur die Tierheim-Chefin. Sag den Justizkollegen, wir brauchen den Termin sofort. Dann muss ich nicht mehr in der Inspektion vorbei, und wir treffen uns direkt vor Ort.«

»Aber du sagst uns schon noch, worum es geht?«

Verena lachte auf. »Meinetwegen darfst du gern die Vernehmung führen. Ich halte mich lieber im Hintergrund.«

Zwanzig Minuten später erreichte sie die Justizvollzugsanstalt an der Franzenshöhe. Theiß und Matthias waren schon da.

»Nora Onning hat die ganze Zeit geschwiegen«, gab Theiß zu bedenken. »Und mit dem, was Sie jetzt rausgefunden haben, wird sie reden? Glauben Sie das wirklich?«

Verena nickte. »Sagen wir mal: Ich bin zuversichtlich.«

Sie besprachen sich, dann bezog Verena ihren Posten in der *Spannerzelle*. So nannte man im Kollegenkreis den Bereich hinter dem Polizeispiegel: eine Glasscheibe, die nur in eine Richtung Licht durchließ. Die Personen im erleuchteten Vernehmungsraum konnten nicht erkennen, wer sie nebenan beobachtete.

Verena hinter der Einwegscheibe dachte daran, was Lilo über Nora Onning erzählt hatte: Im Umgang mit den Tieren und den Mitarbeitern immer umsichtig, kompetent und zuverlässig. Ja, das passte. Äußerlich und innerlich vollkommen ruhig hörte sie sich an, was Matthias gegen sie vorbrachte.

»Frau Onning, es geht um die Welpen in der von Ihnen geleiteten Tierschutzeinrichtung in Göhren. Uns ist da ein Widerspruch aufgefallen.« Matthias suchte Noras Blick. »Können Sie sich vorstellen, worum es geht?«

»Kann ich nicht«, erwiderte die Tierheimleiterin mit unterdrücktem Zorn. Ihr Ausdruck veränderte sich – nicht nur die Stimme, sondern die gesamte Person. Sie wirkte wie ein Kind, von der Situation überfordert, aber voller Trotz.

Matthias blieb sachlich. »Zunächst die Fakten: Am zweiten Mai kontrollierte die deutsche Autobahnpolizei zusammen mit dem Zoll sowie der Kripo Stralsund einen polnischen Kleinlaster. Darin hatte man siebenundfünfzig Hundewelpen unterschiedlicher Rassen illegal nach Deutschland eingeführt. Sie wurden vom Zoll beschlagnahmt und der *Tierrettung Vorpommern* e.V. überstellt. Vorsitzende dort sind die Eheleute Ilko und Jacqueline Wennemann. Beide sagen aus, alle siebenundfünfzig Welpen zunächst in eine Auffangstation gebracht zu haben.

Am nächsten Tag wurden die Hunde dann auf die Tierheime der Umgebung verteilt.«

Wieder sah er Nora an. »Möchten Sie dazu etwas anmerken? Haben Sie vielleicht Einwände?«

»Nein.« Nora wich seinem Blick aus.

»Gut, dann weiter: Ihre Mitarbeiter, Frau Onning, verzeichneten am fünften Mai einen Neuzugang von neununddreißig Welpen, angeblich alle aus diesem illegalen Transport. Unsere Nachforschungen liefern jedoch andere Zahlen. Demnach wurden die Welpen so verteilt: dreizehn an das Tierheim in Barth, einundzwanzig nach Greifswald sowie dreiundzwanzig nach Göhren«, Matthias machte eine bedeutungsschwere Pause. »Dreiundzwanzig also für Ihr Tierheim. Ihre Mitarbeiter dagegen sagen, neununddreißig Welpen übernommen zu haben. Neununddreißig, nicht dreiundzwanzig. Nun überlegen wir: Machen Ihre Mitarbeiter falsche Angaben? Und warum tun die das? Oder sollten wir nicht besser fragen: Woher stammen die überzähligen sechzehn Tiere? Beispielsweise die drei Havaneser? Da sind nämlich fünf Welpen in Ihrem Tierheim, die angeblich alle aus besagtem Transport stammen und die Sie von den Wennemanns übernommen haben. Das Ehepaar Wennemann hingegen gibt an, Ihnen nur zwei Havaneser gebracht zu haben. Mehr Welpen dieser Rasse gab es nämlich gar nicht bei diesem Transport.«

Matthias atmete durch und sah zu Theiß hinüber, sie nickten sich zu.

Nora Onning zeigte keine innere Regung. Sie schwieg. Die Kommissare schwiegen auch. Matthias zählte mit. Nach siebenunddreißig Sekunden räusperte sie sich. »Ich möchte einen Anwalt sprechen. Am besten sofort. Und dann sage ich aus.«

»Gern, Frau Onning.«

*

Am Donnerstagabend holte Oskar seine Nachbarin ab, geleitete sie zum Ford und fuhr mit ihr nach Sellin zum Square Dance. An der Garderobe vor dem Gemeindesaal leuchtete Heikos grüne Jacke. Heute hielt er keine Vorträge, sondern tauschte sich mit den anderen über die Ereignisse in Gager aus. Die Chefin vom Tierheim und ihr Praktikant sind ja immer noch in Haft, hieß es. Aber wer von denen ist der Täter? Oder sind es beide? Gibt es eigentlich keine Zeugen? Und was weiß man über die tote Frau in Segerts Garten?

Fragen über Fragen. Lilo und Oskar schwiegen.

*

In der Nacht wachte Lilo auf. Ihr Schlafraum im ersten Stock lag über dem Wohnzimmer – und das grenzte an die Terrasse. Sie hatte etwas gehört, ein Klappern der Rollläden. Sicher nur der Wind, dachte sie und schlief wieder ein.

Das Geschenk

Verena klingelte bei der Pension an. »Tut uns leid, Herr Raabe. Ist zwar Freitagnachmittag, aber wir müssen Sie trotzdem noch mal stören.«

»Kein Problem.« Heiko grinste. »Wenn das alles nicht so ernst wäre, würde ich fragen, ob ich Ihnen ein Zimmer vermieten darf. So oft wie Sie hier sind.«

»Wohl wahr. Bestimmt erwarten Sie heute wieder viele Gäste.«

»Klar. Ist ja Wochenende und gutes Wetter. Kommen Sie doch durch.«

»Nicht nötig, geht ganz schnell.« Verena senkte die Stimme. »Wir müssten bitte heute um fünfzehn Uhr in Ihren Keller. Zum Tunneleingang.«

Nun flüsterte auch Heiko. »Und warum auf dieser Seite? Das geht mich zwar nichts an, aber Sie haben doch die Schlüssel zu Herrn Segerts Haus. Da können Sie doch von da aus in den Tunnel.«

»Stimmt schon. Aber wir müssen beide Zugänge öffnen. Damit der Tunnel nicht zur Falle wird.«

»Aha? Also schicken Sie da jemanden rein?«

Verena lächelte süßsauer. »Wenn Sie uns einfach in Ihr Haus lassen, Herr Raabe. Und sprechen Sie bitte mit niemandem drüber. Außer mit Ihrer Wirtschafterin natürlich, der Frau Stoth. Die kann Bescheid wissen, aber sie soll bitte diskret damit umgehen.«

»Auch kein Problem. Frau Stoth kommt heute sowieso nicht. Sie hat sich am Dienstag krankgemeldet.«

»Ach so. Hoffentlich nichts Ernstes.«

»Wohl nicht. Sie hat ein Attest eingereicht. Wahrscheinlich kann sie morgen wieder arbeiten.«

»Dann ist ja gut. Und falls Ihre Gäste sich über unseren Einsatz wundern: Sie brauchen denen das nicht zu erklären. Darum kümmern wir uns dann schon.«

Er zögerte. »Ich versteh ja, Sie dürfen keine Auskunft geben. Aber mitdenken darf ich ja wohl. Und ich denke, es geht um den toten Tierarzt. Darum die Frage: Könnte das denn gefährlich werden? Ich meine: Wird das ein richtiger Einsatz? So mit allem Drum und Dran?«

Verena setzte eine ernste Miene auf. »Mit Drum und Dran meinen Sie vermutlich Schusswaffengebrauch?«

»Ehrlich gesagt, ja.«

»Keine Sorge. Wir werden Sie und Ihre Gäste nicht gefährden.«

Überzeugt wirkte Heiko nicht, doch er nickte. »Bis fünfzehn Uhr also.«

»Danke, Herr Raabe. Bis dahin.«

*

Oberarzt Borbach schaute aus dem Fenster seines Dienstzimmers. Von hier aus hatte er einen wunderbaren Blick in den Stationsgarten, wo Hansjoachim Segert zusammen mit einem Krankenpfleger und zwei Mitpatientinnen Boule spielte.

Borbach wusste: Viel lieber als mit diesen Gegnern hätte Segert sich eine sportliche Runde mit Nora Onning geliefert. Doch sie hatte gestern telefonisch ihren Besuch abgesagt und nicht um den heißen Brei geredet. Es hatte sich ohnehin herumgesprochen, dass die Tierheim-Chefin und ihr Praktikant in Untersuchungshaft saßen. Hansjoachim Segert bedauerte Noras Absage sehr. Die anderen Spieler lagen weit unter seinem Niveau.

Oberarzt Borbach lächelte. Ihm tat Segert leid. Erst die psychische Krankheit und dann noch die tote Frau in seinem Garten. Das hätte auch einem seelisch stabileren Menschen heftig zugesetzt. Da war es kein Wunder, dass Segert nicht mehr dazu bereit war, sich immer wieder von der Kripo befragen zu lassen. Aber wie stand es eigentlich um die Ermittlungen? Kam die Polizei voran? Bei der Leiche im Garten? Und nun auch noch bei der Bluttat an diesem Tierarzt?

Borbach seufzte. Jetzt warf Segert seine zweite Kugel. Ein exzellenter Treffer. Seine Mitspieler applaudierten. Segert verbeugte sich. Borbach wandte sich vom Fenster ab.

*

Am frühen Nachmittag saß Oskar am Gartentisch und blätterte in einer Zeitung.

Lilo kam durch das Heckentor. »Ein bisschen Zeit habe ich noch. Da wollte ich mich wenigstens mal in diesen Klamotten vorstellen.«

Er musterte sie. »Schönes Stirnband. Und das trägt man heutzutage so?«

»*Retro-Look*. So richtig groß war die Auswahl nicht. Da habe ich dieses blauschwarze genommen. Das passt immerhin zu meiner Jacke.«

»Stimmt. Außerdem ist Ausdauersport ja gesund. Vor allem in unserem Alter.«

»Genau.« Für einen Moment schloss sie die Augen.

Er atmete hörbar ein. »Denn man tau, Deern. Hauptsache

du stolperst nicht über deine eigenen Füße. Und das Stirnband steht dir. Wirklich schick.«

»Danke.« Lilos Hände fuhren über das elastische Stück Stoff. »Wenn ich zurück bin, komme ich zu dir rüber.«

»Tu das, min Best.«

Er ging einen Schritt auf sie zu und küsste sie auf beide Wangen. Es war das erste Mal.

Bevor sie etwas sagen konnte, ließ er sie los. »Lass dich nicht durcheinanderbringen, Lev. Und nun lauf schon.«

*

Lilo joggte durch Gager – denselben Weg wie vor drei Wochen. Damals hatte sie sich in den Tunnel gewagt, um Segerts Album zu holen. Doch diesmal würde sie nirgendwo unerlaubt eindringen. Sie erreichte den Stichweg und bog ab zur Pension Raabe. Bevor sie anklingelte, überprüfte sie den Sitz ihres Stirnbands. Alles bestens.

Heiko Raabe öffnete nach nicht mal zehn Sekunden – und gab sich keine Mühe, sein Erstaunen zu verbergen. »Du bist es, Lilo.« An ihr vorbei schaute er nach links und rechts auf die Straße.

»Oh, entschuldige, Heiko. Ich habe ganz vergessen, es ist ja Freitagnachmittag. Da bekommst du bestimmt jede Menge neue Gäste. Daran hatte ich wirklich nicht gedacht.«

»Hat Verena dir denn nichts gesagt?«

»Wieso Verena?«, fragte Lilo. »Weswegen?«

Er verzog das Gesicht, gleich darauf lächelte er. »Komm erst mal durch. Was kann ich denn für dich tun?«

Sie trat ein paar Schritte in den Flur. »Ich wollte sowieso mal wieder diese Strecke joggen und dachte: Ich springe für einen Moment bei dir rein.«

»Ist es was Dringendes?« Er schloss hinter ihr die Haustür.

»Nicht unbedingt. Aber beim Square Dance mochte ich dich nicht drauf ansprechen. Können wir uns kurz setzen?«

»Ja sicher.«

Er führte sie in sein Büro, stellte ihr einen Stuhl an den Schreibtisch und nahm ihr gegenüber im Bürosessel Platz. Seitlich von ihm stand auf einem Regal eine Uhr mit römischen Ziffern. Bestimmt ein Erbstück seiner Eltern, dachte Lilo. Die Uhr tickte laut, es war 14 Uhr 53.

»Was möchtest du mir denn sagen?«, fragte er im Ton eines verständnisvollen Pädagogen.

»Ich möchte mich bei dir entschuldigen.«

Er stutzte. »Wofür?«

»Ich war nicht immer sehr nett zu dir, als du letztes Jahr in die Square-Dance-Gruppe gekommen bist. Manchmal habe ich mich dir gegenüber abweisend verhalten, obwohl deine Eltern kurz vorher gestorben waren.«

»Deswegen kommst du jetzt?«

»Ja. Und ich möchte dir etwas geben.«

Lilo griff in die Tasche ihrer Sportweste. Im selben Moment sah Heiko demonstrativ auf die Uhr. Es war 14 Uhr 54.

Lilo zog ein Päckchen hervor: weißes Seidenpapier mit gelber Schleife und einem Aufkleber. *Herrenboutique Binz* stand dort schwarz auf goldenem Untergrund. Sie legte das Päckchen auf den Tisch und drehte es so, dass Heiko die Schrift lesen konnte.

»Ein kleines Geschenk für dich. Als Entschuldigung.«

Heiko las die Aufschrift und lehnte sich weit im Sessel zurück.

Lilo sah ihm in die Augen, nur kurz, dann richtete sie den Blick auf seine Nase. »Mach es gern auf. Ich möchte doch wissen, ob es dir gefällt.«

Er lächelte ohne Überzeugung. »Das ist sehr nett von dir, Lilo. Aber ich öffne es lieber später. Dann sage ich dir Bescheid.« Es war 14 Uhr 56, er legte das Päckchen zur Seite. »Ich habe im Moment viel zu tun, meine Wirtschafterin ist krank. Doch heute Abend mache ich es auf, versprochen. Und ich rufe dich an. Und die Entschuldigung war nicht nötig, ich habe dich nie als abweisend empfunden.«

Sein Lächeln log.

Lilo stand auf. »Dann will ich nicht länger stören. Wir sehen uns ja Donnerstag beim Tanzen.«

»Sicher, Lilo. Ich freu mich schon drauf.« Er begleitete sie in den Flur und zog die Haustür auf. »Vielen Dank noch mal. Bis dann.«

Sie spürte seine Erleichterung. »Gern geschehen, Heiko. Und lass dich nicht stressen.«

Als sie aus der Tür trat, sah sie die Wagen heranfahren: erst ein blauer BMW, dann zwei Streifenwagen – bei einem waren die hinteren Seitenfenster verdunkelt.

»Kommen die zu dir?«, fragte Lilo. »Hast du Probleme mit einem Gast?«

»Nein, die wollen in Segerts Haus. Was da los ist, weiß ich nicht. Aber sie haben gesagt, dass sie auch kurz zu mir rein müssen. Irgendwas mit der Grundstücksgrenze.«

»Aha? Dann hast du auf die gewartet?«

»Ehrlich gesagt: ja.«

»Ach, wie blöd. Und ich halte dich auf. Tut mit leid, Heiko. Wir sehen uns ja.«

»Kein Problem, Lilo. Bis dann.«

Sie joggte los.

*

Sie stiegen aus: Verena, Matthias und Theiß aus dem BMW, Julia Räker und Daniel Beer aus einem der Streifenwagen.

Heiko wartete in der Haustür.

»Hallo, Herr Raabe«, sagte Verena. »Sie kennen uns fast alle. Oder haben uns zumindest schon mal gesehen, beim Einsatz in Herrn Segerts Garten. Nur den Abteilungsleiter muss ich Ihnen noch vorstellen: Hauptkommissar Theiß von der Kripo-Inspektion Stralsund.«

»Schönen guten Tag, Herr Raabe«, grüßte Theiß. »Meine Mitarbeiter waren ja öfters bei Ihnen. Sie sind ein sehr wichtiger Zeuge.«

Heiko Raabe nickte bemüht freundlich. Der ist dünnhäutiger als sonst, dachte Verena. Na ja. So viel Polizeibesuch ist nicht selbstverständlich. Vielleicht machte er sich Sorgen um den Ruf der Pension.

Er wies auf den Streifenwagen mit den verdunkelten Scheiben. »Und Ihre anderen Kollegen?«

»Die gehen von der anderen Seite in den Tunnel«, erklärte Verena. »Aber im Keller werden wir sie sicher gleich treffen. Dürfen wir dann loslegen?«

»Ja sicher, bitte schön.«

Als Letzter kam Daniel Beer herein. »Ich mach dann mal zu.« Er schloss die Haustür.

»Herr Raabe«, sagte Theiß. »Dann zeigen Sie uns doch bitte den Tunnelzugang.«

»Sicher.« Mit steinerner Miene führte Heiko die Beamten in den hinteren Teil des Kellers. Er schluckte leer. »Ich hoffe, es ist Ihnen hell genug.«

»Geht schon. Für den Notfall haben wir Taschenlampen. Und der Tunneleingang ist hinter dem Regal?«

»Ja. Es lässt sich ganz leicht wegschieben. Das Bauamt hat aber die Tür versiegelt und abgeschlossen.«

»Wissen wir.« Theiß nickte. »Danke.«

»Gut.« Heiko wandte sich zum Flur. »Ich gehe dann wieder rauf.«

»Aber warum denn, Herr Raabe? Sie können gern auch dabei sein. Wir erwarten nichts Gefährliches. Und falls doch, nehmen wir Sie rechtzeitig aus der Schusslinie.«

Schusslinie?! Heiko stand der Schrecken ins Gesicht geschrieben.

»Keine Angst, Herr Raabe.« Der Hauptkommissar wies auf die Wand gegenüber dem Tunneleingang. »Gehen Sie am besten da rüber. Frau Gondorf und Herr Weber stellen sich neben Sie. Dann kann Ihnen gar nichts passieren.«

Offenbar waren Theiß' Worte wenig geeignet, Heiko zu beruhigen. Sein Gesicht war kaum weniger weiß als die Wand, an die er sich stellte. Rechts und links von ihm bezogen Verena und Matthias ihre Posten. Die Schutzpolizisten schoben das Regal beiseite.

»Alles unversehrt, prima.« Theiß ritzte die Türsiegel auf und zückte sein Handy. Er sah zu seinen Kollegen hinüber. »Können wir?«

Alle vier hoben die Daumen.

»Also dann.« Theiß drückte die Wahlwiederholung, ließ es einige Male klingeln und zog die Tür auf.

Der Geruch von feuchtem Erdreich schlug ihnen entgegen. Sie starrten in den dunklen Gang. Nichts geschah.

Dann, nach etlichen Sekunden, ein Geräusch: Auf der anderen Seite des Tunnels öffnete sich die Tür.

Theiß wandte sich an seine Leute. »Und los!«

Die vier Beamten zogen ihre Waffen.

Heiko schrie auf. Mit aller Kraft drückte er seinen Rücken gegen die Wand.

»Sie zittern ja.« Verena warf ihm einen mitfühlenden Blick zu, während sie die Pistole auf den Tunnelzugang hielt. »Alles in Ordnung, Herr Raabe. Bloß keine Angst.«

Am anderen Ende des Tunnels flammte ein Licht auf, so hell, dass man nicht sehen konnte, was sich dahinter verbarg. Schritte waren zu hören. Der schnelle Gang eines Menschen. Und andere Schritte, ein Tapsen, ein leises Kratzen. Von einem Tier? Das Licht und die Schritte kamen näher, immer schneller. Jetzt waren Umrisse zu erkennen, dann das ganze Bild: ein uniformierter Polizist, vor ihm ein dunkler Hund. Er bellte – nicht bedrohlich, aber voller Ungeduld. Der Polizist löste die Leine. Die Labradorhündin schoss in den Kellerraum, direkt auf Heiko Raabe zu. Er schrie und hob die Arme vor seinen Kopf. Doch davon ließ Branka sich nicht beirren. Freudig kläffend sprang sie an ihm hoch.

»Nun, Herr Raabe?« Theiß lächelte breit. »Ist das nicht ein schönes Wiedersehen?«

*

Lilo hatte ihre Mission erfüllt, sie joggte zurück, weit hatte sie es nicht. Hinter der nächsten Straßenbiegung stand ein dunkelblauer Lieferwagen, darin warteten zwei Kriminaltechnikerinnen. Vor dem Einsatz hatten sie Lilo sorgfältig verkabelt, jetzt lösten sie die Drähte.

»Dann erzählen Sie mal.« Eine der Frauen befreite Lilo vom Mikrophon. »Wie haben Sie sich so gefühlt als Lockvogel?«

»Ach, gar nicht so übel.«

»Jedenfalls haben Sie verdammt echt gewirkt. Und so selbstsicher.«

Die andere Technikerin zog das Band mit dem eingelassenen Objektiv von Lilos Stirn. »Und auch bei der Haltung alles richtig gemacht: immer Raabes Nase im Blick. Die Kamera war genau auf sein Gesicht gerichtet.«

»Danke, danke«, freute Lilo sich. »Darf ich die Aufnahme denn sehen?«

»Noch nicht. Das Video geht zuerst an die Einsatzleitung. Aber später bestimmt.«

Die Technikerinnen entfernten die Kleberreste, dann ließ Lilo sich nach Hause fahren.

Oskar saß noch immer mit der Zeitung auf seiner Terrasse, vermutlich hatte er nicht viel gelesen. Vor einer Stunde hatte er sie auf die Wangen geküsst. Würde er sie jetzt in die Arme schließen? Doch nichts dergleichen geschah. Oskar stand nicht einmal auf, sondern wies nur auf den Stuhl neben sich. Lilo nahm Platz.

»Hallo, Herr Nachbar.« Sie schmunzelte. »Du hattest wohl keine Angst um mich?«

»Wozu denn auch? Die Polizei hatte dich im Auge und im Ohr. Und die Technik hat funktioniert. Was willst du denn noch machen mit dem angebrochenen Nachmittag?«

»Erst mal ruhe ich mich ein bisschen aus.«

»Gut. Danach Bierchen mit Kartoffelsalat. So gegen halb sieben?«

»Gern.«

Bevor sie um die Ecke verschwand, drehte sie sich zu ihm um. Er hob grüßend die Hand.

*

Die *Spannerzelle* in der Stralsunder Kripo-Inspektion machte ihrem Namen alle Ehre. Die Kollegen drängten sich in dem schmalen Raum vor der Einwegscheibe. Verena stand in erster Reihe und beobachtete, wie Heiko Raabe den Vernehmungsraum betrat: die Augen geradeaus, die Mundpartie ruhig, die Schritte leicht federnd. Weder angespannt noch ängstlich, weder anklagend noch wütend. So wollte er wirken. Doch seine Körpersprache log. Verena bemerkte die mühsam beherrschte Unterlippe. Das bebende Kinn. Ihre Kollegen besuchten Seminare dazu, Verena hatte einen besonderen Anspruch: Wenn ein Beschuldigter log, erkannte sie das auch so. Ganz ohne Seminar. Er bemüht sich um Sachlichkeit, dachte sie in diesem Moment, und er schafft es nicht. Er ist zu schwach. Und zu arrogant.

Sie ließen ihn an einem Tisch Platz nehmen. Theiß setzte sich ihm genau gegenüber. Matthias blieb zwei Schritte neben dem Tisch stehen.

»Herr Raabe?« Der Erste Hauptkommissar beugte sich vor. »Angeblich kennen Sie den Hund nicht. Sie haben ihn wissentlich noch nie gesehen und hatten niemals Kontakt zu ihm. Stimmt das so?«

»Richtig.«

»Es ist übrigens eine Hündin. Sie heißt Branka. Branka mag Sie. Sie hat sich ja so sehr gefreut, Sie zu sehen. Aber Sie kennen Branka angeblich nicht. Wie passt das zusammen?«

»Man kann Hunde darauf abrichten«, entgegnete Raabe knapp. »Alles eine Frage der Dressur.«

Theiß hob die Brauen. »Ist das so? Verstehen Sie etwas von Hunden, Herr Raabe?«

»Nicht viel.«

»Aha. Bis vor ein paar Wochen hatte Branka ein Frauchen. Eine Dame, die sehr viel von Hunden verstand: Ewa Lubinski aus Pölitz bei Stettin. Sagt Ihnen das was?«

»Nein.«

Theiß lehnte sich zurück. »Uns liegt eine Aussage vor. Demnach waren Sie regelmäßig zu Besuch bei Frau Lubinski. Und zu Branka hatten Sie ein besonders gutes Verhältnis. Sie haben den Hund jedes Mal mit Leckerchen gefüttert.«

Raabe hob den Blick. »Haben Sie dafür Beweise?«

»Wie ich schon sagte: eine Zeugenaussage.«

»Die muss aber nicht stimmen«, entgegnete Raabe ruhig.

»Da haben Sie recht. Zeugenaussagen müssen nicht stimmen. Darum geben wir uns auch nicht damit zufrieden, sondern schauen uns das genauer an.« Theiß zog den Computerbildschirm heran. »Seien Sie so gut, Herr Weber.«

Matthias drückte auf ein paar Tasten. Auf dem Monitor erschien ein Foto von Heikos Jacke, dunkelgrün und mit dem Logo der Pension.

»Was sagen Sie, Herr Raabe. Können Sie sich vorstellen, wo wir das fotografiert haben?«

Heikos Antwort kam prompt. »In Sellin. An der Garderobe vom Gemeindesaal.«

»Richtig. Und zwar gestern Abend. Sie haben getanzt,

und wir haben uns erlaubt, Ihre Jacke zu untersuchen. Und siehe da: Auf Ihrer Jacke befanden sich Haare genau dieses Hundes. Aber angeblich kennen Sie Branka ja nicht.«

Heiko schluckte. »Ich trage die Jacke nicht immer. Es kann tausend Gründe geben, wie die Hundehaare an meine Jacke geraten sind.«

»Nicht? Ach so. Na, dann kommen wir zum nächsten Indiz: Ihre Mitarbeiterin.« Theiß wies auf Matthias. »Wie Sie wissen, hat Kommissar Weber am Montag Ihre Wirtschafterin Maria Stoth befragt. Und nun verraten Sie uns doch bitte, Herr Weber, was Frau Stoth Ihnen anvertraut hat.«

Matthias straffte die Schultern. »Herr Raabe: Anders als von Ihnen ausgesagt, waren Sie vergangenen Freitag nicht ununterbrochen in der Pension. Sie waren eine halbe Stunde weg, etwa von 21 Uhr bis 21 Uhr 30. Angeblich wollten Sie sich bloß die Beine vertreten. Eine kleine Pause, weil an diesem Abend so viel zu tun war. Und als am nächsten Morgen die Bluttat an Kai-Uwe Scholl bekannt wurde, haben Sie Frau Stoth Geld gegeben, damit sie Ihre halbstündige Abwesenheit verschweigt. Nicht weil Sie etwas Unrechtes getan hätten, sondern damit die Polizei keine falschen Schlüsse zieht. So hat Frau Stoth uns das geschildert. Und weil sie Geld brauchte, hat sie Ihnen den Gefallen getan.«

Raabe antwortete nicht gleich. »Das stimmt«, meinte er schließlich. »Ich habe Frau Stoth gebeten, das so zu formulieren. Damit die Polizei nicht noch mehr fragt. Aber ich habe Scholl nicht getötet.«

»Wir nehmen es zur Kenntnis, Herr Raabe.« Theiß nickte. »Übrigens haben wir Frau Stoth geraten, sich ein paar Tage krankschreiben zu lassen. Es ging ihr nicht gut mit dieser Lüge. Sie bereut das aufrichtig. Aber nun lassen Sie uns doch über Ihre Besucherin sprechen. Kurz vor fünfzehn Uhr. Was haben Sie gedacht, als Lieselotte Gondorf bei Ihnen klingelte?«

Heiko schluckte wieder. Für einen Moment sah es aus, als wollte er etwas entgegnen, doch er schwieg.

»Nun ja. Ihre Antwort hat Zeit. Wichtig ist: Frau Gondorf hat Ihnen ein Geschenk überreicht. Dieses hier.« Theiß zog das Päckchen hervor. »Es lag vorhin noch auf Ihrem Schreibtisch. Sie wollten es ja nicht öffnen, jedenfalls nicht sofort.«

Heikos Augen streiften das weiße Seidenpapier. »Weil ich keine Zeit dafür hatte«, verteidigte er sich. »Ich wusste doch, dass Sie und Ihre Kollegen kommen wollten.«

»Ach, Herr Raabe.« Theiß faltete die Arme vor seiner Brust. »Das glauben wir nun wirklich nicht. So ein Päckchen aufmachen, das dauert ein paar Sekunden. Dann noch ein kurzes Dankeschön, und schon hätten Sie Frau Gondorf höflich verabschieden können.«

Heiko schwieg wieder, er schien angestrengt zu überlegen, doch Theiß ließ ihn nicht zu Ende denken: »Um es kurz zu machen, Herr Raabe: Wir haben Ihre Reaktion auf das Päckchen aufgezeichnet. Frau Gondorf war verkabelt. Und jetzt schauen wir uns mal Ihre Reaktion an.« Theiß wandte sich an Matthias. »Bitte erst mal ohne Ton.«

Auf dem Monitor lief ein Film ab, Theiß übernahm den Kommentar. »So, Herr Raabe: Hier legt Frau Gondorf das Päckchen vor Sie auf den Tisch. Sie sehen es sich an, lesen den Schriftzug *Herrenboutique Binz* und sinken im Stuhl zurück. Hier ist Ihre Mimik besonders gut zu erkennen. Für einen Moment steht in Ihren Augen blanke Panik, dabei bleiben Sie äußerlich ruhig, Sie beherrschen sich, Sie beugen sich zu Frau Gondorf vor und sagen ihr, dass Sie jetzt leider keine Zeit haben, dann legen Sie das Päckchen zur Seite.«

Theiß gab Matthias ein Zeichen, dieselbe Szene lief erneut ab, dieses Mal mit Ton. Heiko starrte auf den Bildschirm.

»Verdammt viel Angst haben Sie da«, bemerkte Matthias schroff. »Ihnen geht regelrecht die Muffe. Warum eigentlich? Ist doch alles ganz harmlos: Eine nette ältere Dame überreicht Ihnen mit freundlichen Worten eine kleine Aufmerksamkeit. Aber Sie schieben Panik!« Matthias knallte das Päckchen vor Heiko auf den Tisch. »Aufmachen! Sofort!«

Heiko zögerte.

»Dann eben anders. Bleiben Sie bitte sitzen.« Matthias griff das Päckchen, stellte sich nah neben Heikos Stuhl und schlug das Papier auf. Darin befand sich eine Krawatte: dunkelblau mit kleinen türkisgrünen Kugelfischen.

»Haben Sie die schon mal gesehen, Herr Raabe?«

»Nein!« Heikos Stimme zitterte.

»Das glauben wir Ihnen sogar. Dieses Exemplar hier haben Sie noch nie gesehen. Die haben wir nämlich erst heute Morgen gekauft und einpacken lassen. Schauen Sie mal.« Matthias entfaltete die Krawatte. »Und exakt die gleiche befand sich auf dem Segelboot von Kai-Uwe Scholl.« Er hielt das schmale Stück Stoff waagerecht vor Heikos Hals. »Am Freitag gegen 21 Uhr 15.«

Heiko schloss die Augen.

*

Aus dem Vernehmungsprotokoll von Heiko Raabe:

»Kai-Uwe Scholl und Nora Onning waren dick im Geschäft mit den Welpen. Im Tierheim hieß es, die Hunde kämen aus Tierrettungsstationen. Alle glaubten das, sogar Noras engste Mitarbeiter. Aber es stimmte nicht. Die Hunde stammten aus illegalen Transporten, die meisten direkt aus Ewas Produktion. Nora hat sie pro Stück für zwanzig Euro gekauft, dann aufgepäppelt und für siebenhundert abgegeben. Natürlich haben die Leute gefragt, welcher Tierarzt fürs Heim zuständig ist. Und fast alle sind dann mit ihren Welpen zu Scholl gegangen, in seine Praxen, weil er die Hunde schon kannte. So hat er sich seine Kundschaft gesichert. Aber das war nicht alles: In Stettin gibt es einen großen Zwinger mit Rüden, denen hat Scholl Medikamente gegeben, damit sie gute Spermien produzierten. Auch Ewas zweihundert Mutterhunde hat er mit Hormonen versorgt, die wurden bei fast jedem Deckakt trächtig. Dafür hat Scholl natürlich noch mal kassiert. Nora hat sich auch um die Vermarktung gekümmert. Sie hat mit den Großhändlern in Belgien, Frankreich und Spanien verhandelt und reichlich Provision eingestrichen.

Das alles habe ich von Segert erfahren, ungefähr vor einem Jahr. Er hat mir das einfach so erzählt, völlig unkritisch, er ist psychisch eben heftig neben der Spur. Und er selber wusste das alles von Ewa. Er behauptet zwar immer, dass er seit zehn Jahren keinen Kontakt mehr zu ihr hatte. Aber das stimmt nicht: Sie haben sich ab und zu Briefe geschrieben.

Ich habe Kai-Uwe Scholl und Nora Onning erpresst. Meine Pension brauchte dringend die Modernisierung, sonst hätte ich schließen müssen. Und da dachte ich: Wenn die anderen mit den Welpen richtig viel Geld machen und trotzdem als edle Tierschützer dastehen, dann kann ich was abhaben vom Kuchen. Ich habe gedroht, alles auffliegen zu lassen. Das hat gut funktioniert, jeden Monat hatte ich tausend bis zweitausend Euro zusätzlich. Aber ich habe auch was dafür getan: Ein paar Mal bin ich sogar selbst zu Ewa gefahren und habe Welpen abgeholt. Dabei hatte ich auch Kontakt zu Branka, der Labradorhündin. Sie mag mich noch immer. Das hat man ja gesehen, als sie durch den Tunnel auf mich zugerannt kam.

Dann hat Ewa sich umgebracht. Ich wusste wirklich nichts von ihrem Besuch bei Segert. Dass es sich um Ewa Lubinski handelte, wurde mir erst klar, als ich den Zeitungsbericht las. Kai-Uwe Scholl, Nora Onning und ich haben überlegt, wie wir am besten vorgehen. Nora hat Ewas Sohn in Berlin angerufen und Bescheid gegeben, dass seine Mutter tot ist. Er wollte sofort nach Gager fahren. Er wollte sogar mit der Polizei sprechen und Ewas Identität aufklären. Nora hatte Mühe, ihn davon abzuhalten. Schließlich hat er eingewilligt, erst mal zu ihr ins Tierheim zu kommen. Um zu überlegen. Er hat sich dann nur noch Felix genannt, obwohl sein Rufname Jan ist. Beide haben behauptet, dass der Praktikumstermin schon lange feststand. Das war quasi die Tarnung. Nora und Scholl waren ziemlich erschüttert von Ewas Tod. Sie wollten aufhören mit dem Welpengeschäft. Das Geld bräuchten sie nicht mehr so dringend, haben sie gemeint. Nora hatte ihr Tierheim gut eingerichtet, und Scholls Praxen liefen bestens. Aber ich musste noch den Umbau der Pension bezahlen. Wieczorek und seine Kollegen wollten zuerst weitermachen mit den Tieren, auch ohne Ewa. Nora und Scholl waren dagegen, wir haben uns heftig gestritten. Und schließlich hieß es: Wieczorek macht doch nicht weiter. Jan Felix hatte ihn unter Druck gesetzt: Falls Ewas Hunde nicht ins Heim kämen, wollte er der Polizei alles sagen, was er über die Welpenvermehrer in Stettin wusste. Und Jan Felix wusste eine Menge. Da wären jede Menge illegale Betriebe und Transporte aufgeflogen. Diese Drohung stand also im Raum. Freitagabends hatten Scholl und ich uns dann auf seinem Boot verabredet, um noch mal in Ruhe zu reden. Aber seine Haltung war klar: Er wollte aufhören, und Ewas Hunde sollten alle ins Tierheim. Für mich bedeutete das: zweitausend Euro weniger im Monat. Der Streit zwischen Scholl und mir wurde immer schlimmer. Dann habe ich die Krawatte auf dem Sofa gesehen. Es ging ganz schnell. Als er mir kurz den Rücken zudrehte, habe ich ihm die Krawatte umgelegt und zugezogen. Natürlich dachte ich, dann würden Nora und Jan Felix ihre Meinung ändern. Wir könnten weitermachen mit den Welpen. Aber die beiden sind ja stur geblieben.«

*

Aus dem Vernehmungsprotokoll von Nora Onning:

»Ich wollte das Geld nie für mich persönlich. Ich habe es in das Heim investiert, damit die Tiere es schön haben. Na gut, ein paar Hunde mussten leiden – dafür konnten wir vielen anderen Tieren helfen. In unserem Heim gab es immer Hunde, die aus der Tierrettung stammten. Aber ich habe auch Welpen direkt von Ewa Lubinski übernommen und behauptet, dass die ebenfalls aus der Tierrettung kamen. Alles lief bestens. So lange, bis Segert das an Raabe weitergab und Raabe anfing, Scholl und mich zu erpressen.

Zuerst haben wir überlegt, ihm den Wind aus den Segeln zu nehmen. Wir hätten ja behaupten können: Es stimmt gar nicht, dass wir in den Welpenhandel verstrickt sind, das hat Segert sich nur ausgedacht in seinem kranken Hirn. Aber natürlich hätte schon die Diskussion darüber dem Ruf des Tierheims geschadet. Und erst recht dem Ruf von Scholls Praxen. Also haben wir Raabe Geld gegeben, und er hat davon die neue Veranda seiner Pension finanziert. Besonders schlimm war: Segert wusste, dass Raabe uns erpresst. Das hat Raabe ihm brühwarm erzählt. Dadurch wurde Segert psychisch noch labiler und fing mit der Katzenhortung an. Und Raabe war dann so bösartig, dass er Segert sämtliche Behörden auf den Hals gehetzt hat. Natürlich war es eine Ironie des Schicksals, dass ausgerechnet ich bei der Katzenaktion in Segerts Garten mitmachen musste. Aber ich konnte schlecht absagen, schließlich war ich die Leiterin des Tierheims. Bei der Gelegenheit sind Segert und ich uns das erste Mal persönlich begegnet. Aber wir haben beide so getan, als wüssten wir nichts voneinander. Das hat Segert gut hingekriegt, obwohl er seelisch so angeschlagen ist. Als er dann in der Klinik war, habe ich ihn ja ab und zu besucht und mit ihm Boccia gespielt. Darüber hat er sich gefreut, und manchmal, wenn kein anderer dabei war, haben wir auch kurz über den Welpenhandel gesprochen.

Vor ein paar Wochen hat dann die Polizei Wieczoreks Transport aufgegriffen. Sechsundzwanzig von diesen Welpen sollten am nächsten Tag zu uns ins Heim kommen. Ich dachte: Das ist eine gute Gelegenheit, noch welche dazuzuholen, direkt aus Ewas Betrieb. So wurden es neununddreißig. Ich war mir sicher, das fällt niemandem auf. Aber dann hat die Polizei sich bei der Tierrettung erkundigt, und so ist unsere Methode aufgeflogen. Immerhin: Kai-Uwe Scholl und ich haben keine Straftat begangen. Es war moralisch nicht in Ordnung, aber wir sind keine Verbrecher.

Als Ewa sich erschossen hatte, wollten wir mit dem Welpenhandel aufhören. Endgültig. Aber Raabe bestand darauf, dass Wieczorek und seine Leute jetzt den Betrieb übernehmen und wir weitermachen. Scholl war dagegen, genau wie ich. Und Raabe hat gedroht, alles hochgehen zu lassen. Wir hätten ihn zwar als Erpresser rankriegen können, aber er hatte jede Menge gegen uns in der Hand. Er weiß verdammt viel über die illegalen Welpengeschäfte. Auch über die Verstrickungen mit dem Drogenhandel, dem Menschenhandel und lauter anderen kriminellen Machenschaften. Es gibt Hundevermehrer, die tief im Sumpf stecken, da sind jede Menge Leute voneinander abhängig und erpressbar. Mit denen hätten Scholl und ich so richtig Ärger gekriegt. Also haben wir weitergemacht mit den Welpen und den Zahlungen an Raabe. Natürlich bereue ich das jetzt.

Scholls Tod war ein schrecklicher Schock für Jan Felix und mich. Wir ahnten sofort, dass Raabe dahintersteckt. Aber aus Angst haben wir die Aussage verweigert. Wenn wir ihn verraten hätten, wären wir vielleicht seine nächsten Opfer gewesen. In der U-Haft hatten wir wenigstens Ruhe vor ihm.«

*

Aus dem Vernehmungsprotokoll von Jan Felix Lubinski:

»Ich wusste nichts davon. Wieczorek hat mich nicht informiert, dass meine Mutter verreist war, ohne zu sagen, wann sie auf den Hof zurückkommen wollte. Von ihrem Tod habe ich erst durch Nora Onning erfahren. Ja sicher,

Nora und ich kannten uns schon vorher, sie hat von meiner Mutter doch viele Welpen übernommen und im Tierheim verkauft. Als meine Mutter dann tot in Segerts Garten lag, bin ich sofort losgefahren. Ich wollte mit Segert sprechen, ihn fragen, wie das alles abgelaufen ist. Aber das ging nicht, er war in der Psychiatrie, und ich konnte ihn nicht besuchen. Dann hätte sich sofort die Polizei eingeschaltet.

Ich war mir damals fast sicher: Meine Mutter hat sich selbst getötet. Wegen ihrer ständigen Bemerkungen, dass sie nicht mehr leben wollte. Andererseits habe ich überlegt, ob Segert sie umgebracht hat. Absichtlich oder durch einen Unfall im Streit oder sonst wie. Darum wollte ich nicht zurück nach Berlin, sondern auf Rügen bleiben. Vielleicht würde ich ja doch noch mehr über ihren Tod herausfinden. Und so bin ich als Praktikant im Tierheim untergekommen, eine gute Tarnung. Aber die Arbeit fiel mir nicht leicht. Da waren doch die Welpen aus der Vermehrer-Station meiner Mutter. Ich habe Nora immer wieder gesagt, sie soll mit diesen Geschäften aufhören. Das hätten sie und Scholl auch getan, aber Raabe hat die beiden ja derartig unter Druck gesetzt.

Bei Scholls Tod wusste ich sofort, dass Raabe irgendwie dahintersteckt. Tief drinnen ist der eiskalt, das wusste ich von Anfang an. In der Untersuchungshaft waren Nora und ich vor ihm sicher. Die Kripo hat ja schließlich alles rausgefunden. Über die schreckliche Welpenzucht und wie die polnische Polizei alles durchsucht hat. Wieczorek hat das ja wohl bestätigt: die Depressionen meiner Mutter und ihre Verzweiflung. Sie sprach so oft von Selbstmord und ließ sich nicht helfen. Letzten Endes wurde mir klar: Wenn ich noch irgendwas in ihrem Sinne tun kann, dann muss ich helfen, Raabe zu überführen. Ich habe ihn verraten: Dass er regelmäßig bei meiner Mutter in Pölitz war und sich mit unserer Hündin Branka gut verstand. Und dass Branka immer an ihm hochsprang.

Heute bin ich ganz sicher, dass meine Mutter sich selbst umgebracht hat, ohne Druck von anderen, auch nicht von Herrn Segert. Der Schuss ins Gesicht passt zu ihr. Sie konnte hart und brutal sein, auch zu sich selbst. Manchmal hat sie gesagt, sie würde ihr Leben gern auslöschen. Radikal. Am liebsten so, dass nichts von ihr übrig bleibt.«

*

Aus dem Befragungsprotokoll von Hansjoachim Segert:

»Ich habe Ihnen schon mal gesagt, Sie sollen mich in Ruhe lassen. Ich bin psychisch labil, sonst wäre ich nicht in der Klinik. Meine Krankheit habe ich schon lange, ich kann nicht mehr richtig kontrollieren, was ich tue. Heiko Raabe war freundlich zu mir, ich habe ihm vertraut und darum von den Geschäften mit den Welpen erzählt. Dass Raabe daraufhin Frau Onning und Herrn Scholl erpresst, konnte ich nicht ahnen. Aber es hat mich trotzdem belastet. Ja, die Katzen haben mir darüber hinweggeholfen. Ich wollte immer mehr haben. Sie waren meine Familie.

Ewa war schon so lange krank: depressiv und verzweifelt. An diesem Freitag rief sie plötzlich an und stand kurz darauf vor meiner Haustür. Zuerst hatte sie gute Laune, aber als sie meine Katzen sah, fand sie alles ganz schrecklich. Wie ich das nur aushalten würde. Der ganze Dreck und Gestank und dass ich die Tiere quäle. Gegen die Vorwürfe habe ich mich gewehrt. Ewa hat sich dann auch kurz beruhigt, wir haben uns bei einem Getränk zusammengesetzt. Ich habe ihr Komplimente gemacht, wie blendend sie aussieht. Das hat sie aufgeheitert. Ein paar Mal hat sie etwas angedeutet. Wie gut wir uns doch eigentlich verstehen. Und dann hat sie von ihrer Gesichts-OP gesprochen. Ihr junges Aussehen war also ganz unnatürlich, sie hatte sich Haut wegschneiden lassen. Ich habe ihr gesagt, dass ich das überhaupt nicht gut finde. Wir werden alle älter und sterben irgendwann. Und ich halte es für falsch, wenn man nicht zu seinem wirklichen Alter steht.

Ich habe gedacht, sie würde sich jetzt mit mir streiten. Aber es war kein Streit. Sie hat ganz plötzlich die Pistole gezogen und sich umgebracht. Ja, vielleicht lag das am Thema. Ich hatte mich negativ über ihr Facelifting geäußert, und sie hat sich ins Gesicht geschossen. Aber das war höchstens der Anlass. Nicht die Ursache. Ewa hatte fest vor zu sterben. Daran hätte ich sie nicht hindern können.

Sie hatte ein paar Sachen bei sich: eine Tasche mit einem Pass und etwas Geld. Und ein Handy und eine Sonnenbrille. Ich habe alles in den Müll geworfen. Wussten Sie eigentlich, warum Heiko Raabe mir die Behörden auf den Hals gehetzt hat? Ja, ja, angeblich weil meine Katzen seine Gäste stören. Das hat er überall herumerzählt, aber es ist nur die halbe Wahrheit. Er wollte bei den Behörden erreichen, dass ich mein Haus räume. Dann hätte er es selbst gekauft und seine Pension noch mal erweitert. Er wurde ja richtig größenwahnsinnig. Weil es für ihn so leicht war, Frau Onning und Herrn Scholl zu erpressen. Über die beiden Toten bin ich übrigens sehr, sehr traurig. Ich weiß wohl, die Polizei hält mich für arrogant und hartherzig. Doch auch die Polizei kann sich irren. Und noch was: Als Frau Onning die Katzen aus meiner Wohnung geholt hat, habe ich so getan, als wüsste ich nichts von dem illegalen Welpenhandel. Dann macht die Mafia mich tot, habe ich gedacht. Da gehe ich lieber in die Psychiatrie. Ist ja auch ganz schön da.«

Neuigkeiten

Verena hatte versprochen, am Montag früh Feierabend zu machen und gegen vier nach Groß Zicker zu kommen. Trotz schlechter Vorhersage ließ sich die Sonne blicken, Lilo deckte den Tisch auf der Terrasse. Die Gäste von Mövennest und Boddenhüsken waren zu einer Fahrradtour aufgebrochen – einem ungestörten Kaffeeklatsch stand nichts im Wege.

Während Lilo das Besteck verteilte, schaute sie hinüber zum Wasser. Glatt und schimmernd lag es da, schäfchengleich durchzogen Wolken das Himmelsblau. Ein Bild des Friedens. Genau das Richtige, um sich in Ruhe auszutauschen über Tierquälerei, Suizid und Mord durch Erdrosseln. Zur Feier des Tages gab es Käsetorte.

Verena kam pünktlich. Ihr Blick schweifte über die Kaffeetafel und weiter durch den Garten zum Bodden. »Endlich mal eine schöne Landschaft. Ganz ohne Polizeiabsperrung. Übrigens: Die Leichen von Ewa Lubinski und Kai-Uwe Scholl sind freigegeben. Bei Ewa kümmern sich ihre beiden Schwestern um die Beerdigung. Von Jan Felix haben wir die Adressen bekommen.«

»Aha? Und warum haben die Schwestern sich nicht schon viel früher gemeldet? Als Ewas Beschreibung durch die Medien ging?«

»Angeblich ist das an Ewas Verwandten und Freunden spurlos vorbeigegangen. So wie Wieczorek und Konsorten ja auch bloß Radio hören und DVD gucken. In Wirklichkeit haben es natürlich alle gelesen und lieber geschwiegen.«

»Weil sie über die Sache mit den Welpen Bescheid wussten, aber keinen Ärger kriegen wollten?«

»Wer Angst vor einer kriminellen Vereinigung hat, hilft der Polizei nur ungern. Vor allem, wenn es nicht mehr viel nützt. Eine Mitteilung von den lieben Verwandten hätte Ewa auch nicht lebendig gemacht.«

Lilo schenkte Kaffee ein. »Und eure polnischen Kollegen? Was sagen die jetzt zu alldem?«

»Das, was Lukasz schon vermutet hat: Gegen Wieczorek gibt es keine handfesten Beweise. Er redet sich damit raus, dass Ewa den Hundequälerbetrieb allein geführt hat. Aber wenigstens die deutsche Staatsanwaltschaft lobt uns.«

»Tja. Die weiß ja auch nicht, dass deine Mutter unerlaubt in die Pension Raabe eingedrungen ist und ein Telefonat mitgehört hat.« Lilo seufzte mit gespieltem Bedauern. »Aber wahrscheinlich hättet ihr auch ohne mich rausgefunden, dass Heiko für ein sauberes Alibi seine Wirtschafterin bestochen hat.«

»Keine falsche Bescheidenheit.« Verena schlug ihre Gabel in die Torte. »Das war ein wichtiger Hinweis. Natürlich hatten wir auch Glück: Diese Maria Stoth ist ziemlich schnell eingeknickt.«

»Und wie geht es mit ihr weiter?«

»Sie bekommt einen Prozess wegen vorsätzlicher Falschaussage. Aber sie zeigt Reue, die Strafe wird also eher mild ausfallen.«

»Hatten die beiden eigentlich was miteinander? Heiko und diese Stoth?«

»Beide sagen nein. Heiko Raabe war sogar ziemlich sauer über die Frage. Seine Beziehung zu Frau Stoth war rein sachlich, darauf besteht er.«

»So sachlich, dass er sie bestechen konnte und sie sich drauf eingelassen hat?«

»Tja. Eine Wirtschafterin kann eben zu vielem nutze sein.« Verena schmunzelte. »Übrigens ist Raabe ein vorbildlicher Häftling: angepasst und voll geständig.«

»Und das bei einem reinen Indizienprozess. Er hätte ja auch lange schweigen können.«

»Dazu war er dann doch zu dünnhäutig. Es wurde schließlich auch eng für ihn: das gekaufte Alibi, die Hundehaare an seiner Jacke und schließlich der Labrador im Tunnel. Wie hätte er sich da noch rausreden sollen?«

»Und was ist mit der Pension?«

»Die übernimmt der Besitzer vom Hotel Inselbrise, erst mal per Pachtvertrag. Im Moment brummt der Laden ja.«

»Kein Wunder. Steht auch genug in der Zeitung über unser Dorf. Was ich aber noch nicht begreife: Warum hat Segert der Polizei nichts vom Welpenhandel erzählt?«

»Weil er sich schuldig fühlte. Durch ihn hat Raabe ja überhaupt erst von der Sache erfahren. Und als Raabe dann Nora Onning und Kai-Uwe Scholl erpresst hat, war es zu spät.«

»Wieso das denn?«

»Segert meint, er habe den richtigen Zeitpunkt verpasst. Aber sein Hinweis, dieses Fotoalbum mit der Autonummer drin: Das war wohl seine Art der Wiedergutmachung.«

»Immerhin.« Lilo schenkte Kaffee nach. »Gebt ihr da noch was an die Presse raus?«

»Nur das Nötigste: Die Tierheim-Chefin und ihr Praktikant sind wieder auf freiem Fuß. Und ein Gastwirt aus Gager hat den Mord am Tierarzt gestanden.«

»Und dic Verstrickungen mit den Welpenhändlern?«

»Darüber geht erst mal nichts nach draußen. Rein formal haben Nora und Felix keine Straftat begangen. Ungeimpfte und viel zu junge Welpen über die Ländergrenze zu bringen ist lediglich eine Ordnungswidrigkeit.«

»Das heißt, sie macht den Job im Tierheim einfach weiter?«, empörte Lilo sich. »Ohne dass jemand vom Geschäft mit den Welpen erfährt?«

»Im Moment könnte sie das noch, aber sie ist vernünftig genug und zieht weg. Spätestens mit dem Strafprozess gegen Raabe kommen ja auch die Hintergründe ans Licht, und dabei wird sicher ihr Name fallen.«

»Aber was nützt es denn dann wegzuziehen?«

»Sie übernimmt eine Tierheimleitung in Oberbayern, morgen kommt schon der Umzugswagen. Ich schätze mal, sie hofft, dort schnell Fuß zu fassen, sodass Raabes Prozess ihr dann nicht mehr viel anhaben kann.«

»Und was erzählt sie den Leuten in Göhren? Warum sie so schnell verschwindet?«

»Weil Scholls Tod ihr so an die Nieren geht. Da kann sie hier nicht weitermachen. Übrigens: Nora und Felix haben dich mit keinem Wort erwähnt. Die ahnen wohl nicht mal, dass du eine Tochter bei der Kripo hast.«

»Perfekte Tarnung«, frotzelte Lilo. »Es heißt ja nicht umsonst: Frauen über sechzig werden kaum noch als Person wahrgenommen. Ich fand es überhaupt seltsam, wie schnell ich diese Stelle hatte. Nach meinem Hintergrund hat Nora sich kaum erkundigt.«

»Wahrscheinlich fand sie dich sehr vertrauensvoll.«

»Aber überleg mal. Die holt sich jemanden ins Tierheim und weiß nichts über diese Person. Und betreibt dabei auch noch dunkle Geschäfte. Dann hatte sie ja wohl keine Angst, dass ihr jemand auf die Schliche kommt.«

»Das stimmt. Und ihr geheimer Handel mit den Welpen hat lange funktioniert. Dabei hätte das so leicht auffliegen können. Im aktuellen Fall hätte es ja gereicht, einfach mal nachzufragen, wie viele Welpen aus der Tierrettungsstation in den Heimen gelandet sind. Aber eine Sache noch: Felix und du. Ihr habt fast gleichzeitig mit eurer Arbeit im Tierheim angefangen – und zwar aus demselben Grund: um was über Ewa rauszufinden.«

»Bloß ich war erfolgreicher!«

»Natürlich, Mama. Du hast in Felix' Akte die entscheidende Spur entdeckt, und er hat nicht mal begriffen, dass du die Mutter der ermittelnden Beamtin bist.« Verena stellte ihren Teller beiseite. »Darum bekommst du eine Belohnung. Die müssen wir jetzt aus dem Auto holen.«

»Sofort?«

»Ja, ist besser bei der Wärme.«

Lilo stutzte, doch sie fragte nicht nach. Die beiden gingen zum Wagen.

»Das Seitenfenster ist noch offen, Kind.«

»Volle Absicht. Ich wollte ein bisschen Luft reinlassen.«

»Mir schwant Schlimmes.«

»Keine Sorge. Ich habe vorher mit Oskar telefoniert. Er gibt seinen Segen.«

»Na dann.«

Lilos hatte richtig geahnt: Auf der Rückbank stand ein zweistöckiger Käfig für Nagetiere.

Verena schmunzelte. »Du sollst doch eine Erinnerung haben an deinen mutigen Einsatz.«

»Wie sinnig.« Lilos Blick suchte den Käfig ab. »Und? Irgendwelches Leben da drin?«

»Hat sich ins Häuschen verzogen.«

»Ist es das braune Schwein von letzter Woche?«

»Das mit dem Alkoholrausch, meinst du? Nein, das braucht Schonung. Noch mehr von deiner Tierliebe würde ihm nicht guttun. Lass uns das Ding erst mal raushieven, dann darfst du gucken.«

Sie trugen den Käfig auf die Terrasse. Vorsichtig hob Lilo das Häuschen an und erkannte sie sofort: Arnie und Gerd, die unzertrennlichen Böcke.

»Matthias hat im Tierheim mit einer Praktikantin namens Meltem gesprochen«, erklärte Verena. »Und so getan, als ob die Meerschweinchen für ihn selbst sind. Meltem fand es schön, dass die beiden wieder ein eigenes Zuhause bekommen.«

»Sollen sie haben. In der Gruppe haben die sich nie so richtig wohlgefühlt.« Lilo schloss ihre Tochter in die Arme. »Ach, das ist süß von euch, danke.«

Eine halbe Stunde später fuhr Verena zurück nach Stralsund – dort wartete heute zwar keine Arbeit mehr auf sie, wohl aber Christoph.

*

Sobald die Staatsanwaltschaft Kai-Uwes Leiche freigegeben hatte, rief Diane Scholl einen Bestatter an und bat um einen kurzfristigen Termin. Die Beerdigung fand an einem Mittwoch um acht Uhr auf einem Waldfriedhof bei Hannover statt. Im engsten Familienkreis und in aller Stille.

*

Im Stralsunder Krankenhaus West schlang der Patient Hansjoachim Segert einen Windsor-Knoten in eine anthrazitfarbene Krawatte. Zum ersten Mal seit seiner Einweisung durfte er die Klinik verlassen. Zwar in Begleitung, doch das musste er akzeptieren. Immerhin sollte es ins Ausland gehen, eine richtig schöne Reise. Und er hatte sich dafür etwas vorgenommen: Kein Wort wollte er über den Welpenhandel verlieren. Das war er seiner Ewa schuldig. Sie sollte in Frieden ruhen.

*

Am selben Morgen stand Amtspsychiaterin Annette Bäumler vor ihrem Haus und wartete. Vor fünf Wochen hatte sie schon einmal hier gestanden und versucht, die Anspannung zu vertreiben mit einem Blick auf die Blumen in ihrem Vorgarten. Inzwischen waren die Tulpen verblüht, dafür aber entfaltete sich die Pracht der weißen und gelben Margariten.

Vor zwei Tagen hatte Fachkollege Borbach angerufen und Grüße von Hansjoachim Segert bestellt. Ob sie Interesse habe, die beiden nach Polen zu begleiten. Zur Beerdigung von Ewa Lubinski, Segerts ehemaliger Geliebten mit dem zerschossenen Gesicht. Mehr wisse er nicht, meinte Borbach. Die Polizei schweige – genau wie Segert. Und den solle man besser nicht unter Druck setzen, er zeige weiterhin starke Stimmungsschwankungen. Ob Annette also mitkommen möge?

Sie hatte sofort zugesagt.

Der Fahrdienst vom Deutschen Roten Kreuz brachte sie nach Stralsund, dort stiegen die Herren zu. Segert war bester Laune. Submanisch, diagnostizierte Annette, für den Anlass zu euphorisch. Er begrüßte sie mit angedeutetem Handkuss.

»Wunderbar, dass Sie dabei sind. Und? Fällt Ihnen etwas an mir auf?«

»Sie tragen Ihren schwarzen Anzug. Über den wir gesprochen haben, als Sie Ihren Koffer gepackt haben.«

»Genau«, frohlockte Segert. »Sie meinten damals, dass ich ein so feines Kleidungsstück im Krankenhaus nicht brauchen würde. Wie Sie aber sehen, findet sich immer ein Anlass. Ich bin jetzt übrigens kein Insasse der Forensik mehr, sondern ganz normaler Patient. Und ziehe demnächst in eine betreute Wohngruppe. Mit einem eigenen Garten für die tägliche Runde Pétanque.«

»Das freut mich«, erklärte Annette.

Auf der Strecke nach Stettin staute sich der Verkehr, trotz eines großzügigen Zeitpuffers kamen sie ein paar Minuten zu spät. In der kleinen Kapelle fanden Segert, Borbach und Annette in einer Hinterbank noch Platz.

Zwar verstand Annette von der polnischen Predigt kein Wort, doch der Pfarrer legte so viel Trauer, Mahnung und Erhabenheit in seine Stimme, dass sie sich denken konnte, worum es ging: Sünde, Depression, Suizid und Vergebung. Ein paarmal sah sie zu Segert hinüber. Mit geschlossenen Augen nickte er vor sich hin. Sie wusste nicht, ob er Polnisch konnte. Sie wusste so vieles nicht über ihn. Vielleicht war er in seinen Gedanken und Gefühlen ganz woanders.

Nach der Messe öffnete der Küster eine Seitentür neben dem Altar. Auf einer Lafette schob man den Sarg hinaus, die Menschen folgten. Annette hätte gern einen Blick auf Ewas Angehörige erhascht, doch in der Menschenmenge ließen sich einzelne Personen kaum ausmachen. Borbach, Segert und Annette bildeten das Ende des Trauerzugs.

»Ich habe eben kurz Ewas Sohn gesehen«, flüsterte Segert Annette zu. »Jan Felix geht direkt hinter dem Sarg. Seine beiden Tanten sind auch dabei, Ewas Schwestern. Eigentlich wollte ich ihm damals meine Spielzeugautos vererben, aber dann kam es ja anders. Letzten Sonntag haben wir sehr nett telefoniert. Er kümmert sich jetzt um Branka, die Lieblingshündin seiner Mutter.«

Annette nickte nur.

Nach ein paar Minuten erreichten sie das offene Grab.

Viele der Trauergäste trugen dunkle Brillen – geradezu auffallend dunkel. Dabei war der Himmel leicht bewölkt. Genau so stellte Annette sich eine Beerdigung in Mafia-Kreisen vor. Aber vielleicht waren das auch bloß Vorurteile.

Der Pfarrer sprach ein polnisches Vaterunser. Neben ihm stand mit gesenktem Kopf ein junger Mann. Jan Felix, dachte Annette. Er trug keine Sonnenbrille – im Gegensatz zu seinen stark blondierten Tanten neben ihm.

»Ich verzichte wohl besser darauf, mich gleich in die Reihe zu stellen und den Tanten die Hand zu schütteln«, flüsterte Segert seinen begleitenden Psychiatern zu. »Nicht nach dem, was Ewa in meinem Garten mit sich angerichtet hat. Aber ich möchte kurz mit Jan Felix sprechen.«

Borbach kniff die Lippen aufeinander und nickte.

Die drei traten ein paar Meter zur Seite. Borbach wartete einen günstigen Moment ab. Als Ewas Schwestern mit anderen Gästen redeten, sprach er Jan Felix an.

Was für ein sympathischer Junge, dachte Annette, als Ewas Sohn auf sie zukam. Und wieder konnte sie sich über Segert nur wundern: Mit angemessenem Ernst und wohl gesetzten Worten stellte er den jungen Mann seinen beiden Ärzten vor. Dann meinte er: »Jan, es tut mir unendlich leid, dass ich Ewa nicht davon abhalten konnte. Aber es ging alles so schnell.«

»Ich weiß. Danke fürs Kommen, Sie hatten ja eine weite Fahrt.« Jan Felix nickte dabei auch Annette und Borbach zu.

»Das ist doch selbstverständlich«, versicherte Segert. »Noch eine Bitte: Hast du vielleicht ein Bild von deiner Mutter dabei?«

»Das habe ich tatsächlich.« Der junge Mann zog ein Foto aus seiner Jacke. Eine hübsche brünette Frau war darauf zu sehen, sie kniete lächelnd neben einem dunklen Labrador. »Das ist von Ostern, als ich zu Besuch war.«

Segert schaute lange auf das Foto und schluchzte leise. »Darf ich das behalten?«

»Na sicher.«

»Ja. Danke. Entschuldigung«, flüsterte Segert und putzte sich die Nase. »Jetzt würde ich gern zurück, Jan. Es war alles sehr viel für mich. Und du musst ja auch zu deinen anderen Gästen.«

Der junge Mann nickte. »Und wenn Sie nichts dagegen haben, schreibe ich Ihnen einen Weihnachtsbrief. Wie meine Mutter das immer getan hat.«

»Oh, wie schön. Da freue ich mich.« Segert lächelte unter Tränen. »Ich ziehe übrigens in eine Gruppe für betreutes Wohnen. Da spiele ich Pétanque und schreibe ein neues Kochbuch. Diesmal über ein politisch brisantes Thema: vegane Dessertvariationen.«

Sanft schaltete sich Annette ein: »Wir sind gespannt auf Ihr Buch, Herr Segert. Und Sie haben recht, es war alles ein bisschen viel.«

Sie verabschiedeten sich und gingen zurück zum Wagen.

Auf der Fahrt schwieg Segert lange, dann meinte er: »Frau Bäumler, ich muss Ihnen noch was sagen.«

»Ja bitte?«

»Das Katzentrockenfutter, Sie wissen schon, diese dunkelroten Ringe. Die esse ich nicht mehr. Ich mag viel lieber ganz normale Haselnüsse.«

»Das ist prima, Herr Segert«, erwiderte Annette, »Haselnüsse sind sehr gesund.«

*

Arnie und Gerd hatten ihren Platz auf Lilos Terrasse nah an der Hausmauer gefunden. Offenbar fühlten sie sich wohl. Sie fraßen, schliefen und fraßen wieder, wuselten durch ihren Käfig, fraßen abermals – und verhielten sich auch sonst so, wie es sich für gesunde Exemplare ihrer Gattung gehörte.

Den frühen Mittwochnachmittag verbrachte Lilo damit, ihre neuen Hausgenossen zu beobachten. Auch ihr ging es gut in der neuen Rolle als Nagerfrauchen.

Um halb vier kam Oskar in Wanderschuhen und mit Rucksack durch das Heckentor zu ihr hinüber.

»Nu, min Best. Von mir aus können wir. Falls du dich von deinen beiden schwarzen Kastraten losreißen kannst.«

Sie waren zu einer kleinen Wanderung verabredet und wählten die klassische Runde: ein Stück die Boddenstraße entlang, dann die schmale Abzweigung hoch zum neuen Friedhof. Nach Ulrike Mosebach brauchten sie dort nicht Ausschau zu halten. Um diese Uhrzeit hatte die Küsterin längst anderes zu tun, als die Grabsteine auf ihre Standfestigkeit zu prüfen. Bestimmt backte sie gerade ein schönes

Dinkelbrot oder kopierte Liedtexte für Konrads nächsten Gottesdienst.

Lilo mochte nicht weiter darüber nachdenken. Morgen Abend würde sie Ulrike und Konrad beim Square Dance wiedersehen. Natürlich würden alle über Heikos Festnahme reden – und Lilo würde schweigen müssen, obwohl sie so viel zu sagen hätte. Nun gut.

Sie gingen weiter durch die Wiesen, den Hügel hinauf und den Weg hinunter nach Gager, vorbei an der Kurverwaltung auf die Hafenpromenade. Scholls Motorsegler *Keto* lag am angestammten Platz, die Polizeibanderole war längst entfernt. Was mit dem Boot passieren sollte, wusste Lilo nicht, vermutlich würde Scholls Frau es verkaufen.

Der Weg führte am Wasser entlang hin zum Naturschutzgebiet.

Hier standen die Wildwiesen in Frühlingsblüte, der Wind zeichnete Wellen ins hohe Gras, unter den Bäumen lagen wiederkäuend ein paar Schafe.

Die beiden sprachen wenig. Seit Oskars plötzlichen Wangenküssen hatten sie sich nicht mehr berührt. Lilo wagte es nicht, ihn darauf anzusprechen. Auf der Wanderung wäre es unpassend gewesen – sie wollten schließlich die Natur genießen.

Nach zwei Stunden erreichten sie wieder Groß Zicker, jetzt von der westlichen Seite. Der Bodden-Krug stand an der Grenze von Naturschutzgebiet und Dorf, ein Gasthof mit Ferienwohnungen und Hotel, betrieben in vierter Generation. Seniorchefin Ramona Böck ging stramm auf die neunzig zu und hatte offiziell die Leitung längst ihren Enkeln übergeben, doch das hinderte sie nicht, weiter das Zepter zu schwingen. Lilo kannte die Gaststätte gut. Wenn große Feiern stattfanden, half sie manchmal beim Kellnern aus.

Mit ihrem rauen und doch herzlichen Charme und zwei Speisekarten in der Hand steuerte Ramona auf ihre Gäste zu.

»Lilo, seute Deern, schön, dass ihr kommt. 'n Abend, Oskar. Wo wollt ihr sitzen? Am besten ein bisschen am Rand, dann können wir gleich noch klönen. Ist ja schwer was los im Dorf.« Sie führte die beiden zu einem Tisch in einer Nische. »Ich empfehle den Hecht, der hat heute Morgen noch gezappelt. Und damit das klar ist: Die Getränke gehen auf mich.«

»Na dann nehmen wir zwei Pils. Und den Hecht.«

Keine Minute später brachte Ramona zwei gut gezapfte Helle. »Wir reden nachher noch«, versprach sie. »Nun schnabuliert ihr erst mal in Ruhe.«

Sie verschwand wieder hinterm Tresen.

Lilo und Oskar prosteten sich zu und tranken. Gerade hatte sie ihr Glas abgesetzt, da zog er einen lindgrünen Pappkarton hervor, im Format einer Zigarettenschachtel, aber flacher.

»Das ist für dich, min Best. Hast du verdient nach all den wilden Abenteuern. Und keine Angst, eine Krawatte ist es nicht.«

Oskars letzter Satz konnte sie nicht beruhigen. Im Päckchen war doch nicht etwa …? Nein, redete sie sich gut zu. Das würde nicht zu ihm passen. So heftig vorzupreschen. Sie streifte die Bastschleife vom Karton, zog den Deckel ab und fand einen Papierbogen. Lächelnd faltete sie ihn auf. Oskars geschwungene Schrift in blauer Tinte:

»Gutschein für zwei Tage in Hamburg«, las sie laut. »Vom 31. März bis 1. April 2017.«

Über das Papier hinweg spürte sie, wie er ihren Blick suchte. Sie schaute weiter auf die Zeilen. »Am ersten April habe ich Geburtstag.«

»Ich weiß. Und damit du das nicht falsch verstehst: Wir übernachten selbstverständlich in Einzelzimmern. Aber vorher möchte ich gern mit dir reinfeiern. Wir sind doch gute Freunde.«

»Sind wir. Sogar die besten.« Sie nahm seine Hand und schmiegte sie an ihre Wange. Etwas in Lilo hatte schon lange darauf gewartet.

ENDE

FSC
www.fsc.org
MIX
Papier aus verantwortungsvollen Quellen
FSC® C014496

Verlagsgruppe Random House FSC® N001967

1. Auflage
Originalausgabe Mai 2017
btb Verlag in der Verlagsgruppe Random House GmbH,
Neumarkter Str. 28, 81673 München

Umschlaggestaltung: semper smile, München
Umschlagmotiv: © Shutterstock/RedDaxLuma; Madlen; TheWorst; Wuttikai; Alexeysun; Picsfive
Satz: Uhl + Massopust, Aalen
Druck und Einband: GGP Media GmbH, Pößneck
cb · Herstellung: sc
Printed in Germany
ISBN 978-3-442-71524-4

www.btb-verlag.de
www.facebook.com/btbverlag
Besuchen Sie unseren LiteraturBlog www.transatlantik.de